一日情人

Ivan Klíma

[捷克] 伊凡·克里玛 / 著

高兴　杜常婧 / 译

广东省出版集团
花城出版社
中国·广州

图书在版编目（CIP）数据

一日情人／（捷克）克里玛著；高兴，杜常婧译
. -- 广州：花城出版社，2014.4（2015.1重印）
（蓝色东欧／高兴主编. 第2辑）
ISBN 978-7-5360-6861-2

Ⅰ. ①一… Ⅱ. ①克… ②高… ③杜… Ⅲ. ①长篇小说—捷克—现代 Ⅳ. ①I524.45

中国版本图书馆CIP数据核字（2013）第299399号

合同版权登记号：图字 19—2011—086 号
LOVERS FOR A DAY
IVAN KLÍMA
Copyright: © Ivan Klíma
All rights reserved

出 版 人：	詹秀敏
丛书策划：	肖建国　朱燕玲　孙虹
出版统筹：	李倩倩
责任编辑：	许泽红　陈晓欢
技术编辑：	薛伟民　凌春梅
装帧设计：	棱角视觉 ANGULAR VISION

书　　名	一日情人 YIRI QINGREN
出版发行	花城出版社 （广州市环市东路水荫路11号）
经　　销	全国新华书店
印　　刷	恒美印务（广州）有限公司 （广州南沙经济技术开发区环市大道南路334号）
开　　本	880 毫米×1230 毫米　32 开
印　　张	10　2插页
字　　数	240,000 字
版　　次	2014 年 4 月第 1 版　2015 年 1 月第 2 次印刷
定　　价	35.00 元

本书中文专有出版权归花城出版社独家所有，非经本社同意不得连载、摘编或复制。
如发现印装质量问题，请直接与印刷厂联系调换。
购书热线：020—37604658　37602954
欢迎登陆花城出版社网站 http://www.fcph.com.cn

一日情人

目 录
CONTENTS

记忆，阅读，另一种目光（总序）／高兴 ／ 1
在内心打开一条通往幸福的路（中译本前言）／高兴 ／ 1

一、 我的初恋 ／ 米丽亚姆 ／ 3
　　　　1 　　　　我的故土 ／ 17
　　　　　　　　　真话游戏 ／ 79
　　　　　　　　　走钢丝的人 ／ 119

二、 一日情人 ／ 克拉拉与两位先生 ／ 147
　　　　145 　　　蜜　月 ／ 175
　　　　　　　　　天空，地狱，天堂 ／ 187

三、 一夜情人 ／ 海豆芽 ／ 205
　　　　203 　　　带　子 ／ 235
　　　　　　　　　马的处决 ／ 255
　　　　　　　　　爱　情 ／ 273
　　　　　　　　　爱之空间 ／ 279

记忆，阅读，另一种目光

（总序）

高兴

昆德拉说过："人的一生注定扎根于前十年中。"我想稍稍修改一下他的说法："人的一生注定扎根于童年和少年中。"童年和少年确定内心的基调，影响一生的基本走向。

不得不承认，二十世纪五六十年代出生的人都有着不同程度的俄罗斯情结和东欧情结。这与我们的成长有关，与我们童年、少年和青春岁月有关。而那段岁月中，电影，尤其是露天电影又有着怎样重要的影响。那时，少有的几部外国电影便是最最好看的电影，它们大多来自东欧国家，几乎吸引了所有人的目光，是我们童年的节日。在某种意义上，甚至可以说，它们还是我们的艺术启蒙和人生启蒙，构成童年最温馨、最美好和最结实的部分。

还有电影中的台词和暗号。你怎能忘记那些台词和暗号。它们已成为我们青春的经典。最最难忘的是《瓦尔特保卫萨拉热窝》。"'空气在颤抖,仿佛天空在燃烧。''是啊,暴风雨来了。'""看,这座城市,它就是瓦尔特。"简直就是诗歌。是我们接触到的最初的诗歌。那么悲壮有力的诗歌。真正有震撼力的诗歌。诗歌,就这样和英雄主义和浪漫主义,紧紧地连接在了一道。

还有那些柔情的诗歌。裴多菲,爱明内斯库,密支凯维奇。要知道,在二十世纪七八十年代,读到他们的诗句,绝对会有触电般的感觉。而所有这一切,似乎就浓缩成了几粒种子,在内心深处生根,发芽,成长为东欧情结之树。

然而,时过境迁,我们需要重新打量"东欧"以及"东欧文学"这一概念。严格来说,"东欧"是个政治概念,也是个历史概念。过去,它主要指波兰、捷克斯洛伐克、匈牙利、罗马尼亚、保加利亚、南斯拉夫、阿尔巴尼亚七个国家。因此,在当时,"东欧文学"也就是指上述七个国家的文学。这七个国家,加上原先的东德,都曾经是以苏联为首的华沙条约组织的成员。

一九八九年底,东欧发生剧变。此后,苏联解体,华沙条约组织解散,捷克和斯洛伐克分离,南斯拉夫各共和国相继独立,所有这些都在不断改变着"东欧"这一概念。而实际情况是,波兰、捷克、匈牙利、罗马尼亚等国家甚至都不再愿意被称为东欧国家,它们更愿意被称为中欧或中南欧国家。同样,不少上述国家的作家也竭力抵制和否定这一概念。在他们看来,东欧是个高度政治化、笼统化的概念,对文学定位和评判,不太有利。这是一种微妙的姿态。在这种姿态中,民族自尊心也发挥着不可估量的作用。

但在中国,"东欧"和"东欧文学"这一概念早已深入人心,有广泛的群众和读者基础,有一定的号召力和亲和力。因此,继续使用"东欧"和"东欧文学"这一概念,我觉得无可厚非,有利于研究、译介和推广这些特定国家的文学作品。事实上,欧美一些大学、研究中心也还在继续使用这一概念。只不过,今日,当我们提到这一概念,涉及的就不仅仅是七个国家,而应该包含更多的国家:立陶宛、摩尔多瓦等独联体国家,还有波黑、克罗地亚、斯洛文尼亚、塞尔维亚、黑山等从南斯拉夫联盟独立出来的国家。我们之所以还能把它们作为一个整体来谈论,是因为它们有着太多的共同点:都是欧洲弱小国家,历史上都曾不断遭受侵略、瓜分、吞并和异族统治,都曾把民族复兴当作最高目标,都是到了十九世纪末和二十世纪初才相继获得独立,或得到统一,二次大战后都走过一段相同或相似的社会主义道路,一九八九年后又相继推翻了共产党政权,走上了资本主义发展道路。之后,又几乎都把加入北约、进入欧盟当作国家政策的重中之重。这二十年来,发展得都不太顺当,作家和文学都陷入不同程度的困境。用饱经风雨、饱经磨难来形容这些国家,十分恰当。

换一个角度,侵略,瓜分,异族统治,动荡,迁徙,这一切同时也意味着方方面面的影响和交融。甚至可以说,影响和交融,是东欧文化和文学的两个关键词。看一看布拉格吧。生长在布拉格的捷克著名小说家伊凡·克里玛,在谈到自己的城市时,有一种掩饰不住的骄傲:"这是一个神秘的和令人兴奋的城市,有着数十年甚至几个世纪生活在一起的三种文化优异的和富有刺激性的混合,从而创造了一种激发人们创造的空气,即捷克、德国和犹太文化。"①

克里玛又借用被他称作"说德语的布拉格人"乌兹迪尔的笔为我们描绘了一个形象的、感性的、有声有色的布拉格。这是一个具有超民族性的神秘的世界。在这里,你很容易成为一个世界主义者。这里有幽静的小巷、热闹的夜总会、露天舞台、剧院和形形式式的小餐馆、小店铺、小咖啡屋和小酒店。还有无数学生社团和文艺沙龙。自然也有五花八门的妓院和赌场。布拉格是敞开的,是包容的,是休闲的,是艺术的,是世俗的,有时还是颓废的。

---

① 见伊凡·克里玛《布拉格精神》第44页,崔卫平译,作家出版社1998年版。

布拉格也是一个有着无数伤口的城市。战争、暴力、流亡、占领、起义、颠覆、出卖和解放充满了这个城市的历史。饱经磨难和沧桑,却依然存在,且魅力不减,用克里玛的话说,那是因为它非常结实,有罕见的从灾难中重新恢复的能力,有不屈不挠同时又灵活善变的精神。如果要用一个词来形容布拉格的话,克里玛觉得就是:悖谬。悖谬是布拉格的精神。

或许悖谬恰恰是艺术的福音,是艺术的全部深刻所在。要不然从这里怎会走出如此众多的杰出人物:德沃夏克,雅那切克,斯美塔那,哈谢克,卡夫卡,布洛德,里尔克,塞弗尔特,等等,等等。这一大串的名字就足以让我们对这座中欧古城表示敬意。

布拉格如此。萨拉热窝、华沙、布加勒斯特、克拉科夫、布达佩斯等众多东欧城市,均如此。走进这些城市,你都会看到一道道影响和交融的影子。

在影响和交融中,确立并发出自己的声音,十分重要。不少东欧作家为此作出了开拓性和创造性的贡献。我们不妨将哈谢克和贡布罗维奇当作两个案例,稍加分析。

说到捷克作家哈谢克,我们会想起他的代表作《好兵帅克》。以往,谈论这部作品,人们往往仅仅停留于政治性评价。这不够全面,也容易流于庸俗。《好兵帅克》几乎没有什么中心情节,有的只是一堆零碎的琐事,有的只是帅克闹出的一个又一个的乱子,有的只是幽默和讽刺。可以说,幽默和讽刺是哈谢克的基本语调。正是在幽默和讽刺中,战争变成了一个喜剧大舞台,帅克变成了一个喜剧大明星,一个典型的"反英雄"。看得出,哈谢克在写帅克的时候,并没有考虑什么文学的严肃性。很大程度上,他恰恰要打破文学的严肃性和神圣感。他就想让大家哈哈一笑。至于笑过之后的感悟,那就是读者自己的事情了。这种轻松的姿态反而让他彻底放开了。借用帅克这一人物,哈谢克把皇帝、奥匈帝国、密探、将军、走狗等等统统都给骂了。他骂得很过瘾,很解气,很痛快。读者,尤其是捷克读者,读得也很过瘾，很解气，很痛快。幽默和讽刺于是又变成了一件有力的武器，特别适用于捷克这么一个弱小的民族。哈谢克最大的贡献也正在于此：为捷克民族和捷克文学找到了一种声音，确立了一种传统。

而波兰作家贡布罗维奇与哈谢克不同，恰恰是以反传统而引起世人瞩目的。他坚决主张让文学独立自主。在二十世纪三四十年代，贡布罗维奇的作品在波兰文坛显得格外怪异离谱，他的文字往往夸张扭曲，人物常常是漫画式的，他们随时都受到外界的侵扰和威胁，内心充满了不安和恐惧，像一群长不大的孩子。作家并不依靠完整的故事情节，而是主要通过人物荒诞怪癖的行为，表现社会的混乱、荒谬和丑恶，表现外部世界对人性的影响和摧残，表现人类的无奈和异化以及人际关系的异常和紧张。长篇小说《费尔迪杜凯》就充分体现出了他的艺术个性和创作特色。

捷克的赫拉巴尔、昆德拉、克里玛、霍朗，波兰的米沃什、赫伯特、希姆博尔斯卡，罗马尼亚的埃里亚德、索雷斯库、齐奥朗，匈牙利的凯尔泰斯、艾什特哈兹，塞尔维亚的帕维奇、波帕，阿尔巴尼亚的卡达莱……如此具有独特风格和魅力的当代东欧作家实在是不胜枚举。

某种程度上，东欧曾经高度政治化的现实，以及多灾多难的痛苦经历，恰好为文学和文学家提供了特别的土壤。没有捷克经历，昆德拉不可能成为现在的昆德拉，不可能写出《可笑的爱》、《玩笑》、《不朽》和《难以承受的存在之轻》这样独特的杰作。没有波兰经历，米沃什也不可能成为我们所熟悉的将道德感同诗意紧密融合的诗歌大师。但另一方面，需要注意的是，由于语言的局限以及话语权的控制，东欧文学也极易被涂上浓郁的意识形态色彩。应该承认，恰恰是意识形态色彩成全了不少作家的声名。昆德拉如此。卡达莱如此。马内阿如此。赫尔塔·米勒亦如此。我们在阅读和研究这些作家时，需要格外地警惕。过分地强调政治性，有可能会忽略他们的艺术性和丰富性。而过分地强调艺术性，又有可能会看不到他们的政治性和复杂性。如何客观地、准确地认识和评价他们，同样需要我们的敏感和平衡。

一个美国作家，一个英国作家，或一个法国作家，在写出一部作品时，就已自然而然地拥有了世界各地广大的读者，因而，不管自觉与否，他，或她，很容易获得一种语言和心理上的优越感和骄傲感。这种感觉东欧作家难以体会。有抱负的东欧作家往往会生出一种紧迫感和危机感。他们要用尽全力将弱势转化为优势。昆德拉就反复强调，身处小国，你"要么做一个可怜的、眼光狭窄的人"，要么成为一个广闻博识的"世界性的人"。别无选择，有时，恰恰是最好的选择。因此，东欧作家大多会自觉地"同其他诗人，其他世界，和其他传统相遇"（萨拉蒙语）。昆德拉、米沃什、齐奥朗、贡布罗维奇、赫贝特、卡达莱、萨拉蒙等等东欧作家都最终成为"世界性的人"。

关注东欧文学，我们会发现，不少作家，基本上，都在出走后，都在定居那些发达国家后，才获得一定的国际声誉。贡布罗维奇、昆德拉、齐奥朗、埃里亚德、扎加耶夫斯基、米沃什、马内阿、史沃克莱茨基等等都属于这样的情形。各种各样的原因，让他们选择了出走。生活和写作环境、意识形态原因、文学抱负、机缘等，都有。再说，东欧国家都是小国，读者有限，天地有限。

在走和留之间，这基本上是所有东欧作家都会面临的问题。因此，我们谈论东欧文学，实际上，也就是在谈论两部分东欧文学：海外东欧文学和本土东欧文学。它们缺一不可，已成为一种事实。

在我国，东欧文学译介一直处于某种"非正常状态"。正是由于这种"非正常状态"，在很长一段岁月里，东欧文学被染上了太多的艺术之外的色彩。直至今日，东欧文学还依然更多地让人想到那些红色经典。阿尔巴尼亚的反法西斯电影，捷克作家伏契克的《绞刑架下的报告》，保加利亚的革命文学，都是典型的例子。红色经典当然是东欧文学的组成部分，这毫无疑义。我个人阅读某些红色经典作品时，曾深受感动。但需要指出的是，红色经典并不是东欧文学的全部。若认为红色经典就能代表东欧文学，那实在是种误解和误导，是对东欧文学的狭隘理解和片面认识。因此，用艺术目光重新打量、重新梳理东欧文学已成为一种必须。为了更加客观、全面地翻译和介绍东欧文学，突出东欧文学的艺术性，有必要颠覆一下这一概念。蓝色是流经东欧不少国家的多瑙河的颜色，也是大海和天空的颜色，有广阔和博大的意味。"蓝色东欧"正是旨在让读者看到另一种色彩的东欧文学，看到更加广阔和博大的东欧文学。

二〇一三年十月三十一日定稿于北京

主编简介：高兴，诗人、翻译家，一九六三年出生于江苏省吴江市。中国作家协会会员。现为中国社会科学院外国文学所研究员，《世界文学》主编。曾以作家、翻译家、外交官和访问学者身份游历过欧美数十个国家。出版过《米兰·昆德拉传》、《东欧文学大花园》、《布拉格，那蓝雨中的石子路》等专著和随笔集；主编过《二十世纪外国短篇小说编年·美国卷》（上、下册）、《伊凡·克里玛作品系列》（5卷）、《水怎样开始演奏》、《诗歌中的诗歌》、《小说中的小说》（2卷）等大型图书。主要译著有《梵高》、《黛西·米勒》、《雅克和他的主人》、《可笑的爱》、《安娜·布兰迪亚娜诗选》、《我的初恋》、《索雷斯库诗选》、《梦幻宫殿》、《托马斯·温茨洛瓦诗选》等。

在内心打开一条通往幸福的路

——

(中译本前言)

高兴

　　布拉格,一个九月金色的午后,按照约定,我前去拜访捷克著名小说家克里玛。当时,他已年届八十,但精神矍铄,始终笑盈盈的样子,让你觉得格外的和蔼和亲切。在他宽敞的别墅里,我们的交谈流畅而愉快。星灿和我主编的"克里玛系列"就放在他书架显要的位置上。他说能面向中国读者,对他意义重大。至今,他已有七本书被译成了中文。不久,花城出版社还将出版他好几本书,其中有他自己相当看重的《我的疯狂世纪》。

　　尽管经历坎坷,但我知道,无论为人,还是作文,他总是那么的平静。他说:"平静能保护自己的心境。捷克五十年代最为糟糕。其他时候,生存都没问题。我完全可以定居国外,但最终还是坚持留在了祖国。

在这里,我用母语写作,自如而舒服,而且生活在亲人和朋友中。政治高压时期,我一无所有,但有大量的时间可以写作。"如此,从一开始,写作,于他,就成为一种呼吸,一种生命方式,一种自我拯救,一种抗衡灰暗的武器。

　　提起捷克当代文学,人们往往都会首先想到昆德拉。阴差阳错,在世界各地无数读者的心目中,昆德拉已然成为整个捷克文学的代表。有趣的是,一些土生土长、地地道道的捷克人对此却颇不以为然。许多捷克评论家和作家甚至已不承认昆德拉是捷克作家。实际上,昆德拉本人也早就把自己当作法国作家并直接用法语写作了。这里面自然涉及到不少文学及文学以外的因素,比如,特殊的民族心理和民族自尊,更为特殊的历史渊源和社会背景,等等等等。捷克人最最推崇和喜爱的是几个"始终没有缺席"的作家。克里玛便是其中最具代表性的一位。

　　克里玛出生于布拉格一个富裕的犹太家庭。二战期间,曾有过三年多时间的集中营经历。这段刻骨铭心的经历,在相当程度上,决定了他的人生走向。同2002年度诺贝尔文学奖获得者、匈牙利作家凯尔泰斯·伊姆雷一样,克里玛对集中营经历也有着自己特殊的视角。他认为,除去恐怖,那段极端的经历还给他带来了对幸福和自由的全然不同的理解。他甚至觉得:"为了一种无与伦比、至高无上的自由的感觉,所有那么多年的剥夺是值得的。"也正是在集中营里,他首次听从了写作的召唤:"当我周围的每一个人,包括我的父母和祖父母都一一死去时,我却幸存了下来。这时,我被一种类似于责任和使命的情感所压倒:去变成他们的声音,去变成他们的叫喊,抗议将他们的生命从世上抹去的死亡的叫喊。"这样的出发点实际上很容易让人走向偏激和狭隘。但让人惊奇的是,在克里玛的作品中,我们却几乎看不到"仇恨"两字,因为,克里玛及时地悟到:极端的经历并不能打开通向智慧的道路。我们若是和自身的经历保持一定的距离,我们才能得到我们想要的东西。

这种开悟在将他的创作引向一种更高境界的同时，也激活了他内心源源不断的创作力。在半个多世纪的写作生涯中，他已出版了《我的初恋》、《我的金饭碗》、《爱情和垃圾》、《风流的夏天》、《被审判的法官》、《一日情人》、《爱情对话》、《绝对亲昵》等几十部长篇小说和短篇小说集。此外，还写下不少剧本以及《布拉格精神》、《在安全和不安全之间》、《我的疯狂世纪》等随笔集和回忆录。尽管"布拉格之春"后，他的作品在捷克遭禁，他本人也迫于生计，当过急救站护理员、土地测量员、小商贩等等，但他的大量作品依然以地下读物的形式同读者见面，不少还传到了海外。因而，二十世纪九十年代初，当他重返捷克文坛时，实际上已是一位在国际文坛上享有声誉的作家了，作品被译介到了五十多个国家。只不过当时，昆德拉正在中国迅猛走红，让我们对其他捷克作家视而不见。而欧美文学评论界早就将克里玛和移居法国的昆德拉、当上总统的哈维尔以及已经故世的赫拉巴尔相提并论。

但同这几位同胞相比，克里玛走的显然是另一种路子。他不像昆德拉那样讲究作品的结构、形式和哲学意味，不像哈维尔那样注重文学的使命、职责和斗争性，也不像赫拉巴尔那样追求手法的创新和前卫。他显然更看重质朴和自然，要在质朴和自然中贴近世界、生活和人性的本质。

克里玛的小说手法简朴、叙事从容、语调平静，讲述的往往是一些小人物的小故事。从整体上看，作品似乎都很平淡，但平淡得很有韵味。一种大劫大难、大彻大悟后的朴实、自然和平静。如果说昆德拉总是要凸显自己的话，克里玛正好相反，总是千方百计地隐藏自己。昆德拉总是不断地从小说背后跳出来，打断读者并引领读者去沉思、去发问，自觉地扮演起导师的角色。这可能也是我每每读到昆德拉，就会首先感到他的骄傲，他的炫耀，甚至他的自私的缘由。昆德拉是个文学野心很大的作家。他也的确取得了令人钦佩的文学成就。而克里玛却要谦卑得多，只诚恳地给你讲几个故事、一段生活，然后完全由你自己去回味、去琢磨。如果你觉得没什么可琢磨、可回味的话，他一点也不在意。他有从第一刻就消除同读者之间距离的本事。他的作品无疑更加接近生活和世界的原貌。他笔下的人物一般都有极强的幽默感，有极强的忍耐力，喜欢寻欢作乐同时又不失善良的本性，而这些正是典型的捷克民族特性。没有这样的特性，一个弱小民族在长期的磨难中，恐怕早就消亡了。昆德拉就时时担心自己的民族随时都会灭亡。克里玛相反。他相信捷克民族早就练就了一套对付生存的超级本领。读读哈谢克，认识一下那个胖乎乎的帅克，你就会同意他的看法。他在谈到布拉格这个城市更愿谈判，甚至投降，而不是反抗时，也正是在谈论捷克这个民族。

　　克里玛作品中有两个基本点：情欲和死亡。情欲是宣泄口，是真实生活和生活意义的具体体现，也是调剂品。他小说中的主人公一般都有无数个情人，而且基本上一见面就做爱。做爱成为情人对话的特殊方式。在这一点上，他和昆德拉有着相同的策略。死亡则是前提，是背景，是潜在的敌手，是压舱物，也是悲观或乐观的最好的理由，甚至还涉及到克里玛最初的写作动机：用创作来抗衡死亡。许多思考也都围绕着这一前提展开。这两个点恰恰最能反映人的微妙心理和精神风貌。它们既互相依赖、互相衬托，又互相抵触、互相瓦解，形成一种张力。抓住这两个点，我们就更容易理解克里玛的小说，也更容易理解捷克民族。

　　本书中都是克里玛本人特别钟爱的爱情作品。他觉得，写短篇小说更有愉悦感。得知我翻译过《我的初恋》，他连忙问我喜欢哪几篇。《米里亚姆》和《真话游戏》，我回答。其中的许多短篇都是他生命中真实的故事：《米里亚姆》中的初恋故事就发生在集中营。当人处于饥饿状态时，食品便最最重要。而一个能多给你食品的姑娘，你肯定会爱上她的。初恋就这样同饥饿连接在了一起。故乡、少年、青春期心理、女人、真实和虚幻、情爱和爱情,这些人生中的重要主题,也就自然而然地成为文学艺术中的重要主题。它们常常杂糅于一体,彼此纠结,有时又相互矛盾,以迷人却又难解的方式,构成人生的交响。人生常常没有答案。你可别试图从这些故事中去寻找答案,克里玛轻声地提醒。没有答案,却有了小说。没错,这就是克里玛,这就是克里玛风格。许多小说家认为,小说仅仅提出问题并进行讨论,并不提供答案。克里玛更加干脆:提出问题后,连讨论都显得多余。他更愿意通过"原封不动地"描述一个个故事来呈现世界的悖谬和人性的错综。表面上"原封不动",实则上却有着对人生最精细的敏锐和最深切的感悟。他的那些有关爱情、婚姻、良知、忠诚和背叛、灵与肉等等主题的故事也因此更能贴近读者的心灵。

　　光线在不知不觉中移动。我忽然意识到,我们的谈话已持续了三个多小时。英国红茶、捷克红酒,夫人海伦娜制作的点心,自由自在的畅谈,真是一个宁静和奢侈的午后。机会难得,我想拍些照片。可以吗?我问克里玛。当然,他说。他很配合。换了好几种姿势。还建议到饭厅拍几张。那里光线更好。桌上摆着一束鲜花。两天前,他刚刚过完生日。他特别善解人意,说我们该合影留念。可屋子里就我们两人。他说孙女海娜就住在隔壁,他可以请她来帮帮忙。海娜一走进书房,你就能感到了她的活力。一位阳光、大方的美丽姑娘,笑起来,太迷人了,显然是克里玛的掌上明珠。她热情地伸出手,用标准的美式英语发出问候。在捷克,我遇到好几位年轻人,都说一口美式英语。在波黑,情形相同。我说要请你帮忙。她说:No problem. 随后又灿烂地笑。克里玛也在笑。望着微笑的克里玛,我想起了他说的一句话:"摆脱仇恨,你便能在内心打开一条通往幸福的路。"

二〇一三年十一月十八日于北京

一、我的初恋

米丽亚姆

父亲的表妹将举行订婚仪式。茜尔维娅姑姑小个子,大鼻子,皮肤晒得黝黑,嘴巴总是说个不停。战前,她当过银行职员,眼下成了一名园丁。她的未婚夫原先是律师,目前在食品供应办公室当雇员。他在那儿到底干什么我不清楚。不过,父亲向我们保证,聚会时一定会有惊喜,说完还意味深长地咂了咂嘴,引得弟弟和我产生了莫大的兴趣。

姑姑和我们住在同一营房里。她的屋子小得可怜,一扇小窗向着走廊。屋子太小了,我都想象不出它原本究竟是预备派什么用场的。也许是当贮藏室,放些马蹄铁、马鞭或踢马刺之类的小玩意儿(这里过去是骑兵营房)。小屋里,姑姑有一张床以及由两个箱子拼成的一张小桌子。这会儿,她在桌子上铺了块桌布,放上了几个卡纸板做的盘子,里面盛着一些摊开的三明治。这可是些地地道道的三明治啊,上面加满了色拉米香肠、沙丁鱼、鸡肝馅饼、生芫荽、黄瓜和货真价实的奶酪。姑姑甚至还准备了一些涂着甜菜酱的小蛋糕。我注意到,弟弟直流口水,不住地发出咂咂声。他还没学会自我控制。他从没上过学。我上过,而且我还一直在读些有关狡猾的尤利西斯和健忘的帕加内尔的书,因此我对众神和人类德行有所了解。

这是我头一回见到她的未婚夫。他年纪轻轻,卷发,圆脸,脸颊上没有任何战争苦难的痕迹。

就这样我们在那间封上窗的小屋里聚在了一起。我们九个人刚一挤进,空气立马变得浑浊、闷热,充满了汗臭味儿。可我们吃着,我们狼吞虎咽似的吃着那些你连想都想不到的好吃的东西，又用飘着奶香、甜得宜人的代用咖啡消化着肚里的食品。那些吃的显然都是那位未婚夫从食品供应商店里弄来的。这时，父亲用刀子敲了敲杯子，说任何时代都不至于糟糕得连一点儿好事都不会发生，总会有许许多多意义重大的事件——他只想列举德国军队在塞瓦斯托波尔的惨败以及英国军队在意大利的攻势——现在又加上这一庆祝仪式。父亲希望下个月这对幸福伴侣就能自由自在地外出度蜜月，他祝他们早日获得和平，祝他们相亲相爱、白头到老。父亲还出人意料地引用了一句歌德的名言：拥有爱的悲伤，总比缺乏爱的欢乐要好。

接着，我们唱了几首歌。由于晚餐已开始发放，我们不得不结束聚会。

当我端着盛满甜菜帮子的铁罐回来时，看见满头白发的画家斯皮诺——人人都叫他斯皮诺大师——正坐在一扇没装玻璃的拱形窗口旁。他的身边也立着一只铁罐，只不过已经空了，膝上摆着一块铺有画纸的画板。他在写生。我们的走廊里住着好几个艺术家，斯皮诺大师在他们中间年纪最大，名气也最响。他在自己的祖国荷兰设计过奖章、钞票和邮票，据说就连王后也曾让他画过像。这儿，虽然严禁画画，但他还是在极小的纸片上画下了不少我们犹太区的场景。他的画太小了，我都觉得这些精致微妙的线条不可能出自那只苍老的手。

有一回，我曾鼓起勇气，用自己所知道的全部德语，问赫尔·斯皮诺，为何要画这么小的画。

"*吞下它们更好一些*①"。他回答。但也有可能我听错了，他实际上说的是"*将它们寄走*②"，或者甚至是："*将它们送人*③"。

这会儿，我满怀钦佩之情望着他在画纸上填上了一个个正排着队

---

① 原文均为德语。
② 同上。
③ 同上。

的老年男人和女人，全都挤在了一块儿。他们并不比米粒大多少，可人人都有鼻子，有眼，有嘴巴，而且胸前还挂着大卫之盾。我目不转睛地凝望着他的画纸，仿佛觉得那些小小的形象开始四处走动，蚂蚁似的云集在画面之上，直看得我头晕眼花，不得不闭上了眼睛。

"嘿，你觉得怎么样？"白头发画家问我，但并没有回头。

"漂亮。"我低声说道。我无论如何也不会对他承认，我也曾试图用小小的图像让纸片上住满人，在我稍稍快乐一点儿的时候，在我考虑到有朝一日走出这个森严壁垒的地方的时候，我也曾向往着在某种具有见证意义的职业中一展才华——当一名诗人，一个演员或一位画家。忽然，一个念头出现在我的脑海中。"我能给您一点儿汤吗？"

直到这时老人才向我转过身来。"那是什么呀？"他惊讶地问道。"他们已经发完黑面包了？要不就是你病了？"

"我姑姑结婚了。"我解释说。

赫尔·斯皮诺从地上拎起铁罐，里面一滴汤也没剩下，我将自己那份甜菜帮子汤倒了一大半给他。他微微躬了躬身说："谢谢你，非常感谢你的这一片好意。上帝会奖赏你的。"

只不过，上帝在哪里呢？晚上躺在爬满臭虫和蚤子的草褥上时，我不由得想。他又如何奖赏善事呢？我想象不出他，我想象不出这一世界之外还有什么希望。

而这一世界呢？

每晚，我都会在焦急不安中竖起耳朵，仔细听着黑暗中的动静。听走廊里是否响起靴子声，听外面是否有打破寂静的绝望的叫喊，听门是否猛然打开，传令兵是否已经走来，手里捏着一张打上我名字的纸条。我生怕自己会睡着，生怕冷不丁被抓住。因为那样的话，我就无法躲过他了。

我在储存土豆的地窖里为自己选好了一处藏身之地。关闭时间过后，我会悄悄地从那狭窄的窗户爬出，将自己深深地埋在土豆堆里，任何党卫队员都不会发现我，任何狗都不会嗅到我的气味。土豆会让我活着。一个人靠吃生土豆能活多久？我不知道。可是战争还将持续多久呢？是啊，这才是一切的关键所在。

我知道此时此刻，恐惧这个幽灵将从炉旁的角落里溜出。一整天它都躲在那里，在烟道或空煤桶里哆嗦。一旦人人进入了梦乡，它就会打起精神，轻轻向我走来，在我的额上吐出一股股冷气。它那死白的嘴唇就会发出声声细语：咳……大祸就要降临到你头上了……

我悄悄地从草褥上下来，蹑手蹑脚地走到窗前。我十分熟悉外面的景色：古老的欧椴那幽暗的树冠，砖砌的大门那阴森森的空洞。还有壁垒那鲜明的轮廓。我小心翼翼地掀起窗纸的一角，愣住了：有一棵欧椴的树顶发出一道蓝光。像鬼火，阴冷而又刺眼。我凝视了一会儿。我隐隐约约看到了每一片叶，每一根闪烁的枝丫，同时意识到那些枝和叶纠集在一起，形成了一张硕大无比、龇牙咧嘴的面孔，正用灼热的目光盯着我哩。

我感到窒息，感到自己即使有胆量，也叫不出声来。我放下窗纸，窗户又一次被黑暗吞没了。我一动不动地在那里站了一会儿，极想再一次掀开窗纸，再看一眼那张面孔。但我没有勇气。再说，这又有什么意义呢？即便我紧闭双眼，我也能看见那张面孔，透过窗纸，在幽暗的天花板上闪现，在我的眼前摇曳。

它意味着什么呢？它究竟属于谁呢？它有什么消息要告诉我吗？但我怎么才能知道是好消息还是坏消息呢？

到了早晨，夜里的欢乐或恐惧消失得无影无踪。我前去领我的那份苦咖啡，迫不及待地吞下了两片面包和人造黄油。我松了一口气，战争又进行了一晚，那难以想象的和平也就又靠近了一夜。

我到五金店后面玩了会儿排球。午饭前一个小时，我就端着铁罐，排起了队，等着领我和弟弟那份八分之一升的牛奶。队伍通向一个低矮、拱状的屋子，恰似茜尔维娅姑姑住的那间。里面，在一个铁桶后面，站着一位系白围裙的姑娘。她从谦恭的排队者手中接过凭证，用一只小量器在桶里捞了一下，然后将一点点脱了脂的牛奶倒进向她伸过来的铁罐里。

我站到她面前时,她望着我,目光在我的脸上停留了片刻,然后笑了笑。我自然知道她,但并没有真正注意过她。她的头发乌黑乌黑的,脸上长着雀斑。她又一次在铁桶旁弯下身来,接过我的铁罐,拿起最大的量器,伸进大桶,倒入我的罐子,又匆匆地加了两勺,然后才把铁罐递给我,又对我笑了笑。她仿佛想通过微笑向我传达一些意味深长的信息,仿佛想用微笑打动我。她将装得满满当当的铁罐递还给我时,我含含糊糊地道了声"谢谢"。我什么也不明白。我一点儿也不习惯接受生人的微笑和救助。来到外面走廊上时,我倚着墙,立马喝了起来,仿佛害怕她会追上前来,收回她那不合常规的施舍。我至少喝了三分之二的牛奶,心里十分清楚,即便这样,也并不会让弟弟吃亏。

晚上,乘恐惧幽灵还没从角落里钻出来,我力图以某种方式挡住它或者延误它。我想起了那件奇怪的事。也许此事与老画家郑重的感谢有关,因而也就与一种神力的作用有关,我真想这么对自己解释,但转而一想,还是决定不把自己的行为看得如此重要。可昨晚那燃烧的符号意味着什么呢?它唐突地显现在我眼前,那道光令我浑身发冷。那道光会是某种吉兆吗?

我不由得从草褥上起身,屏住呼吸,掀起了窗纸的一角。

窗外,依然是一片黑暗,欧椴那幽暗的树顶在阵阵风中摇荡,云朵从天空上掠过,夏日的闪电草草点燃了它们的边缘。

第二天,我怀着极大的耐心,紧紧抓着那只洗得干干净净的铁罐,排在队伍之中。我费了好大的劲儿才壮起胆,望着她的脸。她的眼睛又大又长,像两只杏仁,差不多像代用咖啡一般黑。她对我笑了笑,也许还冲我使了使眼色,就像一个同谋,但我不敢肯定。她往我的罐子里倒了满满三勺后递还给我,仿佛一切都很正常。一出门,我就端起自己那特殊的一份,喝掉了四分之三,然后,望着其他人提溜着铁罐走了出来,他们分到的牛奶勉勉强强盖住了罐底。我依然什么也不明白。我用另一只手遮住铁罐,在长长的走廊里游荡。即便在我喝完之后,还剩下不少,这真让我窘迫。而且她又对我笑了两次。

我的心中开始充满了一种撩人而又幸福的兴奋之情。

晚上,我刚刚合上眼,就又一次看见了那道燃烧的符号,那张闪光的面孔,不过,这一回,它不再那么吓人,而是迅速变成了一个熟悉的形象。我隐隐约约看见了嘴唇上端那些细小的雀斑。我认出了那在微笑中稍稍张开的嘴巴。那双杏仁般的眼睛如此古怪地望着我,直望得我心口怦怦乱跳。她那凝视着我的目光里充满了爱意。

蓦然,我明白了那道燃烧的符号的含义,明白了正在发生的事情的含义。

我被爱上了。

一只老鼠在角落里发出窸窣的响声,楼下某个地方,一扇门呼地关上,然而整个世界已悄然退去,我望着一张甜美的面孔,感到自己的面孔得到了松弛,自己的嘴唇露出了微笑。

我该怎样才能见到你呢,见到活生生的你,就在此地,就在此时,而不是隔着一张摆着大桶的木桌子?

可要是我们真的见面的话,我又该如何呢?

第二天,当我接过满满当当的一罐牛奶时,当一缕柔和而又生动的微笑证实我并没有弄错时,我再也无法掩盖自己的感情了。至少我得向所有我认识的人说起她,而每一次谈论她都进一步激发起了我的感情。此外,听朋友们说她叫米丽亚姆·多伊奇,和我住同一层楼,只不过是在另一头。我甚至查到了她的房号:二〇三。我们还琢磨了一番她的年龄 —— 一些人认为她十六,另一些人觉得她已十八了。还有人说曾两次见她和弗雷德在一起,但这并不能说明什么。

这当然不能说明什么。我敢说没有任何一个弗雷德每天都能拎着满满一罐牛奶离开。再说,我亲爱的米丽亚姆到哪儿去弄这么多牛奶呢?

现在,我几乎了解到了她的一切,我甚至可以在白天的任何时候去见她并对她说……那么,我该对她说些什么呢?我能以什么理由去打扰她呢?总得有个借口。我也许可以带上那本邋里邋遢的《特洛伊战争的故事》。

给你这本书,谢谢你给我的牛奶!

不过,我可不能在别人面前这么说呀。我或许可以请她出来一下,到走廊上说几句话。可假如她说没空呢?假如提及牛奶之事惹她生气呢?我似乎觉得捅破窗纸不太合适。

但假如我完全误会了呢?这么一个可爱的姑娘凭什么要爱我这样一个骨瘦如柴、头发蓬乱、衣衫褴褛的脏小孩呢?我连胡子还没开始长哩。

就在箱子底下有一件我在特殊场合才穿的衬衫,鲜黄色,不像我的其他衬衫,袖口和领子还没有穿破。我穿上了它。不错,只是领子稍稍紧了一点儿,但我愿意受这份罪。我在箱子里还有一套西服,可惜,已太小了。母亲曾试着将裤腿加长,可即便这样,也只够着我的踝节部,而且再要加长衣袖就一点儿料也没有了。我犹豫了一会儿,可实在是别无选择。我脱下衬衫,往脸盆里倒了点儿水,好好洗了洗。就连脖子也擦得干干净净。穿上节日盛装后,我将头发打湿,煞费苦心地分了条极标准的头缝,随后半推开窗户,再在后面托着窗纸,在镜子里审视了一番自己的形象。在一阵忽然涌上心头的自恋中,我似乎觉得自己这身打扮很好看。

然后,我沿着长长的走廊朝营房的另一侧走去。我走过了几十道门,铰链上端的数字逐渐减小。二一八,二一七,二一五……我开始感到自己激烈的心跳。

米丽亚姆。我仿佛觉得自己从没有听过比这更甜的名字。这个名字适合于她。二〇七。我还不知道自己究竟打算做什么。如果她爱我——二〇六,上帝啊,那边就是她的门了,我已经看到了——如果她像我爱她一样爱我的话,她就会走出房门,同我相会——二〇五,我放慢了脚步,好给她更多的时间。门将打开,她会站在门口,微笑着问我：你是从哪儿冒出来的？

哦，我刚好路过这儿。同小伙伴们在壁垒上见面时，我通常走院子。

我停住脚步。一句蠢话。我为什么就不能说得更聪明些呢？

你好，米丽亚姆！

你知道我的名字？

我必须查出你的名字。这样就可以更好地想你了。

你想我？

从早到晚，米丽亚姆！夜里也想。差不多整夜整夜地想。

我也想你啊。可你是从哪儿冒出来的？

我其实也不知道。我就这么突然想到不走院子而走这边的。

这听上去还差不多。二〇四。

你瞧，我也住在这一层。

这么说，我们真可算是邻居喽。你可以一直走这边。

我会的。我会的。

二〇三。我吸了口气。我凝望着这扇门，目光如此专注，定会深深地触动它那木质的灵魂。而她，如果爱我的话，就该站起身来，走出门外。

她显然不在屋里。这么美好的下午，她干吗要呆在家里呢？也许她会从外面回来，我只要耐心等她就行了。二〇二。我已经离那条连接营房两座纵向边房的横向通道不远了。我听见有啪嗒啪嗒的脚步声从通道上传来。

万能的上帝啊！我停住脚步，屏住呼吸，等待着。

一个穿着木底鞋的老太太在拐角处出现。她的手里端着一只小盘子，里面盛着几个脏兮兮的土豆。显然，分发晚餐的时候已到。

第二天，我又一次看见米丽亚姆坐在那张摆着装满牛奶的铁桶的矮桌后面。她接过我的罐子，对我笑了笑，一勺，两勺，三勺，又笑了笑，将罐子递给我。我多么爱你，米丽亚姆！谁也不曾体验过这种感觉。我倚着墙，喝下了三分之二的爱情信息，然后返回梦幻王国。

我久久地沉浸在梦幻王国之中，直到晚上女人们干完活回到家的时候。我洗了洗，理了一下头缝，穿上那套特别的西服，可总觉得还不够。我缺少身穿节日盛装的借口，缺少见面的借口，更缺少让她对我有所了解的借口。

就在这时，我想起了一件得意之作，一件能显示我技能的东西。我已将它仔细包好，藏在床铺下那只稍小一点儿的箱子里。那就是我做的木偶剧院。我用一只旧盒子做成了剧院，在学校省下的图画纸上画上布景，再用在壁垒下捡采的木片、石子和小树枝做成了各式各样的道具，而木偶则是用我从母亲以及其他人那里搜刮来的栗子、棉纱卷和破布条制作的。

我从箱子里取出那只盒子。它用纸带系着。舞台拱门，舞台两侧，舞台布景，道具和木偶——它们全在里面。

你好，米丽亚姆！

你好，你是从哪儿冒出来的？

我正要去见一个朋友。我们准备演一出戏。

你们演戏？

暂时只演木偶戏。

你说"暂时"是什么意思？

总有一天我会当上演员，或作家。我还要写戏。

你会吗？

当然。我拿起木偶，表演了起来。但我并不知道如何收场。

你们对观众演吗？

越多越好。我不紧张。

你哪来的剧院？

自己做的。

布景也自己做吗？

当然。我画。要是我有足够的图画纸的话。我刚画完了我们的营房、五金店和正有一辆车通过的大门……

我重新用纸带系好了盒子。它看上去极普通,似乎什么东西都能装,就连脏衣服也不例外。我再一次解开纸带,推了一下盒子里的两个木偶,它们那穿着木底鞋的小脚以及戴着王冠的国王的脑袋立马从盖子及底下冒了出来,接着我又一次将盒子系好。随后,我便踏上了那条熟悉的走廊。

我还写过不少诗哩,我向她透露。

你还写诗?写些什么?

哦,各种各样的事。爱情、自杀。

你自杀过?

不,不是我。二一〇。我的呼吸急促起来。人不该自杀。

为什么?

这是一种罪。

你信那种事?

哪种事?

上帝!

二〇七。主啊,你要是真的存在的话,就让她出来吧。让她露面吧。她甚至什么不用说,只要微笑就行。

你信上帝?

不知道。他们都说要是他存在的话,就不会允许这一切发生了。

可你并不这么认为吗?

也许这是某种惩罚,米丽亚姆。

惩罚什么?

只有上帝知道。二〇四。我停住脚步,将盒子从左手换到了右手。假如我一放手,东西全都撒在地上呢?那会发出一阵响声,我就可以假装捡东西。我就可以在那儿蹲上半个小时,一件一件地将东西捡起。

米丽亚姆,快快出来吧,快快让我看到你的微笑吧。我发誓,除此之外，我别无所求。

第二天，她接过我的罐子，但我不敢肯定她的微笑是否还像前一天那样热情。我感到一阵惊恐。假如她不再爱我呢？我一点儿行动的勇气都没有，她凭什么还要爱我？她在这里反反复复地向我表露心迹，而我都在做些什么呀？

一下，两下，三下，最后一缕微笑，罐子回到我手中——我多么地爱你，米丽亚姆！我神圣的阿芙洛狄特①啊，我只是太腼腆了，无法对你说出没有任何人会像我这样爱你。因为我至死都会爱你，我的米丽亚姆！

晚上，他们开始来发放逐通知单，之后每天都发。前所未有的厄运降临到了我们犹太区。成千上万的人胸口别着小小的通知单，拖着沉重的脚步向火车站走去。

与此同时，每天下午，我依然会得到三勺诺言，三勺爱意，三勺希望。我回到房间，开始祈祷。虔诚地、为所有的人，不论远近。尤其为她，米丽亚姆。请求上帝对她仁慈一些，千万不要夺去她的生命。我所有的朋友以及绝大多数我面熟的人都被带走了，其中包括食堂里做饭和发面包的伙计。走廊和院子里一片寂静，街市空空荡荡，整个镇子死气沉沉。最后，父亲的表妹，矮小的茜尔维娅姑姑，连同她那曾在食品供应办公室工作的丈夫也被带走了。他们共同生活还不到三个星期。这就是他们自由自在的蜜月旅行。也许，我又一次想起父亲的话语，拥有爱的苦难，总比缺乏爱的欢乐要好。我刚刚开始懂得这句他所引用的诗人名言的含义。我在焦虑不安中又熬过了好几天，生怕传令兵会再次出现，但他们没来。我们两个人留了下来。现在，我再也不会迟疑了。现在，我终于鼓起了勇气。恐怖笼罩时，我不能谈论爱情，那样做也不合时宜，可现在我可以而且必须直面爱情了。我再也不会到她门口等待了。就在此地，当她将罐子递还给我

---

① 希腊神话中爱与美的女神。

时，我要当场和她约定。

今晚六点，后门下，请你一定来，米丽亚姆。

不！

你会来的，米丽亚姆，对吗？

不！

我什么时候能见见你吗，米丽亚姆？今晚六点后门下，怎么样？你会来的，对吗？

队伍渐渐缩短，这会儿差不多所有人都领走那一口牛奶。

我的腿都快站不住了。希望在这最后关头不要退缩。她抓住我的罐子，我张开嘴，一勺，并不是那把大勺，而是那把最小的勺。她望着我时，脸上没有一丝微笑。兴许她没认出我来？我强忍着，最后她终于笑了笑，有点儿哀伤，差不多带着歉意，将罐子递还给我，一层稀薄得令人作呕的微微发蓝的液体刚刚溅满了罐底。米丽亚姆，是我呀，我……

我从她手中接过铁罐，回到长廊。长廊尽头，一扇拱形窗前，那位著名的荷兰画家又手执画板坐着。

现在，我该怎么办呢？

我依然走着，但我发现实际上我并没有在动，并没有走近那位著名的画家一步——相反，我周围的一切动了起来。我看见那位老人在椅子里不住地摇晃，仿佛受到了浪涛的冲击，我看见他变成了自己的画，看见那画在翻腾的水面上漂浮。

我不知道究竟发生了什么。我只知道她已不再爱我。一股令人恶心的甜味在我口中扩展，我的脸颊和双手正在疾速地衰弱。我隐隐约约地觉得，就连那几乎空荡荡的轻罐自己也握不住了，并听见那器皿在走廊的石头地面上发出了哐当的响声。

苏醒之后，我看到了斯皮诺大师那张苍老的面孔。他一只手托着我的后背，另一只手用一块凉湿布擦拭着我的额头。"怎么了，孩子？"他问。

我费了好大一会儿工夫才完全回到了无情的现实。可我又怎能道出我悲哀的真实缘由呢?

"他们抓走了我姑姑,"我低声说,"她不得不加入了被放逐的队伍。就是刚刚结婚的那位。"

斯皮诺先生摇了摇那白发苍苍的头。"愿上帝保佑她,"他轻轻说道,"并保佑我们大家。"

(高兴 译)

我的故土

我们在丛林中央的一个小站下了火车。母亲显出一副疲惫不堪、久经磨难的神情。父亲一边拽着两只大箱子,一边竭力用微笑打消我们心中的疑虑。弟弟和我也各自提着一只箱子。我们满心好奇,想要看看接下来会发生些什么。

极目望去,四周的地形像薄煎饼一般扁平。这倒很合我的心意,因为在平坦的土地上东奔西颠自然要快捷得多。我可没有功夫攀登什么高山峻岭呀。理由明摆着:我随身带着五大卷世界文学大师们的杰作并决心尽快将它们读完。再说,我身负重托,要亲身体验一下生活。

就在那时,父亲发现有辆牛车停在站外,车把式是个长着金黄色头发的小伙子。他立马将箱子搁在母亲脚边,吩咐我们大家好好看着,然后忙不迭地朝那人奔去。那人所驾的牛车看起来像是当地唯一的交通工具。

当时,我正处于人生的一个重要阶段。几个星期来,我一直很清楚自己想要什么。想要这个假期,想要生活本身。

几个星期前发生的事是这样的。我将自己的一些文学习作(大都涉及我的战时经历)拿给我的捷文老师看。她哩,不是由于窘迫,便是出于莫名其妙的骄傲,又将它们寄给了一位文化期刊的编辑。随后,那位编辑,一位女士,某天早晨,忽然来到了我们学校。两位女士把我叫到办公室,和蔼可亲、语重心长地和我谈了谈。那位编辑声称,从我的习作,可以看出我是个细致、敏感的男孩,经历甚多,急需表达。

她的这番话说得我乐滋滋的,心头一阵激动,就连我那位一直单身的白发苍苍的捷文女教师也用鼓励的目光对我笑了笑。

不过眼下,女编辑继续说道,她建议我暂时忘却那段战时经历,专心、谦卑地观察生活,逐步地了解生活。同时,我还必须专心、谦卑地阅读巴尔扎克、司汤达、莫泊桑、高尔基和肖洛霍夫那样的世界文学大师们的作品。自然喽,读过之后,必须细细揣摩,必须看出这些大师的创作手法是多么的精湛。对于我来说,这将是学习写作的最佳方法,兴许,也是追随大师们的最佳方法。

说完她站起身来,郑重其事地同我握了握手,并说她可以肯定我会有所作为的。我丝毫也没有意识到她实际上就这样打发了我的习作,觉得它们还过于拙劣。我当场做出决定:我要当作家,我要不断地观察生活并在其余时间阅读世界文学大师们的作品。

父亲从牛车旁返回。他脸上的微笑告诉我们,他带来了好消息。

说来也巧,那人正是我们要找的人。他叫帕韦莱茨,有一座农场,农场上有一口井,井里有一座水泵,水泵由一台新电动机驱动。听到"电动机"这几个字,母亲像往常那样,皱起了眉头,父亲则继续解释说,那台电动机——看样式是"达琳"牌——上星期出了故障。父亲相信他不费吹灰之力就能将它摆弄好。要不是注意到母亲已处于崩溃的边缘,他一准会滔滔不绝地向我们介绍一番那座新水泵。迫于无奈,他只是对我们说帕韦莱茨先生有一间极好的房间,里面摆着三张床,很乐意供我们使用。

"可我们一共四个人呀!"母亲相当理直气壮地提出了异议。

父亲笑了笑,说车到山前必有路。再说,村里还有一个小客栈哩,那里的伙食好极了。

"要是他们那儿有耗子可怎么办呢?"母亲反对住在帕韦莱茨先生农场的屋子里。

父亲向她保证,那样的话,我们会立马离开农场的,可一听这话，母亲的脸上露出了更加痛苦的表情。于是，我们将箱子装上了牛车，朝村里驶去。那座村子有一个富有诗意的名字：圣玛利娅。

不到一个小时，父亲便兴高采烈地跪在了拆得七零八落的电动机前，母亲疑虑重重地盯着硕大无比、乡里乡气的床底下，看看是否有耗子的蛛丝马迹，帕韦莱茨先生则和我一起朝附近的客栈走去。一日三顿我们都将在那儿进餐。兴许还能在那儿为我找到一张床哩。

客栈名叫什捷尔巴克，并在一块白牌子上用鲜红的字母标出。显然，这就是客栈老板的名字。一块更小的牌子，在一条鱼的绿色嘴巴下宣告：

> 早、中、晚餐我们全都提供，
> 保证您顿顿都吃得心满意足。
> 倘若您喜欢吃鱼，
> 绝对不可错过我们的佳肴。

我们走进客栈，一个耳朵上夹着铅笔的男子立刻迎上前来。他朝我们闪了闪金牙齿，并同帕韦莱茨先生握了握手。他在黑色裤子上系了一条蓝白色围裙，但并没有完全遮住自己人人的啤酒肚。

"这么说，这个小伙子需要一个房间？"什捷尔巴克先生说，他指的是我。"好吧，我们可以让他住进医生太太隔壁的五号房。"

我们登上的楼梯很陡，并已被洗得发白。楼顶，一座小平台上，我看到五扇门。什捷尔巴克先生打开的那扇门上方悬挂着一个木十字架。

门里有一股肥皂和椴椤树的味道。羽绒被子饱满得在半米高的木床上突了出来。

我乐了，立刻将箱子搁在一张铺着漂亮白桌布的小桌旁，准备拿出我的东西，主要是我的书。可我终究还是没能挡住诱惑，走到了窗前。在我的正前方是一棵枝繁叶茂的栗树树冠。树下几张桌子和折叠椅闪着红色。篱笆修得密匝匝的,上面长满了灌木。小小的后门通往一条直达河边的小径。从楼上望去,那条河在此形成两道湾,围住了一座长满草的椭圆形岛。一座小桥将岛和我们的河岸连接在了一起。稍稍往前,两道河湾再度会合,河水从一道低坎上落下。

岛上以及近旁的岸上,一些穿得花花绿绿的小小人影在四处转动。一个身穿草绿色泳衣的姑娘登上了岸边一块光滑的巨石,然后从上面跃入水中。

外面的楼梯平台上,一扇门砰的一声关上了,一个姑娘大着嗓门嚷嚷着让什么人动作麻利点儿。作为生活的观察者,我理应打开门,确定一下是谁在嚷嚷,可我还是太腼腆了。

我没打开门,却打开了箱子盖,拿出了所有的书。假如连续六七个星期大晴天之后,天气会最终变得合情合理一些并且开始下雨,那我轻而易举就能将所有这些书读完。

我挑了一本书,在床上躺下。

旁边的屋里,一个深沉的女低音发出一阵笑声。接着,什么东西在吱吱嘎嘎地作响,可能是衣橱门。片刻之后,我听见水倒入脸盆的动静。这引起了我莫大的兴趣,我撂下书,竖起耳朵听着。

起先,我听到了一些泼水声,接着,一道门喀哒一声关上,楼梯平台上传来了一阵轻盈的、毫无疑问属于女性的脚步声。

我出于习惯,随身带来了一些白纸,几个黑皮练习本,万一想写什么东西时用,此外还有几支铅笔,一支自来水笔,一支普通的钢笔以及一小瓶墨水。我装作在取这些物品,然后走到窗前,等待着。

不一会儿,一个穿着淡菊黄色衣服、皮肤晒得黑黑的金发女子出现在了那条越过草地通向河边的小径上。她肩挎一只沙滩包,迈着轻快的脚步,没有回头,因此我没有看见她的面容。我刚要离开我的瞭望点时,两个身着同样颜色衣服的小姑娘忽然从房子里冒出,吵吵嚷嚷地冲下了小径。那位金发女子停住脚步,朝她们,因而也同样朝着我,转过身来。但她离我实在太远了,我看不清她的面容。

大师马克西姆·高尔基写道：

　　要么唱，要么死！彼得罗夫斯基大喝一声。寥什卡张开双臂说道："我已爱上了他，我要对所有人说——我已深深地坠入了情网。"
　　稍顷，所有那些贪得无厌的家伙提出了更多的要求。
　　我明白这是些卑鄙的人，但他们对美却有一种宗教似的崇敬，他们甚至全然不顾自己地为美服务，他们深深地中了美的毒，甚至甘愿为美而去杀戮。
　　目睹这一场面，我的心中不禁生起一阵模模糊糊的渴望，那渴望令我感到窒息。然而，这些人的疯狂达到了最高峰，虽然所有的歌早已唱过，所有的舞早已跳过。
　　"将这些娘们的衣服脱光！"彼得罗夫斯基喊道。
　　一般总是由斯特潘尼钦来脱她们的衣服。他不慌不忙，小心翼翼地解开棉带，解开挂钩，将外套、裙子和衬衫整整齐齐地叠好。男人们盯着寥什卡的身子仔仔细细地打量了一番，小心翼翼地触摸着她那对极富挑逗性的奶子、那双漂亮强壮的大腿以及那动人的腹部。他们围着那些女人唱着、跳着，不时地发出一阵阵赞叹声，为她们的身子而得意洋洋，随后，他们回到小屋的桌旁，吃着，喝着——然后便出现了难以描述的恐怖场景。

　　我们在一间只有六张桌子的小餐厅里进晚餐。我立刻注意到，那个金发女士和那两个小姑娘一起坐在邻桌上。她一看就是个贵妇，至少像贵妇们那样，凭着珠光宝气、绫罗绸缎、抹上口红的嘴唇以及昂首挺胸的骄傲神态将自己同普通妇女区别了开来。她的头又圆又小，眼睛同衣服一种颜色。一个长得像马似的家伙和她们一道坐在桌边。我们一家坐下时，那家伙站起身来，亮出一副完全适合他那马嘴的牙齿（它们又黄又钝又大，嚼起草来十分合适），向父亲伸出手来（中指由于焦油和尼古丁或其他什么使烟民手指变色的东西而发黄），声称他是斯拉维克大夫，来自布拉格地区，坐在那边的那些人是他的家人：他的妻子保拉以及他的孪生女儿米利耶和罗茜。父亲也介绍说他是位工程师，同样来自布拉格，他制造了一种大夫肯定在什么地方见过的焊具，我是一个七年级学生（事实上我才刚刚上完五年级，令人吃惊的是父亲这一回只多算了一年），他的另一个儿子，指我弟弟，还是个孩童。他没提母亲，因为他知道，母亲对所有陌生人都起疑心，打从她被误诊后，尤其是对医生。

大夫接着告诉我们，他战前就来到了这个地方，的确，即便在占领期间，这里的生活也还过得去，因为什捷尔巴克先生知道从哪儿弄来的，而什捷尔巴奇科娃总能在实际上一无所有的情形下做出吃的来，当情况真的很糟时，那条金色小溪献出了古怪的鱼，而那座森林则生出了一些蘑菇或一些可以做蛋糕的紫黑浆果。再说，这儿总会发生一些有趣的事。比如，下星期六，邻近的赫卢姆山小镇就将举行一个闻名遐迩的礼拜节，届时，当地的业余剧团将上演令人难忘的《吹风笛的人》。大夫确信我们会喜欢这儿的，会成为这儿的常住居民，就像，比方说，哈韦尔夫妇，他们几年前在这儿相遇，而眼下正在此地度蜜月哩。大夫指了指屋角那张桌，那年轻的一对正在那儿轻轻地说话，然后他又将头冲窗边的一张桌子一扭，一个相貌平平、脸色苍白，好像有病的家伙正坐在那儿独自沉思，人们称他为哈拉马先生，他来此已四年有余，每每需要安宁和平静时，真的在此找到了避难所。斯拉维克大夫意味深长地抿着嘴笑了笑，我明白那位脸色苍白的男子的出现带有某种神秘色彩。

最后，令母亲惊恐的是，大夫问我父亲是否碰巧也玩福倍尔①或至少利希得赛克②，因为我们同卡劳什校长、安东先生、来自铁路的

---

① 均为纸牌游戏。
② 同上。

索多姆卡先生，也许还有来自消防队的福伊尔施泰因先生可以组成一个出色的牌戏小组。

父亲以一种绝对让我惊讶的礼貌向他表示感谢并说，不巧他有许多问题需要琢磨，因为他正在攻克一个有关三相转换电机的极其有趣的难题，恐怕没有多少娱乐时间。

就在这时，什捷尔巴克先生，依然系着女里女气的围裙，为我们端来了炸肉排。大夫对我们说了声"*胃口好*①！"然后回到了自己桌边。

看得出，母亲恼怒不安，不仅由于那个男子纠缠不休的热情，而且还因为我们在一个随时都会变成赌场的屋子里就餐。她快速地吃着。我担心我们一吃完炸肉排，她就会坚持离开。和她或我父亲不同，我倒很想看看尤克②或彭通③是怎么玩的。同时，我对那位神秘的哈拉马先生、那对新婚夫妇、那位快活的大夫，尤其是他的同伴，也颇感兴趣。

饭后，由于天气奇热，弟弟和我每人得到了一瓶淡黄色的柠檬水。父亲也破天荒地要了杯啤酒。稀奇古怪的人影开始飘进餐厅：最引起我注意的是一位满头银发，脸色红得不健康的瘦削的老人。除去医生太太，与屋里所有其他人形成鲜明对照的是，老人无可挑剔地穿了一身黑色礼服。他的脖子从一个高高的上了浆的领子里伸出，我祖父过去也常穿那种领子，一条精美的金链从他那不同寻常的淡紫色的马甲口袋里垂下。经过我们这一桌时，他朝我母亲躬了躬身，慌乱之下，她同他打了声招呼，他答了声"吻您的手，仁慈的夫人！"并立刻走上前去朝医生太太和她丈夫鞠躬。大夫高兴地喊道："好极了，我亲爱的总管，晚餐之后玩会儿牌你觉得如何？"老人回答："完全

---

① 原文为法语。
② 2 至 4 人打 32 张牌的纸牌戏。
③ 21 点牌戏。

听候您吩咐,大夫!"

这时,母亲用肘轻轻推了一下父亲,相当大声地说:"我们该走了吗?"

我们沿着河边散了会儿步。太阳已从晴朗的空中沉到远处的树林后面。几只晚归的小船,静静地溅起朵朵水花,在水上划动着,时不时地,一条鱼会出人意料地拍打水面。

接着,我们溜溜达达,来到了一条两旁耸立着白杨和欧椴的大道。一阵尖利的、拖得长长的手风琴声传来。母亲对我们说,我们竟然还在一起散步,我们全家人竟然逃脱了最近的恐怖,活着看到了这一时刻,多么神奇,多么令人难以置信啊!她鼓动我们看一看天空是如何一点点变紫再变红的,太阳是如何一步步沉入隐隐约约的树冠中的。难道我们见过,难道我们还能描绘出比这更壮观、更完美的场面吗?难道我们还能想象出比我们故乡更加美丽的土地吗?她不住地问道。

父亲微微笑着,恭顺但又心不在焉。他的心思也许还在三相转换电机上。弟弟抱怨说他渴得要命,我们该带一只壶来,好冲些可可。就在我们出发前,加拿大的一位阿姨给我们寄来了一个包裹,其中便有一听那珍贵的、金黄色的粉末,母亲将那听可可塞进了箱子。所有这一切都没能逃脱弟弟的目光。可怜的孩子!毫无疑问,本该深深地陶醉于大自然的壮丽时,他却一心想着要喝那神圣的饮品。

我同样也走了一会儿神。我想要是晚上独自呆在房间里的话,我就绝对能成为时间的主人了。这一念头令我激动不已。

大师马克西姆·高尔基继续写道:

> 他们每个人身上都存有某种阴暗、可怖的东西,搅扰着他们的心灵。男人咬她们、拧她们时,女人们发出了痛苦的尖叫,但她们,觉得这样的残暴极为必要,甚至令人愉快。寥什卡故意用挑逗性的叫声激发彼得罗夫斯基的性欲:

"再厉害点！拧我吧，继续干呀！"

她那猫一样的眼睛睁得大大的，那一刻，她看上去就像某幅油画中的女殉道者。我担心彼得罗夫斯基会把她揍死……此时此刻，我的眼前仿佛上演着一幕两种因素间冲突的悲剧：兽欲和人性。人类试图一劳永逸地平息兽欲，摆脱它那没完没了的渴望，然而它却时时刻刻都在不断增强并愈加可怕地奴役着人类。

但很快，这些充满活力的情欲狂欢在我心中引起了厌恶和悲哀，与此同时，我为那些人，尤其是那些女人感到难过。尽管备受折磨，但我仍不想放弃参与那种"修道士生活的"疯狂；或者说得更动听一些，我正遭受狂热认识的折磨，我正遭受那"狂热认识——撒旦"的摧残和诱惑。

楼下传来一个声音。一听到它，我就联想到了女邻居那熟悉的、深沉的笑声。他们在底下干什么？他们又在笑什么？

母亲向我道"晚安"时，特意催促我马上睡觉。她说她了解我并意识到我不会梦想着要到楼下酒吧里去瞎转悠，只要她管住我的话。生活中最最糟糕的事，总是稍稍了解一个人并信任他。

这是我有生以来第一次在客栈里过夜。这个地方会发生什么？其他人什么时候回房间？他们会回房间呢，还是通宵达旦地玩个痛快？那对新婚夫妇怎么样？新婚夫妇单独在一起时都做些什么？他们肯定不会所有时间都干那个的，对吗？

我合上书，轻轻地、偷偷地溜到窗前。窗外，夜幕已经降临，但由于一轮圆月高悬，黑暗什么也遮不住，只见那闪闪发光的河水在灰暗的景色中静静地流淌。

低坎下的草地上有不少帐篷，这些帐篷肯定是在晚上支起的。一小堆篝火在燃烧着，无数黑色的人影在四处晃动，隐隐地从那边飘来了歌声。

毫无疑问，他们全都在一起：男孩和女孩，男人和女人，还有对对情侣。他们将一起钻进帐篷，他们将互相挤压，然后……

我理应立即开始思考一些更为严肃的问题。什么才是更为严肃的问题？上帝的存在。对生活的观察。人类灵魂的不朽。人能变成上帝而上帝会变成人吗？人类灵魂的本质是什么？在原子弹爆炸的中心人类灵魂会怎么样？人生的意义是什么？战争。我能做些什么来反对未来的战争呢？我又能为了自己的不朽或者为了人类做些什么呢？怎么才能赢得爱情？可是爱情究竟又是什么？我曾经读过的书……

隔壁房间里，一扇门嘎地一声开了。我僵住了。

勉勉强强可以听见的脚步声。隔壁住着几个人——一个还是两个？

又有几声轻轻的脚步，一声叹息——肯定是那个熟悉的女性声音发出的深沉的叹息。墙壁要是透明的该多好！哪怕有一道缝也行啊。

我尽可能悄没声息地走到墙下，将耳朵贴住了墙。墙又冷又硬，仿佛在发出阵阵石头般的低语。它那冰冷的血管里流动的血在我的耳边砰砰作响。我没有听见其他什么动静。只是当我将头搁在枕上时，才听见了墙壁另一端的床发出的嘎吱声。

我在甜蜜的苦恼中僵住了。仿佛我们之间的墙壁就要分解。我潜入墙底，一动不动地等着。

一声小号将我惊醒。它就在我耳旁响起。我吓了一大跳，一骨碌从被子里爬起，手足无措地瞪着夜色。随后，当我慢慢缓过神来时，我判断出了那些金属声音的来源，光着脚轻轻走到窗前。

下边，栗树下，一些月亮崇拜者站着仰望着两个演奏者。其中一位，我一眼就能认出，是斯拉维克大夫，紧握一支小号；另一位，根据那头白发就可断定是那个彬彬有礼的安东先生，颔下塞着一把小提琴。我和底下那些人一道望着演奏者并听着他们演奏的曲子。音乐传进我耳朵时，不知怎地也融进了夜晚，仿佛带来了早已成熟的花的芬芳和秘密恋人拥抱的温馨。那乐曲如此的欢快，以至于有那么一刻，竟将我那冰凉的脚底同粗糙的楼板隔离开来，并像一个柔软的气垫似的滑进了我的脚下，于是，我便可以在音乐的波浪上跳动，恰似一只在波涛汹涌的海面上行驶的船，或者就像一只在暴风雨边缘翱翔的海鸥，我便可以看见那号声，升上星空，渐渐地变成一团金色火焰，照亮栖息着无数受惊的鸟儿的栗树。

隔壁，一扇窗嘎吱一声打开，我无法看清，只感觉有位温柔的女性正朝两位音乐家投去飞吻。那一刻，我多么渴望能代替他们，多么渴望能像他们那样表达我的向往，多么渴望能实现我的梦幻。也许，有一天，我也能那么做，也能像他们谱曲那样写出美好的歌词，那时，我会召呼某种同样的灵魂，我会发现我整个身心都充满了爱。

音乐结束了，小号熄灭了，栗树的枝丛重又陷入黑暗之中，而我又掉回冰冷的楼板。当我正要转身回到床上时，瞥见两位音乐家在向一个看不见的夫人鞠躬；片刻之后，一群月亮崇拜者将他们吞没，兴高采烈地将他们拽入黑色之中，大概将他们放在了另外一个更加遥远的窗下。

翌日，我早早地醒了。我在床上辗转反侧了一会儿，满心希望能听到点儿有趣的动静。随后，我又为自己以如此方式浪费时光而感到害臊。

我走出房门时，恰好对面的门也开了，一个头发蓬乱的女子出现。我认为她是年轻的哈韦尔太太。她身着一身饰有花卉图案的晨衣，手捧两瓶野芙蓉和矢车菊。

仿佛在某种不合体统的追逐中被她当场捉住似的，我的脸一下子红了。我结结巴巴地对她道了声："早晨好！"

她咧开大大的苍白的嘴巴，对我露出了微笑，将玻璃花瓶紧紧抱在胸前，声称她正要去为花换水。

我看见她的屋里还有几只插满野花的花瓶。兴许这就是恋爱或新婚的一部分，可就在那时，门从里面关上了。

我们一起走下楼梯。我觉得一声不吭实在有失礼貌，于是便问："您自己摘的？"

"和我丈夫一起，"她骄傲地说出这句话，"我们两人都喜欢花。"

水泵就在院里，我主动要求帮助她，一下抓住了水泵把手。

"我近来老是梦见一种奇异的花，"她说，"它形似一个钟，色如一团火，但花托却深蓝深蓝的，差不多同睡莲一样大。"

"也许您会找到这么一种花的。"我脱口而出。

"那将好极了，"她轻声说，"我走过草地时，可以想象出它。但兴许它长在热带某个地方。"

她又一次用纤细的手捧起花瓶。"你要是喜欢的话，我可以为你摘一些。"她说完转身向楼梯走去。我则踏上了通往帕韦莱茨农场的道路。

我发现父母正在激烈地争吵。好像晚上，他们屋里出现了一只老鼠。此外，母亲从帕韦莱茨夫人那里得知，她弟弟，也就是住在隔壁楼里的瓦莱什先生，染上了结核杆菌。母亲向来有洁癖——无论是对身体、灵魂，还是对环境。一想到拐弯处，有人正将致命的结核杆菌咳入他们呼吸的空气之中，她就惊恐万分。她对父亲说，我们应当立即打点行李，离开农场。

父亲显然不想离开。他很高兴找到了栖身之地和一张可以铺开稿纸、图纸和计算尺的桌子。只不过，这种情形下，谁也不会去理会父亲的利益。

看来搬迁不可避免了。父亲绝望之中忽然想起了我们餐厅中的邻居，并建议先问问他隔壁屋子里的病人是否会威胁我们任何人的健康。

尽管母亲气冲冲地反对说她对医生毫不信任，可父亲，一旦想出可能的解决办法，是绝不会回头的。

斯拉维克大夫显然十分高兴。他当即拉过一把椅子，坐到我们桌旁，向我母亲保证说，很难找到一个比帕韦莱茨先生的农场更加卫生的地方。至于结核杆菌嘛，实际上哪儿都有，关键在于我们如何与它们和平共处。接着，他谈起了瓦莱什先生。可怜的伙计，他既是战争的牺牲品，也是他自己放荡行为的牺牲品，同时，不用否认，也是他个人志向的牺牲品。弗兰克·瓦莱什，大夫讲述道，过去是一名热心的体操运动员，一个体格健壮的家伙，一名音乐家和一位长跑运动员。后来，他将主要精力用在寻花问柳上，在那一领域，成就更加突出。

就在那时，脸色苍白的哈拉马先生走进了餐厅。他经过我们这一桌时，说了声"大伙早上好！"我忽然感到，这一声小心翼翼发出的问候听起来特假，或者也许不知练过多少遍了。早上，他的面容更加惨不忍睹，眼睛一片浑浊。他神情沮丧地坐在了一张靠窗的桌旁。注意到我在望着他时，他马上转过头去。他的目光，他的一举一动都流露出了一个无家可归者的极度的不安。

就在战争爆发之前——与此同时，大夫继续讲述道——弗兰克同一位名叫玛莲卡·索多姆科娃的女子成了亲。她可是当地的一个美人儿，迪尔业余剧团的明星。不久，他组织了一个乐队，在俱乐部舞会、葬礼、婚礼以及其他节日上演奏。起先，玛莲卡不喜欢弗兰克晚上四处游荡，可没过多久，她意识到了，只有当她独自在家时，她才能睡上安稳觉。说到这里，大夫抿嘴一笑，意味深长。母亲装出一副惊讶的样子。父亲却心不在焉（也许正在心里解决一些技术难题）。而医生的金发太太挑衅似的将一条晒得黑黑的腿搁在一个晒得黑黑的膝盖上，并对着阳光照亮的空间吐出了一个个烟圈儿。

乐队很快名声大噪，左邻右舍纷纷前来约请他们演出。德国佬对他们不管不问，因为他们演奏的尽是克莫赫的铜管乐曲以及"安妮走在小巷里，手拎一条她刚刚宰杀的大鲤鱼"，或"我老爸是个渔民，在惊涛骇浪的大海航行"之类的渔民小调。人们喜欢那样的音乐。大夫对此可以讲个没完，因为有时，在他休假时，他们也准许他带着小号加入。然而，有一天，在赫卢姆，那是一九四四年，老哈默尼克去世了，他是全国体育组织索科尔协会赫拉德茨-克拉洛韦地区分会主席，同特尔斯有私交，十届索科尔大会均参加过。成员们从四面八方聚到一起为他送葬。四支乐队出现在了葬礼上。在那一场合，弗兰克不仅演奏了《凭着狮子般的力量》，而且还演奏了那首选自斯美塔纳的《我的祖国》，或者更确切地说，选自《塔博尔》的美妙而又庄重的曲子。那是他特意为葬礼安排并排练的曲子。演奏《胡斯①赞歌》时——大夫站起身来唱道："胜利最终属于你们！"——有人忽然跟着唱了起来，不一会儿，那首古老的战斗曲便在墓地四周回荡，仿佛胡斯的军队真的前来援救了。德国佬自然不会听不到这一歌声，还没走到家，那个领头人就被他们抓住了，并在布德若维茨盖世太保总部被关了两个月。

哈拉马先生要了早咖啡，慢悠悠地呷着。我似乎觉得他极想将脸埋在手中。那人有什么事隐瞒着：他的金发，他的灰眼睛，他的过于小心的发音，谁知道他是不是德国人呢？听说，我们周围有很多。他们弄到了假证件，此刻就生活在我们中间，谁也猜不出他们在动什么念头或在策划什么阴谋。

弗兰克回到家时——大夫继续讲述——人瘦得只剩一半了。他的牙齿被敲掉了，他的双手在颤抖，他的心灵受到了创伤，他的肺部侵入了结核杆菌。没错，战后，人们为他补好了牙并将他送到一家疗养院。可他留下一个字条，离开疗养院去找他的玛莲卡了。只是因为面对独自死去或在一个女人的陪伴下死去这两种前景，他选择了后一种并将它付诸行动。

我母亲反应强烈，仿佛从一块冰上被割了下来。她催促父亲看在老天的分上，不要再耽误大夫的时间了。片刻之后，她站起身来，我们来到了河边。

母亲和我都没有下水。母亲不敢下水是因为多年前，一位著名的心脏病学专家告诉她，她的心脏极其脆弱，即便最最微不足道的劳累都可能置她于死地。后来我们发现这一误诊是由于母亲的心电图同一

---

① 15世纪捷克爱国者和宗教改革家。

位实际上处于弥留之际的老太太的心电图搞混了，事实上，母亲的心脏相当正常，相当健康。但为了安全起见，母亲依然避免任何劳累。

我没下水是因为同潮湿物质接触并不令我感到愉快。再说，周围大量的女性也让我安于留在岸上。她们四处奔跑着或者躺在地上，将那美丽的令人向往的胴体展现给太阳和我的目光。我装作在读书，实际上注视着新婚燕尔的哈韦尔夫妇、医生太太以及她的两个女儿。哈韦尔夫妇搂抱着躺在一块只是部分敞开的单子上。医生太太和她的两个女儿则在玩扔球游戏。

父亲和弟弟走出水面。弟弟念念不忘母亲箱子里的可可，提议我们到林子里，点起一堆火，煮点热可可喝。与此同时，我一边依然在假装读书，一边注意到，有几个游泳者，想换掉湿淋淋的泳衣时，拎起衣服和沙滩包，穿过小桥，消失在了岛的另一端。母亲厉声训斥弟弟不要老是惦记着自己的肚子并要他以我为榜样；我连水都没下，可怜的家伙，却一直埋头于书本。父亲站在弟弟一边，声称稍稍做些运动对我并无害处。我心里忽然产生了一个念头，于是就势说道，下午我将去散会儿步。

午饭一吃完，我便出发了，顶着炽热的阳光，来到了河的另一端。

我在茂密高大的草丛里找到了一个地方。躺下时，岛上人无法看见我，而我却可以看见一切。

虽然我费了好一会儿工夫，假装安慰自己说选择这块地方是因为这儿特别僻静，这样我便可以不受干扰，安安静静地读书和思考了，但一想到我的不良动机，我便又为自己的行为感到害臊了。我的确面朝天躺着，望了一会儿几乎一动不动地悬挂在我头顶上的云朵。仰望蓝天有一种令人平静，同时又令人兴奋的感觉。我不禁想起了我的朋友，那些与我同龄的男孩们，他们再也不能如此凝视天空，因为他们死了，被毒气毒死了。他们正从上空俯瞰这世界吗？人类灵魂能看见一切吗？

我怀疑，我怀疑人类灵魂的不朽，或者，更确切地说，我无法想象它。它持久存在的形式，或者空间。纵然宇宙大得多少灵魂都可以容纳。但是，显而易见，星空如此寒冷，以至于任何生物都会在顷刻之间冻成冰块。

这一想法强烈地吸引着我，于是，我打开书本，抽出一张备用的白纸，用铅笔头写道：

  人类灵魂充其量只有两种选择：地狱的烈焰和天堂的冰冷。

紧接着，又有一些想法冒上心头：

  因而，与其相信灵魂的不朽，不如相信爱情的永恒！

我得意扬扬地凝视了片刻这两段话。它们听起来仿佛出自一位真正的作家之手。我随后添上日期，将纸折好，放回书里。

有朝一日，当我成为一名训练有素、富有趣味、机智诙谐、受人尊敬的著名艺术家时，我就不用再躲藏在河岸边的草丛下了。我会坐在书房里，或在大门前来回溜达。她们会主动地跑到我面前。不仅是普普通通、索然无味的女人，也许还有大名鼎鼎的女演员。我正想象着自己在夜总会里同一个著名女演员共进晚餐，手指轻轻地触摸着她那优美裸露的胳膊时，两个陌生姑娘，穿着泳衣，背着大包，忽然出现在岛的顶端。

我的心开始怦怦直跳。就在那一瞬，一只水鸟从我近旁的芦苇丛中飞起。我恼怒地回头望时，只见脸色苍白、闷闷不乐、神秘兮兮的哈拉马先生正沿着一条几乎接近水面的狭路拖着脚步走来。

那两个姑娘显然看到了他，而他压根儿没有注意到她们，继续沿着河岸往前挪着步子。姑娘们立即钻进了另外一边的灌木丛中，从我的视线中消失得无影无踪。

我在草丛躲藏处一动不动地躺着。时不时地，透过密密匝匝的树枝和绿叶，我仿佛瞥见有个姑娘的身子一闪，但我不敢肯定。

她们再次出现时，已穿上了色彩鲜艳的小衣服，彼此叫喊着，迅速朝岛上的一座小山丘爬上去，片刻之后，便不见了人影。哈拉马先生同样也消失在了远处。他去了哪儿？我觉得那条路大概通往铁路线，或许兴许直接通往火车站。

有一会儿工夫，我漫不经心地胡思乱想：哈拉马先生根本不叫哈拉马，而叫亨德尔或豪斯，他是去与已被定罪，但仍未归案的马丁·鲍曼的某个使者秘密会面。鲍曼藏在特雷斯塔姆普、黑尔和三峡山脉间的边境丛林里。话说回来，又有谁会到那儿去找他呢？而我将成为发现他，或至少发现他的躲藏点的人。

当我在晚饭前回到我的小房间时，隔壁的门吱呀一声打开，医生太太那张晒得黑黑的脸探了出来。"哦，是你啊，"她说，"我还以为是我丈夫哩。你没见到他，对吗？"

"恐怕没有。"我好像觉得，一阵阵铃兰的芬芳正从她那半开着的门里飘了出来。"我以为他去钓鱼了。"

"不知道他在哪儿瞎混哩！你呢？一下午我都没在河边见你。"

"我去散了会儿步。"

"你都走到哪儿了？"她那淡蓝色的眼睛盯着我。我感觉得到脸一下子红了。

"我就在岸边溜达了一会儿。后来又读了会儿书。"

"你大概常常读书吧。"医生太太轻轻拂着自己的头，那金色的头发随即扬起。她肩倚门框，指着我手里的书。

"只是在假期读读！"我一时激动，竟将书稍稍打开，于是，那张我写上字的纸滑了出来，飘落到她脚下。

她赶在我之前，迅疾弯下腰来，捡起纸，递给我。幸好，那张纸折得好好的，所写东西在里面，只有今天的日期隐隐露了出来。"哦，那只是我草草记下的东西，"我觉得有必要说明一下，可脸又一次红了。

"我过去也很喜欢读书!"她装作没注意我的窘态。"在我还十分年轻时。森林永在歌唱,从北向南,当雨水飘落的时刻……我常常边读书边想,上帝知道我会在生活中遭遇什么。可这全是大骗局。尽是些漂亮词儿,关于爱,关于忠诚,关于那些想象出来的事物。你就在河边走了走,对吗?"

我点点头。

"我不信!你也许在那儿搭上了一个从某个帐篷里走出来的姑娘,而你自己的女朋友却在远方苦苦地等待着你的情书。"她用那晒得黑黑的食指威胁着我,发出了低沉的笑声,不等我反驳那些可怕的、无中生有的指责,说道:"我知道你们是副什么德行,你们这些男人!"

就在那时,楼下传来了一阵嚷嚷声。"大家都来看呀!"我听出这是她丈夫的声音。

我们一起走下楼去。大夫站在厨房门口,穿着高统防水靴,身边放着钓竿和一只鼓鼓囊囊的鱼篮,大声吆喝着让什捷尔巴克太太将最最大的盒子,或者最好干脆将洗衣盆端来。

什捷尔巴奇科娃与其说端着,不如说推着一只硕大无比的陶瓷盆露面了。斯拉维克大夫打开防水鱼篮,一边开始往外扔一条条滑溜溜的鱼,一边得意洋洋地大声说:"都是些大鱼,怎么样?"说完,他又转向什捷尔巴克太太,背诵道:

> 倘若老师教我们说"陶罐"
> 来自动词"挖坑"
> 那么,"射击"的起源又是什么?
> 你难道回答不出吗?

"大夫,大夫,"客栈老板娘身子胖乎乎的,脸颊红扑扑的,性情格外温和,"您到底是从哪儿学来的这些诗?"

"从我父母那儿,什捷尔巴克太太!"斯拉维克大夫卷起衣袖,一边从篮里往外掏鱼,一边回答。"您听过这一首吗?"他唱了起来:

> 我可不喜欢矮胖的女人,
> 她们离地面实在太近,
> 当她们走过泥泞的街巷,
> 我发现,总是溅得浑身肮脏。

他将最后一条鱼扔进陶盆。客栈老板娘乐呵呵地笑着。医生太太望着我,仿佛在说:"别生气!我已很长时间不生气了。这就是我所过的生活!"我很高兴母亲不在场。要是她听到那些歪诗的话,那我们当天就得卷起铺盖走人。

母亲也没来吃晚饭。好像她一晒太阳就头疼。因此,只有父亲和弟弟来到餐厅。

那一刻,餐厅已经客满:除去神秘而又孤僻的哈拉马先生和身着昔日盛装的安东先生,还有两位穿制服的人坐在那里,一位显然是铁路职工,另一位像是消防队员。临窗的桌旁一位小个子男人正在读《红色权利报》。我只看得见他的一头白发,两条黑裤腿,当然喽,还有捧着报纸的手指。根据这一些,或者是由于我对教育的抑制不住的渴望,我猜测报纸后面的那个人可能是那位中学校长卡劳什。

厨房里飘出了咝咝作响的油的香味。他们正在炸大夫钓到的鲤鱼。片刻之后,大夫本人穿着浅色裤子和白帆布鞋,出现在门口。他的夫人也换上了一件红条外衣,领口很低,乳房间的开衩处别上了一朵蜜黄色的人造玫瑰。我发现,随着医生太太的每一次呼吸,那朵花都会欢快地颤动一下。

大夫环顾四处,看到在座的客人时,快活地发出了一声喊叫:"嘿,瞧谁来看我们了!校长和……什捷尔巴克夫人,预备一桶水,以防此地着火……福伊尔施泰因先生！*名字就是预兆*①，我总这么说。正如大伙儿一听我介绍说斯拉维克意思为夜莺，就意识到我是个有用的歌手；正如校长不会否认他是个有点儿愁眉不展的哲人；福伊尔施泰因先生，只要望着你并听见你的名字，大家必然意识到，你就是那在谷仓和干草堆中燃起火花的小燧石！"

只是到那时我才仔细打量起穿制服的小个子男人。我注意到，他的头发果然具有火焰般的色彩，他的小眼睛看上去诡计多端，而他那对招风耳朵在我看来就像一个罪犯的耳朵。

很奇怪，福伊尔斯泰因先生并不在乎大夫所说的话。他甚至还笑了笑说，两天前，他们刚刚扑灭了一场大火，就在赫卢姆那边的一垛干草上，当时的火焰蹿得比地方教堂的尖顶还要高。身着铁路制服的人接着说道，他们接到了铁路部门的一份特别通告，大意是：严重干旱意味着森林和农作物火灾危险的增长，所有林中小道都必须不断加以巡查，以便确保没有一丝火灾隐情。事实上，一位看守员和一个派来的人已经开始沿着通往卢日尼采的道路巡查了。但他们没带任何消防器具，就连个水桶或啤酒罐也没有。就在道路从池塘那边拐弯的地方，他们发现有草烧着了。一开始，他们折下几根树枝，试图扑灭火焰，可火势早已蔓延，于是，看守脱下外衣，试图盖住火焰，只不过衣服很快就着火了，他们不得不将它扔在地上，用脚踩踏，就在他们踩踏时，裤子和鞋底又开始冒烟了，最后，万般无奈，他们只好跑到卢日尼采，叫来了消防队。一直到深夜，他们才回到站上，两人都被烧得惨不忍睹。"他们一回来，我就给他们画了张画。"穿蓝制服的人告诉我们。

我们全都全神贯注地听着。我发现，只有哈拉马先生漠不关心地坐在桌旁，透过窗子瞪着河水。

我很想问一问那场火灾后来怎么样了，可就在那时，什捷尔巴克

---

① 原文为拉丁文。

太太端着菜走上前来,大声宣布,多亏了大夫,今晚的正餐免费供应,只收配菜钱。听到这番话,大夫站起身,向大伙儿躬了躬身。接着,他问那位他称做索多姆卡先生的穿铁路制服的人是否将画带来了。那位铁路职工立即打开一只长长的皮箱,彬彬有礼地取出一卷画布。他展开画卷后,我们看到了一幅油画,上面画着两个身穿烧得千疮百孔的蓝制服的人。两位铁路职工的头上有团蒸汽袅袅上升,起先微微发红,仿佛来自火焰,进一步上升后,渐渐变蓝,最后几近白色,就在那一片白色中飘动着两个悬挂在晴朗、蔚蓝的天空中的桂冠。

"多亏了这幅杰作,"斯拉维克大夫评论道,"索多姆卡先生,你的确让那两位英雄名垂青史了。你还带了什么别的画吗?"

索多姆卡先生立刻拿出了一小卷油画,全然不顾客栈老板娘正为他端上盘来,展开画卷并用手举着,好让大家都能看见。这是幅月下草地图。草地上,一头泛着银色光泽、长着黑色狗嘴的金鹿正在吃草,而一个猎人正举着枪,瞄准它,即将扣动扳机。大夫见了欣喜万分,又有机会背诵一遍那首有关"射击"和"陶罐"的打油诗了。他背诵完后,除了他太太,人人都笑了。我望了她一眼,她也望了我一眼,晒得黑黑的脸上迅速掠过一丝微笑。那微笑实际上是属于我的。我意识到她在对我说:这下你可亲眼看到了!我一直对生活满怀期望,可得到的却尽是些淫荡不堪的打油诗。

我为自己切了一块鲤鱼肉。我并不特别喜欢吃鱼,可这块鱼吃起来却不同于我以往吃过的任何鱼。当我嚼下第一口时,一种异样的兴奋拽住了我的心灵。我仿佛觉得生活是那么美好、那么有趣,甚至那么激动人心;在这奇妙的生活中,每时每刻都有许多事发生,那些事包围着我,将我托起,就像空气包围一只气球,将它提起并升向蓝天一样。

晚餐后,大夫郑重其事地对夫人一口一声"我的爱!"并问她是否会反对他玩一会儿牌。夫人回答说,即便她反对,他也会照玩不误的，因此，他为何不想干嘛就干嘛呢？她说完便站起身来，走向孪生女儿，同她们一道离开了餐厅。随后，什捷尔巴克先生走到他们桌前，抽下桌布，摆上了几个啤酒垫和一副纸牌。片刻之后，刚刚还坐着大夫一家的地方便被校长卡劳什先生、消防队员福伊尔施泰因先生和铁路工人画家索多姆卡先生占领了。什捷尔巴克先生声称他只在旁边出出主意。

斯拉维克先生从盒子中抽出牌，说谁拿到最小的牌，谁就发牌，然后切了切牌。

我们家里可不玩牌，就像不讲脏话、不酗酒，甚至不抽烟一样。我料想父亲立刻会起身并让我们出去，可他却将椅子拉到大夫桌旁，以便看得更清楚一些。

这会儿，桌上已摆上了一摞摞纸币和一堆堆零钱。福伊尔施泰因先生说他拿到了一张七，而大夫则称他将出一张一百，而且还是一张红桃一百。老师对大夫说，王牌一百，他想出就出吧，但他想看他出，大夫抓起两张躺在桌上被人遗忘的牌，叫了声盖了帽。

满贯，满贯，大夫亮出自己的牌，将三张十克朗的纸币划拉到自己身边。为了让其他人提提精神，他说了声"头回赢，灾祸起"，并用一大口啤酒冲掉这句俗语。

我什么都没看明白。一会儿，他们在打牌，又一会儿，某人只是亮出牌并将所赢的钱收下——但我仔细地看了看牌和钱的移动。我站在大夫一边，可他的对手，也就是那位校长，却总是赢，因为，从大夫的话中我推测，不仅上帝不肯保佑，而且福伊尔斯泰因先生还连连失误。

"既然草花是你的弱项，"大夫冲他嚷嚷，"那你干嘛还要出呢？"

"我以为可以压住他的十呢。"身穿消防服的人辩解说。而校长则抓起一大把硬币。

"看在基督的分上，"大夫嘟囔着说，"福伊尔斯泰因先生，回家后，取出你那把消防战斧，砍下你的脑袋，这样，你就不会这么顾虑重重了!"

他们就这样继续玩着。看到那一张张灰色的一百克朗钞票堆在校长面前,我几乎就要绝望了。我注意到,每当他朝自己跟前划拉一些钞票时,那薄薄的嘴唇总会在一阵得意的傻笑中微微颤动。毫无疑问,当他反剪双手,让课堂上那些可怜的家伙画一个对角成直线相交的正四边形时,也是这样皮笑肉不笑的。就在那时,校长有点儿紧张地叫了一张橡树子一百。大夫脸上的表情告诉我,转折点终于来到了。他猛拍一下自己的纸牌,就像发出一声枪响,然后大叫:"加倍,校长,该为你的马装上鞍了!"

只可惜福伊尔斯泰因先生又一次让人哭笑不得。校长将一大把十克朗钞票划拉到自己面前。大夫沮丧地发问:"福伊尔斯泰因先生,眼看最后一趟火车驶去时,你为何还不出你的草花 A 呢?难道你要为下一个圣诞什么的省下?"

"我觉得……"红头发消防员结结巴巴地说。

"觉得就等于做梦,"大夫吼道,"回家后,用你的战斧敲敲你的额头,好让你在上床前稍稍清醒一点儿。"

下一局,当校长叫黑桃七时,福伊尔斯泰因先生,许是为了将功补过,先是大声叫了句"加倍!"片刻之后又索性改叫"三倍!"这一下可着着实实地花去了他和他的搭档二十四克朗。红头发消防员默默地叹了口气。事已定局,无可挽回,可大夫仍不依不饶,气急败坏地哼哼说福伊尔斯泰因先生定是情场得意并吟诵道:

> 天下掉下一只猫咪,
> 砸在消防员身上,
> 他一个劲儿地嚷嚷:
> 惹了一身毛,但过了一回瘾,
> 虽然我的球儿在飞舞中让人逮住。

尽管对眼前演出的这幕戏依然稀里糊涂，但我却被纸牌游戏深深地吸引住了，兴奋得几乎喘不过气来。当他们再次发牌时，我感觉到有一缕缕希望在餐厅火热的气氛中升起。那一刻，我将平时充溢于心头的一切统统忘了个干净——我的计划，我的使命，大师们的杰作，母亲、父亲和弟弟，甚至包括此刻正在我隔壁屋子里躺着的漂亮的医生太太。我觉得我们所有人都该以同样的方式使自己心醉神迷。忽然，从屋角发出的一声不合时宜的动静将我惊醒：我迅速扫了一眼，看见哈韦尔夫妇，那对新人，显然对屋里发生的一切毫不在意，从椅子上站起身来。就在他们走近大夫那一桌时，哈韦尔夫人用一束淡黄色的雏菊遮住脸，满心惊奇，或者也许满怀怜悯地望了一眼打牌的人。她丈夫温柔地搂住她，那只胖乎乎的手滑到她的臀部下面，轻轻将她托起，好让她看到桌面，看到我们的头。当他们款款从我们中间走过时，她，挺起身子，透过白色的花瓣，朝我们投来一丝温柔但又漫不经心的微笑，那苍白的嘴唇不是因为酷热，便是由于亲吻而露出了道道裂痕。

就在两个新人相拥着穿过高高的门廊的那一刻，这一幕出现了。校长叫一张红桃七，外加一张黑桃七。他叫完牌，还没等对方反应，冷酷的唇边便露出了得意的笑容。可大夫只匆匆扫了一眼手中的牌，便差不多含含糊糊地说：“校长，你的两张七我都加倍！”

校长惊讶地望了他一会儿，然后问道：“你肯定加得没错吗，大夫？”

"一辈子也没这么肯定过，"大夫几近喃喃地回答，全身似乎都在焦急地颤动，"该为你的马装上鞍了！"

"那么，我就叫大的那张，大夫！"校长说，"我手中有，我可以给你看！"

"没问题，"大夫此刻欢快而又大声地说，"但先让我加倍，这样你就再也脱不了身了。因为呀，等你亮牌时，你费尽牛劲儿也找不出那张红桃七来，那张牌碰巧落在了我的手中。"

我看到校长的脸刷地变白了，那对薄薄的嘴唇几乎在脸上消失了。只听他低声说了句："天啊，我可真蠢啊！"

"没错，说得没错，"大夫难以克制自己，"你从房顶上高喊你有一张更大的七，可实际上，你只有鸡奸者一个！"

校长的脸色愈发难看了。他用虚弱的声音问道："你想怎么办呢，大夫？"

"你给我听着，"大夫这时用全屋人都能听到的声音说道，"你竟敢玩手中没有的牌，只是指望别人不会注意。只可惜我们，"他指了指福伊尔施泰因先生，"没有被花言巧语所骗。我们毕竟是玩牌老手！"而那位红头发消防员则在一旁悄悄地笑着，并让校长不要动怒，因为一切都是命中注定。

可校长还是站起身来，用尖厉得刺耳的声音郑重声明："大夫，别跟我来那一套！"

"嘿，嘿，嘿，"大夫表示惊讶，"我并没有说什么无礼的话，对吗？"

"你说的每一句话，"校长说道，"都很无礼。实际上，你是在满口喷粪。至少在那些年轻人面前，你该有点儿羞耻心，"他冲我们这一桌扭了扭头，"你认为怎么合适就怎么办吧……只是我绝对不会容忍你的讽刺挖苦。我们并不想用花言巧语欺骗任何人。"校长继续说道，嗓门儿越来越大，"我们只是要求人民应该得到他们早该得到的东西。他们的劳动果实，政府工作中一笔合理的工资和份额。摆脱那些至今仍在泰然剥削他们的人。你们呢，趁为时还不太晚，你们应该恢复镇定，找到自己合适的位置。我该还给你们多少，两位先生？"

我发现，校长的这番话打动了我父亲，他好不容易才克制住自己，没有就人民该拥有更美好的未来这一话题发表自己的高见，因为这时，所有人都惊讶地瞪着校长，只见他点完自己面前的所有一百克朗钞票，又从皮夹里抽出三张，将它们分成两摞，然后朝桌子中央用力一推。

"校长,别……"红头发消防员惊恐地说。

但校长没有理睬他。他站起身,从我们头中间的空隙处挤了过去,冷冰冰地说了一句:"晚安,先生们!"然后镇定自若地走出餐厅,就像走出一间每个人的名字都已记在他的惩罚本上的教室。

"只要同魔鬼坐在一起,"大夫对校长的突然离去发表评论说,"他就会朝你头上拉尿!"

大师司汤达写道:

> 于连的出现让德·雷纳尔夫人吓得魂不附体,一阵恐惧拽住了她的心灵。于连的泪水和沮丧又搅得她心神不宁。即便到了再没有什么可以拒绝于连的时刻,她也心怀怨恨将他推开,片刻之后,又投入他的怀抱。她仿佛失去了任何理智。她相信自己已被无情地打入地狱,永无赦免的一天,她不住地给于连最狂热的吻,试图以此来消除地狱的幻影。对于连的幸福而言,这时什么都不缺了,甚至还有刚刚献身于他的这个女人的火热的情感,如果他懂得怎样享用的话……"我的天哪,幸福,被爱,难道就是这样的吗?"这便是于连回到自己房间后的头一个想法。

第二天早晨,我倚窗眺望时,惊奇地发现那位长着红头发的福伊尔斯泰因先生坐在栗树枝上。我还没来得及弄明白他在干什么,他便看见我,并举起一件我看不太清的东西冲我挥了挥。那或许就是大夫提到的战斧吧。由于不能肯定他的姿态究竟是友好的呢,还是威胁性的,我想从窗口撤离更为明智一些。当我鼓起勇气再度走到窗边时,红头发消防员已不在树上了。然而,一条条稀奇古怪、五彩缤纷的细绳,或者也许是电线,挂在了树枝上。这些到底干什么用的,我实在摸不着头脑。

河边上一个新朋友的影子也不见。我拼命让自己相信大夫是我最最想见的人。早晨,若能和他在一起,我定能学到不少有趣的东西,或者至少能听到一些逗人的奇闻轶事。可实际上，我真正感到失望的是他的妻子不在那儿——这样一来，我的目光便无秀色可餐了。

直到快十一点时（母亲一大早将一个用餐纸包得好好的卷饼塞进了我的口袋）我才离开了河边。

附近的田野里，一位光着膀子的农民赶着一匹拉着犁的马，正在耕地，犁沟后面高高地扬起一道几近透明的土柱。一片灰色的烟雾笼罩着焦干的旷野。空气在颤动。

村庄无聊地打着呵欠。就连狗都一改往常，疲惫地钻进了窝，根本不搭理我。

我在乡村小店前停住脚步，将目光投向了那花花绿绿的招牌：上面有用深红色做的维丽菊苣广告，有用天蓝色做的奥得克面包粉广告，还有用红色和白色做的海拉达肥皂。此外，他们还用诗句来颂扬清洁剂：

奥他迷驱除所有污迹，
还你一件雪白的衬衫！

安东先生走出门来。他没带小提琴，可大热天却身穿配马甲的黑西服，头顶刚好遮住白发的旧式圆顶硬礼帽，活像一名乐队指挥。

我对他说了声"早上好！"他举了举帽，问我去哪儿。

我哪儿也不去，只是随便走走。他正要去墓地，建议我可以与他同行。

我害怕墓地。当然并非由于什么幽灵鬼怪，而是因为它们太容易让我想到人生的短暂。可我又实在不好意思拒绝老人，于是便同他一起踏上了那条尘土飞扬的小径。

他问我在哪儿上学，家住何方，多大了，然后说道，他像我这么大时，已去维也纳，在著名的克尔斯内尔餐厅当起了小侍从。

那还是在皇帝统治时期。

"那是六十四年前,"他准确地说,"当时,我对皇帝陛下所知甚少。王子殿下招收我之后,作为总管,我曾有幸相当近地见过陛下。一共三回。一次,我在宴会上为他斟上一杯葡萄酒。另一回,我获准照料一次陛下亲自参加的狩猎聚会。"

对安东先生的古怪行当我曾一无所知。在此之前,我仅仅从小说中知道管家的存在。"那么,您本人射中过什么吗?"我问。

"贵族才可以打猎,"他向我解释,"而我们得保证他们狩猎归来时吃上可口的点心。"

"可这并不公平啊。"我表示异议,脑海中冒出了我听说过的平等、自由和博爱等概念。

"我们谁又能说出什么叫公平?"

那一刻,淡黄色草地的尽头,一堵矮墙已出现在我的视线里。墙后面竖着一些十字架。

"任何不知羞耻,甘愿侍候他人的人,人们都瞧不起,"安东先生说,"可谁不在侍候呢?即便那些统治者实际上也在侍候什么人呀。我一直坚持认为,只要心中有爱,什么都可以做。没有爱,什么都不会令人满意。有朝一日,天国的法庭会依据爱的程度,将我们拣选出来。明白我说的话吗?"

我点了点头。这时,我们已来到墓地。老人推开黑色的铁门,我们走了进去。

"我是在一个极为悲伤的场合——皇后的葬礼上第三次见到陛下的。那是九月十六号,也就是那个名叫卢凯尼的无赖背信弃义,刺中她胸口后的第六天。"

不用说,我从未听说过这一事件。

"那一次,我见到了许多统治者,"安东先生继续说道,"其中有威廉皇帝陛下,塞尔维亚的亚历山大国王陛下和俄罗斯的亚历克西斯大公陛下。所有的四轮马车,侍从马车和其他马车都配上了六匹黑马。所有的窗口都挂起了黑旗。"

墓地不大，仅有三排墓碑。远处墙边，一棵巨大的欧椴遮蔽了低矮的殡仪馆；一口黑沉沉的大钟一动不动地挂在一个小塔楼的窗前。

右边，紧挨着大门，有一口装上水泵的井，水泵旁搁着一只洒水壶。安东先生往壶里灌满水，我从他手里接过，然后跟着他来到了一座墓前，墓后面竖着一个石灰石十字架，上面写着：

安娜·安东诺娃（1871—1908）

姓名和生卒年的下面，我看到了一段字迹模糊的四行诗：

主早已分配好你的生命，
结束了你尘世的时光。
此刻，安息吧，我亲爱的夫人，
直到上主将你提升到他的身旁。

安东先生轻声祈祷着。我稍稍站远了一点，以免打扰他。

欧椴树上鲜花盛开，其他墓旁也都种满了鲜花，空中飘溢着一股股甜蜜的芬芳。

"我从未忘记你，"安东先生朝墓墙低下银白色的头，低声说道，"他知道这一点。他会恩准我们的灵魂在他爱的王国里永远地相聚在一起的。"

我羞于听一些并非对我说的话，于是，站到了更远处，后背竟碰到了热烘烘的砖墙。欧椴树冠上传来了阵阵蜜蜂的嗡嗡声和鸽子的咕咕声。

我望着面前的墓碑和十字架，惊讶地发现心中竟没有丝毫的恐惧。真的，我的心中一片宁静，仿佛我早已半身入土，仿佛一个天使早已向我展开翅膀。

我注意到，有一只小小的、粉红色的鸽子从树顶上飞起，在我们头顶上盘旋了一会儿,然后停在老人身边,跳到他的帽子旁,脖子伸过黑帽边,喝起了里面的水。老人的帽子里装满了水,我清清楚楚地看到了微微闪烁的水面。紧接着,其他鸟儿也纷纷向我们滑翔过来,以便为自己补充水分。

老人画了个十字,站起身来,又画了个十字,接着,缓缓挥了挥手,为正在饮水的鸟儿祝福,然后,从地上捡起帽子,对我说道:"你瞧,这片挖空的土地足够我们所有人使用了。而我比他们所有人都要活得长。"

他久久凝望着那些飞去的鸟儿。那一刻,我恍然大悟,突然明白了他在谈谁。所有那些他见过,也许还曾怀着爱精心侍候过,但却没有他活得长的皇帝、国王和王子们,刚刚飞到此地和他见过面。

下午,正当我不紧不慢地朝帕韦莱茨先生的农场走去时,听到了一个熟悉的声音。多么令人欣喜啊!我回过头来,看到了医生太太,同往常一样光彩照人。她赶上前来,告诉我说她丈夫让她给瓦莱什先生送些药,几天前,他的病情开始恶化。

这么说,我们同路。浑身散发着宜人香味的夫人表示她很高兴,因为她不喜欢独自赶路。

我壮起胆子说道我也不喜欢独自走路。

"我一直在纳闷哩,"她说,"一个像你这样的小伙子还同妈妈一起旅行。你为何不同女朋友去什么其他地方呢?"

我红着脸说我还没有女朋友哩。

"得了,得了,昨天那封信是怎么回事?否认爱情可不好啊!"

她朝我摇了摇手指,笑了起来,并让我不要害怕,她不会出卖我的。话说回来,一个像我这样的小伙子为何不该有女朋友呢?已婚男人要是追逐女孩就很糟了。她可以举出一两个例子,因为在那一方面,最最糟糕的男人便是医生了。

她脸上的笑容消失了。我怀疑,她可能是为了向我倾诉内心的痛苦才故意提起这一话题的。我很想让她相信我并不在否认什么,我从未背着良心否认过什么,也从未出卖过任何人,事实上我也做不出任何诸如此类的事来,可她却说个不停。她原本从来也不愿相信这世界充满了欺骗和背叛,她曾经很傻,一个梦想家,她曾整宿整宿地在心中想象着自己意中人的模样,也许她曾真的遇见过一个。那是她的一个男同学,一个文雅而又敏感的男人,长着大大的、金黄色的、孩子般的眼睛,正像我的一样。他约她去过几次公园,有一回,她还和他去跳过舞。回家的路上——她永远忘不了那个晚上——他们看见远处有场大火。一座粮仓着火了,那场火灾似乎预兆着一场更大的火灾,因为几天后,德国人来了,战争爆发了。显然有人在舞会上看见了她并向她父亲告发了她,她父亲冲她大发雷霆,就这样,一切尚未开始就结束了。"一个人就这么失去了他或她唯一的爱,"她悲哀而又明智地说,"而且常常甚至还意识不到这一点。这或许倒不错,因为,要是他意识到的话,就会吞下几片药睡去,再也不会醒来了。"一滴泪水涌上了医生太太美丽的眼睛,然后又从她那晒得黑黑的脸上滚落。

瓦莱什先生农场的墙上有一行稍稍褪了色的文字:

选举名单三

医生太太从手提包里掏出一块手帕,擦了擦眼睛,说道:"就像这个可怜的伙计,用不了多久就要撒手人寰了!"她接着告诉我,他过去特别风趣,从不让人扫兴,可现在,她几乎都不敢走进去了。但她还能怎么办呢?他差不多整天都孤零零地卧病在床,就这样日见消瘦。她想尽量让他开心一点儿。倘若我愿意的话,可以等她一会儿,她不会呆得太长,因为她实在受不了。说完她便消失在了门里。我顺从地在一堵阴凉的矮墙上坐了下来,头上正好是一扇敞开的窗户。

一种奇特的兴奋涌上了我的心头,兴奋之外又夹杂着几许悲痛。我清楚地知道墙后面躺着一个绝望的病人,墙后面死神早已在窥伺,要是它也瞄上了我，可怎么办呢？想到这，我的心中顿时充满了忧虑。要不是听到医生太太迷人、低沉的声音在屋里响起，我也许会站起身来，离开此地，一刻也不耽误。

"一切都会重新好起来的，弗兰基!"她在说，"你还会在林子里等我的。"

"再也不可能了，"一个奇怪的男子声音回答，"我甚至都走不了那么远了。"

"我给你带了些新药来，"医生太太说，"一些瑞士药!"

"什么药也治不好我的肺了，"那男子咳了起来，"你丈夫怎么样？还吹小号吗？"

"别说话了，"医生太太说，"瞧，一说话，你就累成了这样。你最好省点儿力气!"一道神奇的光从她的发中射出，照亮了整个房间，甚至也照到了外面。我明白某种古老的秘密将那两人连结在了一起。

"现在都无所谓了，"男子说，"什么都无所谓了。至少在这里。那边你不需要什么力气。"

"别那么想。"

"可我的确这么想的。如果真有那边的话。又可以和那些我喜欢的人团聚了。"

"当然有那边喽，"只听医生太太说，"终有一天，我们都会在那边见面的。可你现在还用不着想哪!"

"牧师来看过我，他也这么说。我不知道。他们都想安慰我。"

"等一下，我给你端点儿水来，"医生太太转换了话题，"你好好吃药。这可是些神药。等着瞧吧，用不多久你又可以到处跑动了。"

"不可能，我的肺已经完了。别再让我吃药了。不值。你觉得你丈夫会为我演奏吗？"

"够了，"医生太太几乎嚷了起来，"再过一年，你瞧吧，我们又可一起去……"这时，她忽然压低了嗓音，我一个字也听不清了。最后,我从阴凉的矮墙上站起身来,走到了小路的另一侧。我又一次回过头来,惊讶地发现,篱笆边的地上倒着一块落满尘土的瓷漆牌子,和乡村小店门脸儿上的那些招牌一样。一只巨爪红螯虾似乎就要抓住它的猎物:

> 为你进一良言:
> 请用奥塔香波!

晚餐刚一吃完,什捷尔巴克先生就出现在了门口,这回并没系围裙,而是穿着黑裤子,白衬衫,打着标准的领结。他宣布说他为我们大家准备了一个小小的惊喜,请我们跟他走。

坐在餐厅里的人全都站起身来,走下台阶来到花园。就连父亲也不例外。他平时可是一吃完饭,就会急冲冲地回去解决他的难题。

红色的桌子和椅子摆成了半圆形。我们刚刚坐定,什捷尔巴克先生便望着夜空喊了一声:"光!"顿时,无数彩灯和中国灯笼在我们头顶上的栗树枝间齐放异彩。我们都惊讶得喘不过气来,还没来得及叫出声来,一束光从屋顶上的小窗中射出,那个显然不仅热爱消防而且喜欢登高的人意外地出现在我们面前,捧着手风琴,从高处为我们演奏了《被卖的新娘》中那欢快的合唱曲,演奏完毕,什捷尔巴克先生朝我们鞠了鞠躬,然后郑重宣布花园晚间娱乐场正式开场,欢迎大家光临,希望能愉快地和我们喝一杯。这时,他妻子早已端着摆有晶莹的啤酒杯的圆盘走上前来。斯拉维克先生一站起就取过一杯啤酒,赞扬起什捷尔巴克先生和他的啤酒,同时还赞扬起这梦幻般的夏夜和南波希米亚平原,并要求大家永远不要忘记这一时刻。这一刻,命运让我们在五彩缤纷的灯光下欢聚在了一起。

福伊尔施泰因先生捧着手风琴坐了下来,大夫显然已厌倦了自己严肃的发言,接过手风琴,为他,也为我们大家,演奏起来:

每当人类或上帝的怒火燃起熊熊火焰,
英勇的消防队员便会出现在现场。
唯有我们这些软弱者祈求苍天救火,
用暴风骤雨扑灭火焰。

他演奏完后,他妻子向年迈的管家俯下身来,用柔和而又低沉的声音,请他讲一些封建王朝时代的故事。老人羞羞答答,表示为难时,她告诉他不管她曾多么沮丧,他的故事总会让她十分开心。安东先生对她笑了笑说,这或许是因为在他还能记得的那些日子里,生活截然不同,他倒不想说更好,但显然更为安宁。随后,他讲述了起来。大约四十年前,贝兹德雷夫池里不少人在钓鱼。一个名叫斯凯德的年轻步兵稍稍喝多了一点儿,凭酒后之勇,偷捉了一条大狗鱼,藏在了夹克衫里。但他的夹克相当短,狗鱼尾巴露了出来,而他却还蒙在鼓里。水坝上,所有绅士都在看钓鱼:水警、渔业局长、产业主管,还有尊贵的殿下。

我注意到父亲皱起了眉头。父亲不喜欢贵族老爷,他受不了那些资本家、大商人、银行家或农场主,最最瞧不起那些王子及其家臣了。

安东先生继续讲述时,那些红色或蓝色的花儿仿佛在他白色的头顶上飘浮。所有在场的人都屏住呼吸,想知道尊贵的殿下看见狗鱼尾巴时,会发生些什么。不一会儿,殿下果然看见了。他问那个年轻人是谁并立马将他传唤到跟前。可怜的家伙依然稀里糊涂。在他自我介绍后,殿下对他说:"斯凯德,下一回,要么夹克长一点,要么狗鱼短一些!"

步兵脸一下子红了,但仍然镇定自若,回答道:"没错,尊贵的殿下,下一回,夹克长一点儿!"

安东先生笑了笑,稍稍有点儿若有所思的样子,他不知道,既然所有那些人都已作古,那么他是否至少能在永恒的爱的王国里与他们相会。医生太太拍了拍手说,这正是她想听的故事。不过,我看得出父亲相当恼火,正想表示异议或说些什么,恰好那时,斯拉维克先生叫了一嗓子:"嘿,总管,您想来段什么——小步舞还是波兰舞?"他两腿叉开,坐了下来,手中的手风琴听上去倒更像管风琴或古钢琴。

安东先生走到医生太太面前,躬了躬身,问是否能有幸邀她跳一段。她礼貌地点了点头,准许他搭着自己的肩膀并向他伸出了手。两人以缓慢但却优雅的舞步在桌子间半圆场地上转了起来。哈韦尔夫妇也立马加入了他们的行列。索多姆卡先生,那位铁路职工,站起身,走到我们桌前,朝我母亲鞠了鞠躬。母亲却摇了摇头,悲哀地告诉他,不巧,由于心脏实在太糟,她不得不忍痛割爱。索多姆卡先生谢了谢她,然后走进厨房去邀什捷尔巴克夫人。

于是,有三对人随着那古老的舞曲在翩翩起舞。我看见彩色的蝴蝶在舞者的脸上飞来飞去,随后又停在了他们的头发上。我还不时地看见一道金色的火焰在医生太太优美的手指上闪现。望着她舞伴梦幻般的舞姿,我忽然意识到,他实际上正随着宫廷乐队优美的曲子,在某个宫廷舞厅的镶木地板上舞动,在王子和公主,伯爵夫人和男爵之间,在烛光下旋转,而医生太太也消失在了远方,尽管我不知道她那轻盈的小脚踏在什么地上,她在什么舞厅里转动,尽管我怀疑她的舞伴到底是谁。我站在那里,恰好在栗树枝下,一只橘黄色的中国灯笼在我上方闪烁,灯笼的四周,几只舢板正在芦苇丛生的河面上漂浮。我真希望这一时刻将永永远远持续下去,这样,我也将,我也会,我也可能成为一个舞者,对医生太太微微鞠躬并触摸她火一般的指尖。我仿佛觉得不同时期正交织在一起,仿佛感到自己正在凝望一个硕大无比的彩虹般的泡影,凝望一个万事万物都混合于其中的玻璃球:古老的火炬、战火纷飞的世界、中国灯笼宁谧的灯光以及五彩缤纷的电灯。我甚至觉得自己也可以走进那个球体,同她一起,向上飘动,在某种将不可分割者分开、将不可连结者连结的无形的边缘滑翔,成为一名宇航员，抵达惟有焦渴的灵魂才能抵达的空间。

这时，那些跳舞的先生将女士们领回桌旁，斯拉维克大夫还了手风琴，大声问索多姆卡先生正在创作什么大作。

索多姆卡先生严肃地回答说他正在画干旱。

干旱怎么个画法？铁路职工解释说，他是通过一个正在吃谷穗的干瘪的老妪来表现干旱主题的。

接着，人人谈起了干旱和坏收成。什捷尔巴克先生告诉大家，邻近的农民们收的比种的要少得多。福伊尔施泰因先生补充道，他们一整天都在用油槽运水，给甜菜浇水，可骄阳似火，水还未渗到根部便都蒸发了。他预料，倘若事态继续如此发展的话，干旱引发的饥荒比战争引发的饥荒还要严重。

我试图听听他们的谈话，但尚未从玻璃球中走出。当人们经历过这么多大灾大难之后，当我逐步意识到生存所需是那么少时，为何还有人这么害怕饥饿？我不明白。我无法分担他们的忧虑，因为在我面前展开的恰恰是无边无垠的自由。

父亲这时再也克制不住自己了，于是，便加入了谈话。他表示没有必要惊慌，因为土地肯定多多少少会出产点儿什么的，眼下可不像从前，不管土地生产出什么，都会得到公平分配的。

"你这是什么意思？"斯拉维克警觉起来。

父亲解释道，我们正跨进一个新的时代，不仅王公贵族将消亡，而且资本家、地主和大商人也将退出舞台。惟有劳动人民会当家做主。他们将公正地分配他们自己生产的产品。

"你真相信人人都将平等吗？"大夫问我父亲。

"人人按劳取酬！"父亲肯定地说，"但谁也无权侵吞别人的劳动成果，谁也不许剥削别人。那些使用如此手段的人必须交出自己的财产！"

"这通通是乌托邦！"斯拉维克大夫几乎叫了起来。"你可以强行将一个人的财产分给另一个人，可世上什么也没改变。只不过是一个人穷了，而另一个人富了，如此而已！"

他们争论了起来。大夫表示父亲根本不了解被叫做"人"的这种猿，这种猿，和其他类人猿或其他所有动物不同，永远不会知足或满意。任何人，只要有能力，只要有机会，只要有方法，都会在损害他人的情况下重新开始积累财富。这就是所有改革和革命经历无数流血斗争后必然要失败的根源。父亲则坚持认为，人本质上不错，只是遭到了环境、富有或贫困、劣等教育、宗教蒙昧主义，以及诸多其他偏见和遗传因素的损坏。但一旦人们从对财产的依赖中解脱出来，一旦人们只拥有一些生活必需品时，所有这一切都会改变。

这时，什捷尔巴克先生也加入了讨论。他想知道那时他是否还可以当自己客栈的老板。父亲解释说，他或许不能当客栈老板，但肯定可以当客栈经理。什捷尔巴克先生摇了摇头，表示宁肯去当马夫，也不当什么客栈经理。斯拉维克大夫说这正是将要发生的事：客栈老板变成马夫，马夫当上客栈老板，或者更有甚者，医生给马钉蹄铁，而铁匠为人治病。

显然，这番话激怒了我父亲，但他控制住了自己。他只是表示遗憾，大夫平时挺明白事理的，怎么这会儿这么糊涂。事实正好相反：人们有史以来第一次可以做自己真正想做的事情。迄今为止，许多人由于出身或地位缘故，被迫做着自己从未想做的工作。许多聪明人由于太穷了，连学业也完成不了。就说他吧，费了九牛二虎之力，每天晚上去当私人教师，好不容易挣到了点儿学费，才拿到了工程学学位证书。可如今，即便对于那些最最贫困的人来说，所有障碍也都不复存在了。许多技术人员都会接受某种教育并不断进行技术革新，结果越来越多的物美价廉的工具将被制造出来，而这些反过来又会将人们从繁重的劳动中解放出来并帮助他们同大自然抗争。这会儿，父亲真是讲得头头是道。他为我们描绘了一番那些会从根本上改变生活面貌的奇妙的机器，巨大的发电机提供丰富的电源，不仅照亮了城市，而且驱动起成千上万的马达和自动化工具，在不需人力和繁重劳动的情形下,制造出大量的鞋子、布料、厨房用具、冰箱、洗衣机、汽车和联合收割机。他还描述了超音速飞机怎样在数小时内就将我们从一个洲运往另一个洲,谈到了修建公路和房子、开采矿石和煤炭的机器,谈到了能替代丝绸、木材和金属的合成材料,由于它们是用煤和油制造出来的,因此必定丰富无比,物质短缺现象会迅速从世上消失,而一旦物质短缺现象消失,父亲这时兴致勃勃地总结道,在人民当家做主的新社会中,就无需追逐财富,就不会有妒忌、仇恨和敌意,就不会有战争,因为归根结底,每场战争的基本原因都是贪婪和掠夺弱者的企图。和平和信任从而便会产生,一个和睦的时代便会来临,各个国家之间的界限会最终消失,所有人都将生活在世界这个大家园中——是的,他甚至要说——最终,所有人都将骄傲、幸福地生活在一个世界上。

父亲热烈地谈论着,人人都在全神贯注地听着。他能如此美妙、如此令人信服地描绘出我们未来的生活图景,我真为他感到自豪。我喜欢那样的生活,因为我觉得那样的生活崇高、纯洁,毫无卑鄙和世俗的污染。

父亲讲完后,只听斯拉维克大夫说道:"铃响了,我的朋友,童话结束了。"然后,他又转向父亲,"你人并不坏,工程师,我敢肯定你相信自己所说的每一句话——不过,为你着想,我并不希望你会活着看到。"

"活着看到什么?"

"你为我们描绘的天堂,"大夫说,"我并不希望你会不得不生活在其中。"

"我们都会活着看到的,我们都会生活在其中的。"

大师巴尔扎克写道:

  要是那些挤在某个顶楼上的一文不名,饥肠辘辘的诗人能够实现自己的梦想,吕西安会感到莫大的幸福。埃丝特,这位完美的、热恋中的名妓，多多少少让吕西安想起了和自己同居了一年多的女演员高拉莉，可她却要比高拉莉出色得多。所有可爱而又忠诚的女人都渴望如同海底珍珠一般生活着，寻找暗角和伪装。但对于她们大多数而言，这只是个迷人的空想，只是个美丽的话题，只是个她们极想给予可最终又没有给予的爱的证明。然后，埃丝特，整整四年中，却没有表现出一丝半点这方面的好奇……即便在最最令人陶醉的快乐中，她也没有滥用每个恋爱女人都会从情人重新燃起的欲望中获得的无限的权力……此时此刻，她还依然沉浸在早晨的第一次快乐之中，还依然能感到吕西安那撩人的目光……

第二天早晨，我睡过了头。当我下楼吃早饭时，餐厅里只剩下了那位闷闷不乐的哈拉马先生一个人。我对他说了声"早上好！"他朝我转过苍白、经晒的脸，说道："你也不想早起吗？"

我不知如何回答是好，所以就说读书读得太晚了。

"男人还可以做什么呢！"他继续说道，仿佛并没有听见我的回答，"*男人必须闯入恶毒的世界！*"① 他的德语听起来十分地道。他如此地漠视我，都懒得对我隐瞒他的血统了。我一下子紧张了起来，不知如何才能掩饰住自己的情绪。幸好这时，老板娘端着一罐牛奶走了过来，告诉我我父母到河边去了，希望我也去那里。

哈拉马先生站起身来。他经过我身旁时，轻轻朝我挥了挥手，然后便离开餐厅。

我匆匆喝了点儿牛奶，抓起面包卷，急急忙忙走出客栈。

我紧追几步，终于看到了他。他正快步走下那条通往车站的小路。我也毫不迟疑地朝同一方向走去。

当我在田间小路上艰苦跋涉时，太阳正火辣辣地照在肥沃的平原

---

① 原文为德语。

上。一滴滴汗水不断地流进我的眼睛,可我依然紧紧地盯住前面的人影。只是当他走进那座曾经红得耀眼,现在却肮脏不堪的大楼时,我才停了下来。无论如何我也不能跟进车站。否则,他就会看见我,就会发觉我正无耻地跟踪他。

于是,我便坐在路边一丛火热的野百里香上,眼睛盯着清澈的蓝天。就在这时,远处一只奇怪的发光球体吸引住了我的目光。那球体在一个相当的高度航行着,并迅速向我靠近。很快我就发现那是一只带有黄色吊舱的热气球。它壮丽、无声,几乎轻柔地飘游着,此刻已近得足以让我看清它上面的金色大字:

莫　尔

忽然,一架微微发白的绳梯从横杆上垂下。当然喽,尽管气球飞过灰蒙蒙的火车站上空时已明显地开始降落,但绳梯根本没有够着地面。我望着绳梯在空中晃动。这时,一个身影轻快地跃上了横杆。我自然还看不清面孔,不过从那纤细的腰身和银色的短裙可以看出,这无疑是个姑娘。她在那骇人的高度站立片刻,接着一把抓住绳梯,迅疾滑到最下面一级,然后双手抓住绳梯,光着脚,任凭自己的身体在空中自由摆动,直看得我毛骨悚然。她就这样悬在碧蓝的空中摇晃着,随后又将头伸进最低的两级之间,干净利索地做了个倒立,身体弯成了一张弓。我意识到,她是位杂技演员,正在表演自己的拿手好戏。热气球降得更低了,我看见有人将一只浅黄色的包裹扔出舱外。这只包裹向铁轨急速落下,眼看就要撞上地面时,忽然像是裂了开来:它的上半部分变成了一只色彩鲜艳的降落伞,在一只深色的箱子上波浪似的翻腾着,最后轻轻地降落在地上。

我本该冲到降落伞降落的地点,可我还是无法将目光从空中那位姑娘的身上移开。她还在做倒立,只不过此时双腿平行伸展,组成了一个大大的T字。接下来,她用双腿勾住绳梯,两手松开,身体缓缓地离开梯子。她张开双臂，躺在空中，仿佛正在游泳。她正从我头顶上游过。倘若发生某种意外，倘若她勾住的梯子突然断裂，倘若她从梯子上滑落，那她正好会落在我的怀里。我站在那里，出神地望着热气球向着太阳的火轮疾驰，兴许片刻之后便会永远地从我视线里消失。

我仅仅垂下眼睛，朝车站方向瞥了一眼——我已完全将它抛在脑后，我根本不知道那里发生过什么，根本不知道在我凝望天空时是否有火车到站或出站，是否有什么人出现或消失。当我再次抬起头来时，天上重又空空荡荡，真的连一朵云也没有，一阵孤独猛地袭上我的心头，我真想在广袤、焦干、尘土飞扬的田野里痛哭一场。

我走进车站，发现里面已空无一人。不仅哈拉马先生，而且那只刚刚落地的箱子均已失去了踪影。

我兜了一个大圈子，踏上了回家的路。我向老河区走去，那里，小道两旁种满了古老、枯干的柳树和高大的榆树。到处都可以看见垂钓者一声不响地坐在树荫下，两眼盯着一动不动的浮子。钓鱼者中，我一眼就认出了斯拉维克大夫。

他一见我，就嚷嚷了起来：

> 安妮特坐在小溪旁，
> 而对面岸上埃林正乐呵呵地
> 冲着她喊叫……

随后，他问我是否到过姑娘的裙下。我耸了耸肩。他拉上鱼线，从一只茶叶罐里取出了一片奶酪，换了鱼饵。"没有必要相互隐瞒嘛，"他将杆一甩，说道，"我也曾有过十七岁。知道皮尔森吗？"

我对皮尔森一无所知。他开始回忆起在那里学习时的情形。他住在剧院旁，窗口正好对着化妆室。每次上演《艾达》或《卡门》时，那地方总是挤满了合唱队的姑娘。有几个姑娘知道他正在窗边张望，换衣服时故意让他看个一清二楚。

大夫靠在树干上,瞥了一眼毫无动静的浮子,然后点上了一根烟。"告诉你吧,学生。人在这种年纪啊,往往都是傻瓜一个,往往会做出不少蠢事,一些自己都不愿记住的事情。但最最愚蠢的事莫过于相信女人也是和你一模一样的人,不是这么回事,"他用力摇了摇头,朝南面望了望。那只热气球,载着那个美丽的杂技演员,刚刚消失在那里,"我并不是说她们更坏或更好,而是说她们跟我们完全不同。她们也有同样的头,同样的手和脚,她们的嘴里也能说出你可能会说的话。因此,你很容易上当受骗,以为可以和她们交流,以为她们的头脑中会产生出和你一样的想法。等你发现情况并非如此,她们的头脑用途截然不同时,为时已晚矣。"

就在那一刻,浮子猛地动了起来。大夫连忙咽回另一个苦涩的想法,将香烟弹进水里,一把抓住了鱼竿。他开始收线,不多一会儿拉起了一条扭来扭去的小鱼。大夫将鱼从钩子上取下,在手里掂了掂,声称自己显然发了战争横财,然后又将鱼扔回了河里。我盼着他为我讲述女人的不同,可他忽然抬头望了望天,惊讶地发现已近中午了。他午饭后第一件事就是到赫卢姆去参加彩排。第二天就要上演《吹风笛的人》这一辉煌的节目了,他有幸成为乐队成员。他问我是否会来看演出。

我不知父母意见如何。可大夫认为,如果我的家人对演出不感兴趣的话,我完全可以一个人去。他一大早就得赶到赫卢姆,但我可以陪他夫人一起去。

我当即表示同意,但热情得有点儿过了头。我生怕会流露出某种情绪,急忙告诉大夫哈拉马先生今天坐火车走了。他没有留下参加演出,我感到惊讶。

大夫背上钓鱼包,提起鱼竿,说:"别担心,他晚上就会回来的。"

我迫不及待地想听他做进一步的解释,可他却低声地哼了起来:

鱼塘快要见底,

我出门时,老妈像是要翻脸……

我们沿着蜿蜒穿过草地的河道走着,不时地得涉过草丛和芦苇,我大气都不敢出,更甭说聊天了。忽然,大夫冷不丁地转过头来说我提到那个愁眉苦脸的药剂师真是太对了,因为要想知道女人如何伤害男人,哈拉马先生就是个绝好的例子。哈拉马先生曾是个快乐的单身汉,在济兹科夫的某个阁楼上有一个迷人的安乐窝,里面贴满了印有漂亮姑娘的明信片和招贴画;满屋子都是有趣的书、曲颈瓶和装着毒物的瓶子。总之一个在专业上干出了点儿名堂的家伙,时不时地,他会研制出某种地板油,或某种可清洗油漆,或某种名为克莱默·阿莫里斯(据我所知,意为爱的呼唤)的香皂。粉色的为女士所用,绿色的为男士所用。他还写了份传单,证明任何用此香皂清洗全身的人都会对异性产生不可抗拒的魅力。他显然将此产品卖给了那个特别的女人,因为一见到她,他便不知所措了,尽管这女人其丑无比,长他八岁而且还矮他两头。他甚至还将她安顿在了自己舒适的寓所中,让她进了他开的店,更有甚者,还开始对她唯命是从,由她任意摆布。即便这样,她还老是醋劲大发。他终于再也受不了了,发了一通脾气,拎起破皮箱,逃离了自己的家,逃离了那些原本贴满了漂亮姑娘画片的墙壁。那些画片早已不见了踪影,如今取而代之的尽是些装饰性的小玩意儿,上面用金线绣着诸如"不表示信任,就难以找到幸福"或者"满足与和睦——通往幸福生活的桥梁"之类的蠢话。于是,他来到此地,躲避一切,稍稍缓缓神儿,然而,既然他从一开始就盼着那个女妖怪召他回去,他又怎么缓得过神来?

令人惊讶的是她到现在还没有露面。往常,她一般不到三天,顶多五天就会出现,可这一回啊,哈拉马先生已出走了整整一个星期了。起先,他一个人呆在房间里生闷气,到了第四天,他偷偷从后面溜出,到火车站转了一圈,今天啊,恐怕到特热邦找她去了。天晓得发生了什么，大夫想了想。兴许那个女婢子真的搭上了别人，根本不会露面了，如此一来，哈拉马先生就得在什捷尔巴克先生的客栈里过一辈子单身生活。

正当我对这一庸俗的解说大失所望之时，大夫又一次唱起了歌来：

> 网已拉上，鱼已捉到，
> 我为何还在哭泣？我为何还心神不宁？
> 渔夫啊，渔夫，带我出海吧，
> 去压一压心间的思慕。

那天晚上，弟弟终于如愿以偿了。母亲从帕韦莱茨先生那里买了一罐牛奶，我拎着父亲在战争最后几天在梅克伦堡某地缴获的军壶，弟弟则要求拿那只上面贴着一个漂亮的穿木鞋的丹麦女孩画片的罐头。

我们在林子边上点起一堆火，支起一个架子，将军用壶挂在了上面。火苗一开始往上蹿，母亲就开始拆开三明治并建议我们唱点儿什么。可家里除了父亲，谁也没有音乐天赋，而父亲又不喜欢唱歌，而且还觉得唱歌会误了正事，所以母亲的提议没有得到响应。

火焰噼啪作响，极为动人，不时地腾起一束束火花。母亲郑重其事地打开从范豪滕寄来的包裹，用茶匙舀出一点点珍贵的粉末，倒入一只杯子。父亲觉得此时此刻正好可以谈一谈世界以及世界上发生的大事：他表示，战争已以那个占全球六分之一的最最伟大的社会主义国家的伟大胜利而告结束，我们又一次赢得了和平，一切都在改变，我们也将在自己国家里建立一种新秩序。

谈到严肃问题时，父亲总希望我们好好听他说，注意他所说的每句话、每个词，但我发现弟弟依然不眨眼地盯着那只母亲刚刚倒进金黄色可可混合物的铁罐，而我也时不时地会把目光投向那渐渐隐入雾霭和阴影的景色。

"当然喽，这不是件容易的事，"父亲接着说，"革命刚刚开始，人民还得清除剥削阶级的最后残余并同那些新贵们，那些国家官员、富农、肥头肥脑的商人，还有医生算账。"这最后一类人是父亲为了讨好母亲才加上的。

就在那时，我看见远处有一匹长着黑色鬃毛的白马从村里奔驰而来，骑手的长发随风飘扬。稍稍靠近时，我觉得那骑手有点儿面熟：一开始我想那是女杂技演员，想到就要见到她的面容，我感到无比兴奋。可是当马进一步靠近时，那位身子前倾、金发飘扬、头部高昂的骑手的身影显得更为熟悉了。这会儿，我可以肯定她就是我在什捷尔巴克客栈的女邻居。

"所有这一切都会顺利完成的。"父亲继续说道。这时，原先充满烟味的空气中渐渐飘起了令人陶醉的巧克力的香味。"谁也无法阻挡我们创造一个更加美好、更加高尚的崭新的社会。"父亲接着说道。

那匹马似乎围着我们转了半圈，然后便朝玉米地那边的一小块林地奔去。我怕不一会儿又看不见她了，就像午饭前那只闪烁的热气球消失得无影无踪那样。但她骑到第一排树木前便停住了，一片几乎不透明的阴影罩住了她。我看见 个模糊的人影从林子里出来，走到她跟前，扶着她下了马。

"我相信，"父亲说，"你们都能亲眼看到这样一个社会，不仅看到，而且……"

"溢出来了！"弟弟大声地打断了父亲的讲话。"快，想点儿办法！"

那人挽住骑手蓝色的手臂，带着她大步走进了幽暗的树林。

父亲一把抓住铁罐，母亲递给他几只杯子，父亲小心翼翼地将饮料倒进杯子。接着，人人都大声夸起了好喝的可可。我自始至终都在望着那片林子，渴望走到那里，用我的手臂抱住那两只优美的手臂，用我的热唇贴住那另一个人的热唇，而不是热乎乎的杯口。

大师肖洛霍夫写道：

　　射过来的光使格里高莱眼花了片刻。他用手掌遮住眼睛并转过来时，忽然听到了马厩角落里传来了越来越响的闹声。他用一只手摸着墙走了过去。一小片阳光在地面上和马槽上摇曳着，格里高莱大步走着，不时眨巴着那双被遮住了的眼睛。扎尔科夫那个家伙朝他走来，一边走，一边扣紧他那下垂的裤子的门襟并点着头。

　　"你在这儿干啥？……出啥事了？"

　　"你最好赶紧去瞧瞧！"扎尔科夫小声说着，未洗的嘴巴朝格里高莱的脸上呼出了一股恶臭。"那边……棒极了！……那些家伙将弗兰雅拽进了……将她按在了地上……"扎尔科夫大笑了起来。当格里高莱一把将他推到马厩的横栏上时，他立刻停止了笑声。格里高莱此时朝闹声奔去，那双睁得大大的眼睛已慢慢适应了黑暗，眼白中露出了惊恐。叠放着几块马毯的角落里站着一大帮哥萨克人——整整一排……弗兰雅躺在地上，失去了知觉，大腿被人强行掰开，在黑暗中闪着白光。她一动不动。头倒在毯子上，撕开的裙子一直撩到了乳房处。一名哥萨克提溜着裤子，刚从她身上爬起来，连看都没看一眼他战友，狞笑着，走到了墙边，给下一位腾地方。

　　最后，全家真的只有我一人去看《吹风笛的人》的演出。母亲头疼，父亲对戏剧演出没有兴趣。弟弟斗胆说他还从未看过业余剧团演出，但母亲当即让他闭上了嘴。他的假日当然不是用来到唾沫四溅的礼堂去呼吸污浊的空气的，对吗？弟弟只有十岁，所以除了服从，别无选择。于是，我穿上了自己唯一的西服，同医生那满身香气的漂亮太太走在了一起。多亏了我那把子似的身材，那套西服套在我身上，就像我是个稻草人似的。通往赫卢姆的路旁长满了一排古老的树。由于太阳即将落山，树荫连成了一片并用它们那凉爽的毯子覆盖着我们。

米利耶和罗茜，这对我还无法区分的双胞胎，在我们前面走着，或者更确切地说，跳着蹦着。我似乎觉得医生太太喜欢这样，这样一来她便可以和我好好聊下天。她问到了我那些随身带着的书，甚至还从我口中得知我写过一些诗和短篇小说。她立刻要求我为她背诵一首我的诗，但我婉言谢绝了——倒不是出于谦虚，而是由于害怕自己记不太清，会出洋相。尽管她无从判断我的写作水平如何，但她还是表示很高兴和一位年轻诗人走在一起。她不久前还曾猛烈抨击过所有写作哩。也许她忘了这一点，因为她说她曾提到过的那名学生过去也写诗，而且还曾为她的粘贴簿写过一首诗：

> 当你在生活的不幸和磨难中
> 看不到欢乐、看不到喜悦时，
> 将你的目光投向阳光照耀的峰顶吧，
> 你要相信：命运不久便会改变！

我也许会觉得这些诗很一般，可它们当时却深深地打动了她。每当情绪低落的时候，她便会想起它们。她接着说尽管她本人没写过诗，但她并不希望我产生错误印象——毕竟，她学过钢琴和声乐，学过骑马，还跟一位家庭教师学过法语。她父亲甚至还打算将她送到艺术学校去，但战争阻碍了这一计划。他是个普通的屠夫，有点儿凶猛，但心地善良，喜爱动物。他总是将迷途的猫或狗带回家，他们不得不照料它，直到有人来领取，他希望自己的孩子一生中有所成就。的确，她的一个哥哥成了一名律师，另一个当上了化学工程师，妹妹从商业学院毕了业。唯独她掉了队，因为战争来临了，还因为十七岁时，她昏了头，迷上了一位追求她的年轻医生。唉，她要是知道自己该追求什么该多好哇！

眼下，她还不到二十五岁，人生中最美好的部分已经错过了。倘若那两个女孩也像她从前那样傻的话，那么，用不了多久，她就会当上外祖母了。

她从手提包里拿出一块手帕，轻轻擦了擦眼睛，然后望着我，问我是否觉得这条林荫道很美，如果我们沿着这条道走下去，会来到一个地方，从那里至少可以远远地看见一座童话般的城堡的金色塔楼。我很可能一点儿都不这么觉得，可还是点了点头表示同意。就在那时，她深深地叹了口气，停住脚步，靠在了一棵树干上。那对双胞胎在前面什么地方失去了踪影，但她似乎早已忘了她们，至少没有注意她们。她用那大大的、黑黑的瞳孔望着我。

她的目光让我心慌意乱，不知所措。我是否该说几句柔情的话语，是否该走上前去并……抱她，甚至吻她的念头让我如此神魂颠倒，如此措手不及，以至于我垂下了眼帘，连看都不敢看她。我们就这样一动不动、一声不吭地站着。最后，医生太太动了动并低声说道："你还太年轻了，太缺乏经验了！"她向我伸出那依然抓住了手帕的手掌，但伸到一半便改变了主意又将手缩回，打开了手提包。就在她将手帕放回包里时，某种像是纸片的东西发出了沙沙的响声。当她将手从包里抽出时，手里握着一个闪闪发光的东西。她将它递给了我。那是用锡纸包住的一大块糖果。

演出在当地戏剧俱乐部进行。显然马上就要开场了，因为我注意到礼堂里已坐满了人。

医生太太将外套存在了衣帽间。只是在那一刻我才意识到她为何一路上都穿着它：她的礼服无袖，领口前后开得都很低，看上去和光着身子没什么差别。

我们赶紧来到三排找到了我们的座位。一想到我们会怎样就座，我就直发愣。但医生太太将双胞胎安排在了她左边，而将我安排在了她右边。坐下后，她从手提包里掏出一面镜子和一只粉盒，舔了舔嘴唇，拍了拍她那优美的头发并动了动项链上的金四叶草，那坠儿几乎滑进了她的乳沟。接着,她又转向那对双胞胎,分给她们用锡纸包住的糖果,然后才向我转过身来,问我对我的座位是否满意。她同我说话时,以如此迷人的方式对我微笑着,以至于我立即——尽管只是片刻——向上飞起并飞出了礼堂。我同她一起飞翔着,像一只小鸟,像一只气球,穿过无垠的天空,我们的手臂交织在了一起,我们的嘴唇重叠在了一起。

光线暗淡了下来,蓝色的天鹅绒帷幕迫不及待地摆动着,整个礼堂在期待中发出了阵阵哼哼声。位于舞台左下角的乐队激动地呻吟着。灯光完全熄灭时,我看到一个陌生的指挥手中闪闪发光的指挥棒,与此同时,还在演奏者中认出了斯拉维克大夫庞大的身影。我想指给他夫人看,可就在那时,音乐声响起,医生太太靠在椅子上,眼睛微微闭着。我望着帷幕缓缓而又费劲地拉开。

当第一批张口结舌的小男孩和小女孩出现在舞台上时,礼堂里顿时响声一片,欢呼不断。帷幕完全拉开,整个背景彻底呈现时,我,和大家一样,一下子愣住了:什捷尔巴克先生客栈,连同它的招牌和从鲤鱼嘴里流出的押韵广告自豪地站立在我们眼前。医生太太朝我俯过身来,轻声告诉我是索多姆卡先生画的布景。她那香喷喷的嘴巴将一股芳香吹送到了我身上。就在那时,我看见红发消防队员福伊尔施泰因先生,身着浅蓝色军服,走上了舞台,节目还未开始,观众就热情地鼓起了掌来。

医生太太又一次将香喷喷的嘴巴转开,望着舞台。我也向同一方向望去,力图注意一下台词和表演,但我实在无法去关注他人的爱情问题。我该怎么办呢?显然,我不敢奢望,我这么一个幼稚、无名、贫穷的学生能引起这样一位老练、漂亮的女人的兴趣,对吗?即便我敢于奢望,那么,与一位有夫之妇的暧昧关系难道不会和我的道德准则相冲突吗?

乐队闹哄哄地演奏了起来,福伊尔施泰因先生走到舞台边上,开始唱道:金钱让世界转动。他刚唱完两句,观众便报以如此热烈的掌声，以至于福伊尔施泰因先生又是脱帽，又是鞠躬，又是挥手，甚至还朝观众飞了个吻。

医生太太也拍着巴掌。福伊尔施泰因先生最后走下舞台后，她在椅子上改变了一下坐姿，我清楚地感到她的小腿轻轻碰到了我的小腿。我一下僵住了，一动不动，几乎停止了呼吸，石头人似的呆在座位间的空隙处。倘若她没有立即挪开腿，那么，这就说明她并非偶然碰到我的，尽管她表面上好像正在专心致志地观看舞台上的演出。我悄悄地将自己的小腿更加有力地压在她腿上，这样，我仿佛就能透过裤料木质纤维感受到她肌肤的温暖。哦，上帝啊！

就在那时，我注意到，她那原本一直搁在膝上的右手，滑进了我们椅子间的空隙处。我明白我该做什么：我慢慢地，慢慢地将自己的手移向她的手，直到最后感觉到了那一笨拙的接触。我感到她的手指摩挲着我的手指，和我的手指连在一起，我们的手指迅疾变成了一只鸟的翅膀，乘着这只翅膀，我们可以飞翔，可以升上蓝天，可以在夏日的星空下，在栗树和欧椴树树冠的上方翱翔，然后沉入到苔藓上，用苔藓覆盖住我们，藏起我们的赤裸，我们的罪孽，我们的激情。

我依然望着舞台。几个身穿鲜艳民族服装的人影正在来回走动，忽然，一块布景倒了下来，台上演员啪啪吻着，逗得观众捧腹大笑。可我却无动于衷。对正在发生的和即将发生的一切无动于衷，对未被那只温暖的手触摸的一切无动于衷。

幕间休息时，我几乎难以开口说话，甚至都不敢起身，生怕别人会注意到我的异常，医生太太带着两个孪生姑娘去了某处，我温顺地等待着她回来，等待着灯光再一次熄灭，等待着我们周围的世界被滔滔不绝的话语遮盖，等待着她重新将手伸进我的手中。

我接下来该怎么办呢？

演出结束后，斯拉维克大夫正在等我们。他大声吩咐我们不要走开，因为他已订好了马车座位，好让我们坐车回家。他带我们走到俱乐部后面，那里停着一辆几乎全新的马车，橡胶轮胎，两匹老雄马在车辕里打着瞌睡。

我们爬上马车，几个陌生人在我们后面上了马车，最后上来并受到大家欢迎的是红头发福伊尔斯泰因先生。他抓住缰绳，对马咕哝了几句什么，马车稳稳当当地启动了。

斯拉维克大夫从盒子中取出小号，放到嘴唇上，吹起了退兵号。兴许正是这富有穿透力的号声促使雄马奔驰了起来。

大夫吹完号后，问我们注意到没有，第三幕中有整整一场戏没演，因为当时怎么也找不到伏切尔卡。红头发福伊尔斯泰因先生既演了萨夫利卡又演了伏切尔卡。他从车头回过身来，对我们解释说，第二幕快结束时，他嗓子干极了，他相信自己一句话也说不出了，果然，他没能说出下一句。尽管幕间休息时，他解了一下渴，但他无法应付那次解渴的后果，于是，不可避免的事发生了。

所有人都笑了起来。唯有我，在夜色中，望着医生太太。此刻，她坐在丈夫身旁，紧紧地靠着他。那种模棱两可的姿态，那种装腔作势的神情使我的内心充满了绝望。我真想跳下马车，逃到某个遥远的地方，逃进夜雾笼罩的田野，独自一人，不用看，不用听，也不必同他们一起下车并用冷漠的没有任何情感色彩的话语向他们道"晚安!"

大师莫泊桑写道：

  她也一声不吭，一动不动地坐在角落里。要不是每回路灯照进来他都看见她闪亮的眼睛的话，他还会以为她睡着了哩。

  "她在想什么呢?"他十分清楚自己不该说话，即便一句话也会打破沉默，带走他的希望。但他又缺乏勇气，缺乏采取粗暴行动的勇气。

  忽然，他觉得她的脚动了一下。这一突然而又有点儿神经质的动作也许意味着某种不耐烦，也许是一种召唤。一阵几乎察觉不出的抽搐使全身颤动了一下。他猛地转过身来，扑到她身上，用嘴去吻她的唇，用手去摸她的身子。

她轻轻叫了一声，想使自己镇定下来，试图抵抗，将他推开，但随后又软了下来，仿佛完全失去了进一步抵抗的力量。

车子很快在她的住宅前停了下来。杜诺华吃了一惊，来不及说几句热情的话语，感谢她，祝福她，向她表示自己的感激和爱情。但德·马雷尔夫人没有起身，一动不动，被刚刚发生的一幕弄得不知所措……

她终于跟跟跄跄，一声不吭地从车上下来了。他按了按门铃，门打开时，他激动地问道："我什么时候能再见您呢？"

她用几乎听不见的声音轻轻说了一句："明天来吃午饭！"……

他给车夫五个法郎，然后得意洋洋地大步朝前走去，心中充满了快乐。

他终于得到了一个有夫之妇！

第二天早上，餐厅里人人都在谈着演出。就连母亲也提了几个问题，但当我恍恍惚惚地回答时，她发现我脸色苍白，眼睛下面出现了黑圈，立刻大惊小怪地嚷嚷我也许在拥挤不堪的礼堂里染上了什么病，她不是说过我哪儿也不该去吗？！

她要是明白我害的是什么病就好了。

我大半宿都没睡着，而且看来从今往后再也享受不了宁静睡眠的快乐了。

我偷偷朝隔壁桌上望了一眼。医生太太正往面包卷上抹黄油哩。她那晒得黑黑的脸闪烁着健康的光彩。她丈夫，她那受到欺骗却毫无疑心的丈夫正面带微笑，喝着咖啡，显然正在内心回味着某段下流笑话。

一夜下来，我已经意识到我的处境，正如我的行为几乎不可原谅那样，有点招架不住。和医生一起生活也许看起来很有趣，甚至很愉快,可对于这样一个细腻、敏感的女子来说,那该是怎样的折磨啊!毕竟,就我所知,在医生眼里,女人就连人类都不是,而且还得整天听他的下流话。怪不得她会寻找童话般城堡的金色塔楼,怪不得她渴望有人能给她温存、爱情和支撑。可我又能给她什么呢?这是我必须对她说的。我渴望爱她,渴望同她在一起,守在她身旁,可我不能。我无权闯入她的生活,因为我只会破坏她所剩无几的一切。

我又偷偷朝她那桌望了一眼。她正在吃面包卷并对两个难以区分的女儿中的一个解释着什么。她大概一早晨都没看我一眼,就好像我压根儿不在,就好像昨晚的一切没有发生。要不就是她对我俩刚刚开始的恋情已经感到恐慌了?

我答应父母上午晚些时候会到河边来,然后回到房间。一夜未眠之后,疲惫向我袭来。我躺在床上,琢磨了一会儿:要是斯拉维克大夫让我,或者甚至请我陪他妻子去某处的话,我该怎么办呢?窗外传来了远处河水的汩汩声和孩子的尖叫声,恰似一首催眠曲。

一阵轻轻的敲门声将我唤醒。我跳下床来,还没来得及做任何事,门便轻轻打开了。

她正站在门口:"你睡着了?"

我说我只是躺在床上想事。

"你在想什么事?"她的蓝外套只扣了一半,我可以看见她乳房旁晒黑的皮肤。

"没什么特别的。"

"那你有没有稍稍想想我呢?"

她站在那里,昂着头,多么高贵!多么光彩夺目!

她说,她忽然想到,也许可以从我这里借些好东西读读。她丈夫,像往常一样,扛着鱼竿消失了,两个姑娘在河边玩,她呢,光是躺在河边,瞪着天空,厌烦得要命。

她依然站着门口,手里拿着一副太阳镜,一股铃兰的芬芳轻轻向我飘来。

我终于打起精神，请她进来。我当然有不少书哩。

我该向她推荐哪一本呢？

我几乎每本都开始读了，每本都不错，甚至可以说很好，这就得看她想在书中寻找什么了（我死也不会说出我在书中寻找什么的）。

她说她喜欢看些有关爱情，有关某种伟大的、悲哀的爱情的书。她站得离我这么近，以至于臀部稍稍碰到了我。

我得为她提供几本这样的书，但看在上帝的分上，我这会儿还谈得了书吗？

"你不给我当当参谋？"她望着我，一副很伤心的样子。她的脸离我的脸相当近。我还从未这么近地看过任何女人的脸。

她将太阳镜举到眼睛前，好像要戴似的，可随后又改变了主意。

人们是怎么样去吻一个陌生女人的？我是否该贴上去，不由分说用嘴压住她的嘴？她要是生气呢？她要是嚷嚷呢？

但她要是既不生气也不嚷嚷呢？那又该怎么办呢？

"谁也不想当我的参谋！"她伸手想把太阳镜放到桌上，但一定是看错了距离，因为眼镜咔哒一声掉到了地上。

她和我同时弯下身来。就在这时，她的乳房几乎完全暴露在了我的面前：我看见了它们，在晒得黑黑的胸脯上，白净、优美、浑圆，称心合意。这就是我常常想象并梦见的乳房。我意识到我可以触摸它们。她来找我，这就是她来找我的缘由，并非为什么书。于是，我没去取眼镜，而是一把抓住了她的肩膀。她这时跪了下来，双手抱着我，用乳房紧紧贴了我片刻，然后匆匆吻起我来。

随后她又松开手臂，去取眼镜，并脱身站了起来。"现在不行，现在不行，这里太亮了，"她低声说道，"也许会有人来的。"

她走到桌边，仿佛什么也没发生，拿起一本书并说就借那本。我试图留住她并再次吻她，但她挣脱了开来，说我完全失去了理智。客栈里到处都是人，我不能那样。然后，她离开了我的房间。

一整天我都没想其他任何事。她说了：现在不行，现在不行，这里太亮了，也许会有人来的。这就是说一旦天黑，一旦人人都已睡着，就行。她将等我，她将躺在墙的另一侧，我将走向她，正如在我之前如此众多的男人走向他们深爱的女人那样，我会走向她并像他们一样行动。

可事实上我该怎样行动呢？接下来又会发生什么呢？

正是晚餐时间，餐厅里又一次坐满了人。忽然，一辆带有"出租"标志的黑色布拉佳停在了客栈前面。

那辆车顷刻间将我从单相思的迷宫中拽出。我看见车门打开，一个盘着灰色头发、骨瘦如柴的女矬子跳下了车。她用右手提着长裙，就像即将蹚过一片看不见的水似的。她迅速对司机说了点儿什么，然后朝我们客栈走来。

她走进门时，仿佛有一道无声的命令响起，人人都陷入了沉默并望着她。唯独哈拉马先生发出了一声压抑的尖叫，或者更确切地说，一声呻吟。并且推开椅子，站起身来。

女矬子快步穿过桌子，走到了他面前。那一刻，也许她踮起了脚尖，她像一下子长高了，同时又可怕地胀大了。她缩回右手，一记耳光声在餐厅响起。"你这个杂种，你这个讨厌鬼，你这个不要脸的东西，"她冲哈拉马先生吼道，"你这样像话吗？丢下我一个看店，而自己却出去泡妞！"

"可是，亲爱的。"哈拉马先生用标准的捷克话说。他正手摸左颊，强作欢颜哩。

"你的包，"那女人朝他尖叫道，这会儿又缩回到了最初的袖珍模样，"还不快走！"她朝一旁稍稍闪了闪身，哈拉马先生面带僵硬但幸福（至少在我看来）的微笑，从桌子中间走了过去，走到门口时还特意停了一下，对我们所有人道了声"再见！"随后，由那位女矬子押着，走出了餐厅。

斯拉维克大夫透过窗子望着那个恶婆走向黑色大轿车，并用一首打油诗送走了她。

有个男人找了个泼妇当老婆,
发现她唠唠叨叨,就要毁了他的生活:
于是,他举起了耙子,
没有对准草,却对准了她的屁股——
得,这就是一切争吵的结局。

我不敢看旁边桌上医生太太的反应。

大夫接着让什捷尔巴克夫人给所有人倒上酒,因为我们大家现在不仅得为那个恶婆的可怜丈夫,而且得为所有遭到老婆毒打的男人干上一杯,说完他举起了杯子。我沮丧地发现,医生太太,酒杯一搁到她面前,便兴致勃勃地举了起来。我不喝酒,因此对父母说了声想回房睡觉后,离开了餐厅。

才九点钟。我明白我得耐心地等待所有人都进入梦乡。可那得等到几点?子夜时分或甚至更晚?要是有人根本不睡觉呢?要是大夫半夜醒来,来到走廊上,正好看见我溜进了他妻子的房间呢?那他会怎么办呢?

也许他会杀了我。抓住我的衣领,将我扔出窗外。要不就是和我决斗。他看上去像那种会扣动手枪,或者猎枪的家伙。要不就是给我注射某种神秘的毒药:我会马上失去知觉,到了早上,他们会发现我僵死在床上。而且不会有任何调查。毕竟,谁会想到我会以如此卑鄙的方式离开了人世呢?谁会想到我已决定去干这么卑鄙的勾当呢?只有她一人。假定她还活着。

不管怎样,他们为何不住在一起呢?

我在床上躺下。我已相当疲乏,但我明白我不会睡着。我听着楼下餐厅传来的声音,人们还在兴高采烈地高声交谈着。接着,有人登上了楼梯,也许是哈韦尔夫妇,楼梯平台上有扇门喀哒响了一下。

那么,她上来时,我该怎么办呢?我该等她脱完衣服并在床上躺下吗？我该敲门吗？也许会有人听见我敲门的。午夜过后敲门可有点儿异乎寻常哟。但我肯定不能没敲门就进去！

我可以敲墙。没错，我可以敲墙，也许她还会回答哩。然后，我会起来，悄悄潜入她的房间。然后又怎么办呢？聊天？或干脆在她身边躺下？我们还没有互相表明我们的爱情哩。

然后，她那裸露的身子将紧紧贴住我的身子，我会感受到一位裸体女郎令人渴望而又难以想象的触摸：那种温馨，那种柔美，那种气息！不管之后发生什么，就让它发生吧！让地裂开吧，让门打开吧——只要拥有那一瞬间，什么都值了。哦，我的至爱！哦，挡不住的诱惑！我要走进你的房间，我要躺在你的身旁，我要像无数男人拥抱他们深爱的女人那样拥抱你。我能行，我当然能行的！

我也许睡着了一会儿，因为在我听到她的开门声之前，既没有听见楼梯的嘎吱声，也没有听见平台上的脚步声。先是灯开关喀哒响了一下，然后是她的声音——说着什么。接着，我又听见了另一个人的声音，尽管我无法听清每句话，但我很快听出这是大夫的说话声。他平时从不踏进她的房间，这会儿来干嘛！

我一动不动地躺在床上，脸贴着墙。有那么一会儿，我还能听到他们的说话声。接着，床垫弹簧发出了一阵嘎吱声，一个身体躺在了上面，两个身体躺在了上面，接着，我又听见了一阵持续而又有节奏的嘎吱嘎吱声，我能听到两个人的哼哼声，一种陌生然而又是可以理解的哼哼声，随后，这声音好像又变成了笑声。我将头埋进枕头里，可还是躲不开隔壁的响动。她怎么能这样？她怎么能容许自己这样？显然，她爱的是我，而不是他，我知道这一点，我感觉到了这一点。可她现在没有大声呼喊，没有大声呼救——如此看来，她怎么会爱我呢？她也不爱我。我只是她的一个玩物。

最后，隔壁出现了片刻的宁静，然后是倒水声，说话声，她那夹杂在倒水声中的女低音，我再也不想听了，我再也不想见她了，我永远也不会再看她一眼了，我再也不想住在这里了，我将告诉父母明天我就要回家,可我在家又将做什么呢?我不想回家,我哪儿也不想去。

倘若他们早上发现我倒在血泊中,永远地死去了,那么她会说什么呢?我会在桌上留一封信,不,不是一封信,只是一张纸条,上面就写一两句话。我甚至都不会写上她的名字,仅仅这么写道:

我再也无法生活在这个背信弃义、毫不可靠的世界上了……

可又如何确保她第一个走进我的房间呢?她会看见我倒在这里,大叫一声,然后扑在我失去知觉的身体上。意识到她的行为所导致的后果。也许我还是该在纸条上写上她的名字,也许最好这样写:"我要死了。没有责备。我原谅你。"

她兴许会哭。她兴许会发誓再也不做这种事,她兴许会跪在我身边并开始吻我。可为时已晚了。

这一计划的主要弊端是:我什么也不会感到、听到或见到。那么,她的泪水对我又有何用呢?

夜里,我又一次被砰的关门声、楼梯上的踏步声和响亮的喊叫声吵醒。有人在叫大夫。我在床上坐起,惊恐地张望了一下四周。他们叫他干吗?我显然还完好无损地活着。会不会是她?会不会是她陷入了绝望,干出了我只是随便想到的事?

我迅速穿上衬衣和裤子,来到了楼道上。

什捷尔巴克太太和一个陌生女人,还有哈韦尔先生,站在楼梯下面。斯拉维克大夫的门半开着。他喊了一声马上就来,然后也只穿着衬衣和裤子,手提黑包,奔下了楼梯。与此同时,什捷尔巴克太太恳切地告诉我,瓦莱什先生开始吐血了,大口大口地吐血,太可怕了,他大概情况不妙。

奇怪得很,想到别人的血和别人的死,比想到我自己的悲惨结局更使我的内心充满了不安。我回到屋里,浑身冷得发抖。她没有出来。也许她连醒都没醒一下，要不就可能是怕遇上我。

我想了一会儿瓦莱什先生。我并不认识他，可生命正从他口中逃走，而我却安然无恙地躺在这里。突然，我感到一阵冰冷的晕眩，仿佛我正站在某座齐天高的峰顶，四周尽是悬崖峭壁。

我不知道斯拉维克大夫是何时回来的，但那时天依然很黑。我听见楼道上响起了他沉重的脚步声。他正对什么人说："这一下他可全完了，可怜的家伙。"

接着，整个世界重又陷入彻底而又深重的静默。

葬礼在星期六午饭前举行。什捷尔巴奇科娃女士用黑体字写了张告示，贴在门上，通知大家午餐时间推迟一个小时，然后，同她丈夫一道前往瓦莱什先生的农场。

钟声敲响。

我有点儿窘迫地穿上了自己唯一的西服。我自然不是非得去参加一个我素不相识的人的葬礼，可我觉得既然人人都去，那么我最好也去。

我实际上早就看见了她，穿着那天晚上坐在我身边时也穿过的衣服，跟在什捷尔巴奇科娃女士后面，急冲冲地走着。那几天，除了"早上好"之外，我没和她说过一句话。但我不知道她是否注意到了这一点。她好像特别孤僻。她正在读那本从我房间取走的书。我只在河边看到她两次，随后又在吃早餐时碰见她一次。我仿佛觉得她正用某种大吃一惊，甚至若有所思的神情望着我。但也有可能我曲解了她的目光。她只是因为一个熟人的死而陷入了沮丧。这个人同她共守着一些秘密。

钟声依然在响着。身着黑衣的村民们从我的窗下缓缓走过，送葬曲低沉的音符从远处飘来。

我到了墓地才赶上送葬队伍。四匹插着黑色羽饰的马拉着黑色的灵车。牧师手举十字架走在灵车的后面。他的助手紧随其后，接着便是其余的人，数量不小，他们那晒得黑黑的面孔从难得一穿的白领中露出（一夏天都万里无云，阳光普照）。我看到帕韦莱茨先生走在队伍的前面。他后面是小学校长、身穿最好的铁路制服的索多姆卡先生、身穿志愿消防队制服的福伊尔施泰因先生和实际上穿着晚礼服的安东先生。还有什捷尔巴克先生及其妻子。我发现她带着两个女儿，走在他们后面。我不知和谁在一起，于是便站到右侧队伍的末尾，和其余人一起停在了公墓大门的外边。乐队继续奏着哀乐，只是到了这时我才在演奏者中间认出了大夫庞大的身影。四个男子从灵车上抬下棺材，用肩膀扛着，在牧师的引领下穿过公墓大门，牧师大声地祈祷着："请主宽恕吧……"

我站在紧挨着大门的墙边，看到了前方不远处一个新挖的墓穴，没过多久那墓穴便在一堵人墙后面消失了。

钟声就在我面前鸣响。人们还在坟墓中间找着各自的位置。忽然，她离开两个女儿，向我走来。我尽量不去看她，而是瞪着那个他们正放入棺材的地方。可我还是无法不注意她：她就在我前面站住了，低下优雅的头颅，交叉紧握着十指。我发现她在哭泣。

牧师在吟诵，他的声音从远处向我传来，可我无法将注意力集中在他的祷告上。我在想这一时刻，她来到了这里，来到了我身边，虽然她完全可以选择另一地方。与此同时，我也感到了那令人撕心裂肺的死亡幽灵。同死亡相比，我的痛苦，我的悲哀又算得了什么？

蓦然，仿佛整个生命正从我身上穿越，我看到了一幅从未见过的情景：一朵硕大的钟形的花朵在我们面前开放，太阳般热烈的黄色，深蓝色的花蕊，我惊慌失措地意识到了这种可能：她完全可能在思慕我的同时，同另一个人做爱，为另一个哭泣，生活就是这样的，事物的结果就是这样的。

牧师祷告完毕，所有人都和他一道低声说了句"阿门！"接着，人人都唱起了圣歌。我终于大胆地抬起头，看到了不少熟悉的面孔：安东先生的白头，校长严峻的面容，福伊尔施泰因先生尖顶帽下露出的红发。牧师又说了句祷文。我突然觉得我实际上知道，或猜得到这些人正在想什么。校长在想人就应该趁为时不晚在生活中找到自己合适的位置。医生太太正默默自语,我们有朝一日都会在那儿相遇的。福伊尔施泰因先生唱道该怎样就怎样吧。满头银发的老人在想着永恒的爱的王国里的团聚。而大夫为了吹响小号早已往他那宽阔的胸膛里鼓足了气。我怀疑,我的确知道,他将要演奏什么曲子。那一刻,一种奇怪的欣慰感在我心中油然而生:这些人,这些奇怪的灵魂,已同我紧密相连。我和他们,他们和我,同在一片天顶之下。

牧师陷入了沉默。那些金色的乐器反射出无数道光芒,照亮了我们悲哀的眼睛。我僵硬地站在那里,等待着高贵的《胡斯赞歌》的响起。

当他们奏响这一乐曲时,我闭上了眼睛,即便如此,大夫小号的火焰依然穿过了我的眼睑,它的光芒沐浴着我。我觉得一阵巨大的激动涌上了我的心头。我睁开眼睛,抬头望去,又一次看见了它:那银色的热气球正向我们靠近,无声而又平稳地向我们飘来,从蔚蓝的天空上降下,那架绳梯悬挂在它下面。当热气球飘到我们头顶上时,那位杂技演员,这一回身穿一套黑衣,在横杆上摆动着,缓缓下降到绳梯最下面的一阶,一动不动地停在那里,仿佛在默哀,仿佛变成了一座黑理石雕像。

我悄悄地望了医生太太一眼,想看看她是否也注意到了那热气球。但她凝望着地面,一滴滴热泪从她那黑黑的面颊上滚落。我挪动了一下,站到了她身边,用指尖碰了碰她的手背。她没有抬头,只是紧紧握着我的手。我觉得我的手变成了一只翅膀。我可以高高升起,可以飞翔,可以像那只气球一样在空中摇曳,可以选择任何一个方向,飞向远方,但我依然留在了原地,依然停在了这一小片痛苦却又神圣的土地上。

(高兴 译)

真话游戏

我手里抓着三支在下午的酷热中迅疾枯萎的石竹，在利本索科尔俱乐部外面登上了十四路电车。我的女朋友没赶来赴约。我和她交往了将近一年，在此期间，她两次离开了我，又两次回到了我身边。也许这一回她已决定第三次和我分手了。

一段时间以来，我一直在徒劳地保持自己的信心。

战争像某种毒蛇一般贯穿着我的整个童年。战争结束之后，我仿佛觉得一个新的时代，一个即将消除所有不公和痛苦的时代，已经来临。我不知不觉地渴望回到一种天真和信任状态，信任一个温和的世界，在这个世界里善终能战胜恶，真理终会压倒谬误。

倘若你全身心地渴望什么，你一定会找到它的。我同样也找到了我所寻求的。我已经生活在那个世界里，我已经踏上了那片希望的土地，我无忧无虑，欢欢喜喜，知道自己再也不用时时刻刻害怕被判徒刑了。我并没注意到一个徒刑的时代又一次来临了。

然而，备受赞美的最高统帅逝世后没几天，六名警察来到我家，抓走了我的父亲。从此之后，我们很长时间没见过他。他被控犯下了令人难以相信的经济罪行，在国家另一头的一座监狱里已经等待了近四个月，等待着法院开庭审理他的案子。

他的被捕给了我沉重的一击。尽管我已到了最容易反抗父权的年龄，我依然很钦佩他。他朴素、谦虚，受过良好的教育，工作勤勤勉勉，相信理性，相信社会新秩序。因此，他们现在怎么能指控他犯下了反对这一秩序的罪行呢？

几天前，一位耶稣教会的老朋友给我带来了一个文件夹，里面装着一部许多人翻过的打字稿。他建议道，家里出了这事之后，我们也许会觉得文稿有点儿意思。

我感到惊讶的是，那部打字稿并不是一个宗教小册子，而是一部有关最近死去的最高统帅的传记的译文。没有注明译者姓名。作者用的是一个德国名字。我当晚便开始阅读，读了几页后便哑口无言了。迄今为止我只读过官方传记。再者，在我的记忆里，该巨人同战争结束紧紧地连在了一起，他曾从无数画像里庄重地凝望着我：无比崇高而又备受称颂。此时此刻，我所读到的他就像另一个拿破仑，在通往个人权力的道路上，出卖了革命，出卖了战友，一个没有完成学业的青年牧师，一个用几本寒碜、平庸的小册子冲淡先辈理想的家伙，一个毫不犹豫地将任何挡道者处死的暴君。

我忽然觉得真应该立即毁掉这样一本充满辱骂的小册子，可我又不愿毁掉某件并不属于我自己的东西。于是，我拿起文件夹，迟疑片刻之后，将它放进了罩住煤气表的小橱里，并用一些布条盖在了上面。我打定主意，第二天早上就将这部诽谤性的书稿归还原主——可结果，第二天晚上，我又将它从隐藏处取出，继续读了起来。

在我看来最最可怕的事实是，书中的每件事都似乎绝对有案可查。我无法相信，我不断地劝说自己不要相信，可我感觉得出，我的整个世界在摇晃，我脚下的大地在裂开。谁在欺骗我？谁在说实话？要不就有可能是世界的面貌太含糊不清了，以至于一个人从中看到了戈尔贡①，而另一个人则看到了维纳斯？我会看到哪一张脸呢？

电车在利本桥停下。忽然，不知是什么力量将我从自我怜悯中拽出，我禁不住抬起头来朝车门口望去。我只看见一个奇怪的姑娘，毫无疑问，正是她提起了我的精神。虽然她并没在看我，可从她身上散发出来某种东西压迫着我。她没有看电车上的任何人。她那宽阔而又

---

① 戈尔贡，希腊神话中三个蛇发女怪之一，其面貌极为丑陋可怕。

微笑的面容中有一种心不在焉的神情。她掏出一把零钱给售票员，将车票塞进血红色的短外套的小兜里，然后坐了下来，用纤细的手指轻轻理了理印有向日葵图案的裙子，从包里取出一本书，读了起来。我立马认出了那本书。曾有许多年，我都从这本书中汲取有关捷克文学史的知识。就在毕业考试前，他们不让我们再用它了。他们说，此书受到了资产阶级客观主义的损害，可我们谁也不明白这是什么意思。

我还从没和一个陌生女子搭过腔哩。在我以往的几次风流韵事中，都是对方和我搭的腔。可这一回，我鼓起了所有的勇气。"您也在学文学？"我朝她弯下腰来，这样她就该意识到我是在同她说话。

她连头都没抬一下。

她对我不屑一顾，这使我严重受挫，我的决心开始衰退。"这可不是本好教材啊。"我套用别人的观点，低声对她说。

她翻过一页，无声地动了动那宽阔的嘴唇，朝窗口转过身去，仿佛想要弄明白到了哪儿，然后问道："您知道什么更好的？"

她若有兴趣的话，我给她找多少教材都行。她是文学系的学生吗？

不，她并不是文学系的学生，她只是对文学感兴趣罢了。

一种优雅的兴趣！

沉默。她重又读起书来。她的嘴唇动着。我觉得她头的姿势实在太高贵了。

我提议晚上八点在里格①纪念碑前空地见面，我将给她带一些合适的教材来。

沉默。但这总比拒绝要好。

她啪的一声合上了书本。书用皮套装着，我看到正面有条用绿和蓝珠子绣上的小鱼。

电车在火车站前刹住了车。

---

① 里格（1818—1903），捷克政治家，民族主义派领袖。

她将书塞进包里,从我面前走过,好像我并不存在似的。我在车门口赶上了她。"一定要来呀。我会等您的!"我将蔫了的石竹塞进了她的手中。

"别这样!"她说着下了车。

回到家我继续读起了打字稿。作者列举了那些因叛国罪、反革命活动罪和间谍罪而被判极刑者的职务。他们中有这个国家最主要的政治家:政府首脑,他的副手们,总参谋长,军区最高指挥将领,大使,共产国际主席,秘密警察前任头目。倘若这么多叛徒钻进了统治机构,那么一个国家还怎么可能存在,还怎么会幸免于难的呢?作者问道。难道成千上万的领导人这么多年来都一直戴着假面具干着叛国的勾当?或者难道是他们中的一个人用暴力攫取了权力,然后又诬告其他人并强迫他们在一场血淋淋的舞台表演中扮演在临死前谩骂自己的角色?

纸页散发出一股令人恶心的霉味。倘若这里所写的一切都是真的,那么,这样一个暴君又怎么得以在一个人民当家做主的国家里长期当权的呢?或许这根本就不是真的?他是怎么领导军队取得一次又一次的胜利的呢?或许他并没领导过?为什么许许多多的人一直长年累月地为他欢呼呢?

就连在我这一生中所发生的那些事件的真相我都不一定能搞得清楚,我还有什么希望能发现遥远的过去那些事件的真相呢?耶稣真的存在过吗?他真的创造过奇迹吗?他真的在死后第三天又复活了吗?摩西真的与上帝交谈过吗?一些人坚持认为世界是由上帝的意志创造出来的,另一些人则声称世界是由宇宙雾气形成的,那么,世界到底是怎么产生的呢?

在一个无法查明任何事情真相的世界里,生活又有什么意思呢?

我早早地来到了里格公园。雷云正在天上聚集,附近的车站上传来了火车转轨的哐啷声。我背倚一棵亚热带树木,等待着。我在家里找到了好几本合适的书,但只带来了《文学史概要》这一本。("诗人以他的阶级方法将民族分成了两个阶级：一方面，资产阶级正迅速走向其不可避免的末日；另一方面，劳动阶级的力量正在日益增长，未来属于劳动阶级。"）

我已在内心为这次约会做好了准备。尽管我对自己正等的姑娘一无所知，但我设想，假如她来赴约并花一点儿时间，她可以从我这儿得到一些帮助，也许我可以系统地回答她在阅读中遇到的一些问题。

所幸，我对文学还略知一二。正如我现在意识到的那样，我读了不少书，而且至今还没有机会系统地谈一谈。也没有机会好好地谈一谈我的生活和见解。我就像熟透的谷穗那样充满了词语：只要稍稍摇摇脑袋，这些词语就会沙沙地从我身上涌出。

就在第一阵雨滴落下时，我看见了她。她出现在开花的灌木丛中，犹如亚马逊鹦鹉一样艳丽多彩。

"这么说，您真的把书带来了？"她冲我呼出了一口紫罗兰的芬芳，比近旁的玫瑰花还香。她迟到了一会儿，但这得怪她的老板，一个令人厌恶的小混混儿。他先是对她讲了一通废话，然后又缠住她，非要让她一起吃晚饭不可。男人们真是讨厌极了，他们全都相信自己是女士们最最有趣的伴侣，而且始终像碗里的金鱼一样有趣。此外，他们总是一心只做一件事。

风掀起了她的裙子，吹散了她的头发，她裸露的臂膀闪闪发光。我为夜晚做计划时没有考虑到下雨这个因素。这么一来，我们该去哪儿呢？

我们匆匆沿着潮湿的道路来到了电车站。我发现拐角处有个蓝色的霓虹灯招牌。到那个酒吧里去坐一会儿怎么样？

里面的空气呈暗红色，充满了烟味和其他怪味。一个侍者出现在我们面前，将我们领到了最暗的角落里的一张空桌旁。

我由于困窘和疑虑而直打哆嗦——我的资金仅够上大学食堂，但我的伙伴看上去十分满意。她打开酒单，嘴唇无声地动了一会儿。

我为她点了葡萄酒，自己则要了杯矿泉水。她常来这种地方吗？

噢，是的，因为她的前夫过去常在亚得里亚海酒吧吹萨克斯管。

她的这句话让我大吃一惊。我是在新教和革命清教主义相混合的环境中长大的。两者对离婚女子均不感兴趣。

幸好这时侍者为我们端来了酒水，她慷慨地冲我笑了笑。她紧握着杯把，对我说她叫弗拉斯塔，从那个差点儿毁了她一生的杂种那里得到了一个可笑的姓——斯莱皮奇科娃，或者小母鸡。

我做自我介绍时，她在血红色酒里润了润嘴唇，然后点了一根烟。斯莱皮奇卡是她所知道的最大的混蛋，一个说谎者，一个酒鬼。整整六个月，他使她相信，每星期六他都在葬礼和婚礼上演奏。她像个寡妇似的呆在家里。时不时地，他甚至还会胡编乱造出一些细节。过了好久她才发现，他原来只是去那个名叫"那斯洛皮"的下等酒吧玩该死的牌！当她在酒吧后面一间小小的密室里找到他时，有个家伙刚刚赢了一大把，起码有五千克朗。那人是阿尔满丹鞋油公司的经理。她大吵大闹了起来，经理抓起一把钞票往她手提包里一塞，求她道："消消气，求你了，亲爱的弗拉斯塔，好了，笑一个！"斯莱皮奇卡一声也没吭。有时，即便他撒了谎，她也会以为他在乐队哩。就像有一次，他信誓旦旦地对她说整个下午他都和他们的朋友麦克思在一起，可恰好那段时间，她一直和亲爱的麦克思一起呆在斯罗贝克酒吧里哩。无法同这种人一块过了。她宁可去跟一个瞎子或瘸子。所以我该记住她什么都能忍受，就是不能忍受谎言和虚伪。

我也一样，我说，我绝不能容许自己同任何说谎者一起生活。我一直渴望真诚，我从来没有欺骗过任何人，也永远不会欺骗任何人。

她笑了。这种漂亮话她听过许多次了。但她愿意相信我。她只是希望我不是什么艺术家。我到底是干什么的？

尽管一分钟前我刚刚谈到过真诚，可我还是不敢向她承认自己的真正志向。我只是说我是学捷克语言和文学的。

她认识过一个学建筑的人，名叫博雷克，兴许我也认识。

不，我并不认识什么名叫博雷克的学建筑的学生。对不起。

噢，他离开学校已经有段时间了。五年前，他自己开了家什么店，后来他们将他拘留了。要是他落得个这样的下场的话，那我也许倒能想象出他是个什么样的家伙。可他舞跳得棒极了。就像她认识的一个山里人那样。那个山里人名叫彼得——彼得·霍卢巴尔，也许我碰巧认识——跳起舞来就像莎莎·麦乔夫似的。他老是邀她和他一起去塔特拉山，教她攀岩、滑雪、手握冰锥在雪地里滑降。但当时她已结婚了，要是斯莱皮奇卡看见她和另一个男人呆在一起，准会把她剁烂的。实际上，她挺走运的，因为霍卢巴尔那家伙在一场雪崩中送了命。他们将他挖出来时发现，他的冰锥正好刺进了自己的腹部。我喜欢什么体育项目？

她喝完了一杯，谄媚的侍者立刻又给她端上另一杯。

接着，她讲起了她父亲。他当过官员，家里安了大约十台接收机和一台发报机，最终为此掉了脑袋，因为战争期间，他都从未停止过发报。她依然清楚地记得那些人闯进他们家时的情景。那是一天的凌晨，天还没亮。那帮该死的猪猡！但她看我好像体质较弱，也就最好免谈任何细节了。战后，她母亲找了个情人，名叫霍拉克。那人在卡罗维发利某家被没收的工厂里弄了份国家行政官员的差事。他们结婚后，在一幢带有水池的别墅里住了几年，可是——我也许也经历过类似的事——有一天工人委员会闯了进来，亲手把他们的家当搬了出去。他服了十二年刑。后来，他们来到洛凯特，住进了一个牛棚。妈妈做起了挤奶工。一个星期天，她穿上了自己最漂亮的衣服，说是要去看看到底是谁住在他们的别墅里。他们找了她整整五天，最后在别墅后面的水池里将她捞了上来。那可是生离死别啊，她可以这么说，但她不想再进一步描绘她见母亲最后一眼时的情景。于是，她便孤零零地留在了这世上。她舞一直跳得不错，因此琢磨兴许能在某个酒吧里找份工作，可那时他们正在关闭那些场所，因为在斯达汉诺夫工作

85

者①看来，那都不是正经场所。哪儿也找不到工作。就在那时，她在布拉格遇上了斯莱皮奇卡。要是我见到他的话，我兴许会大吃一惊的。一副丑样，秃头，差不多比她大二十岁。要不是孤身一人并穷困潦倒，她都不会和他在一张桌旁坐下的。不管怎样，她连一年都受不了他，最后几个月，她可折腾得他够呛。后来有一天，她邀来一个和她一起在工厂干活的伙计。他们将斯莱皮奇卡的东西装进箱子，扔出门外，然后换了把锁。那伙计随后希望同她一起住在里面，以防斯莱皮奇卡来胡闹，而他也胡闹了。她还是不给我讲这些为好，省得我做噩梦。

　　结完账后，我兜里只剩下了两三个克朗和一把零钱。外面的世界散发着瓦斯和煤烟味。我的女伴足蹬高跟鞋大步走着，不断地老远就冲任何迎面走来的路人招手。

　　她住在利本的最边上，在一个仅有几排公寓房组成的街角。她说她就住在这里，我不必再往前走了，街坊会看见我们的，我知道那些人是副什么样子。我的书她可以借多久？

　　多久都行。实际上我还可以借给她其他更有意思的书。

　　我们说好一星期内再见面，到时我会把书带来。她向我伸出手，我紧紧握了一下。这时有个声音告诉我，我不会完全遭到拒绝的，我听从这个声音，一把抱住了她。

　　当她的嘴唇紧贴着我的嘴唇时，湿润而又甜蜜。可她立马将我推开。"现在别这样！我们并没说好要这样的！"

　　回到家后，我在我的桌上发现了一封父亲从监狱寄出的信，上面压着一张母亲写的带有责备语气的便条（已经深更半夜了，而你还在什么地方瞎逛！）。父亲的信写在一张十一开纸上，顶端盖了个紫色的橡皮图章，紧挨着抬头。

---

① 斯达汉诺夫，一个苏联劳动模范的名字。这里泛指先进工作者。

我的亲人们：

　　我相信你们会明白，我在这里有足够的时间来反思我整个过去的生活，反思我所有的抱负，同样也反思我所犯下的错误。我最大的错误便是，我似乎总是从外表来观察万事万物。从外表看，一切好像都更简单而且常常也更迷人，但人们会在判断上大错特错，这是我到了这里才意识到的。现在，我时常想起我的父亲：我大约十岁时他送给我一个显微镜，作为圣诞礼物。他建议我放一滴颜料水在玻璃片上，并问我它看上去会怎么样。我回答说它将变得纯净而又清澈。我并不知道纯净水会如此充满活力。直到今天，我依然记得那众多令人惊异的形态。可惜父亲在我尚年幼时便去世了。他没能将他的任何智慧传授给我。尽管命运让我和你们度过了一段漫长的时光，但我也许还是不够聪明，从未向你们解释清楚许许多多事情表面上看来和实际是截然不同的。这得怪我，我在内心请求你们原谅……

　　我想象着我的父亲躺在某地的牢房里时，我却在和一个打扮入时的离婚女子逛酒吧。我决定，整整一星期早饭时只吃干面包，我将从食堂买了之后带回家来。而且我不再和她约会了，我不想再见她了，她不是那种适合我的女人。

　　当我终于躺下并闭上眼时，我看到了大海。我入睡前的幻象总是来自我的童年。它们会出乎意外地出现并停留一会儿，足够让我仔仔细细审视一番。有时，它们如此引人注目，如此五彩缤纷，如此稀奇古怪，以至于会在我的记忆中存在很长时间后才慢慢消失。我一般都不会去琢磨它们的含义，只是欣赏它们的画面。但战争期间，就在他们将我们从家里拽出前三天，我见到了一长列车轮巨大的火车。它正穿越一片看上去死气沉沉的荒原。那片荒原静静的，到处都是石头、干枯的灌木和稻草似的草木，可巨大的车轮转动着，我感到一阵恐怖。同样，我们公寓里的邻居拧开煤气罐的前一夜，我也见到了一片布满岩石的土地,许多毒蛇从砾石堆下探出了脑袋。中间,一块砾石上躺着一名女子,一条响尾蛇正在咬她的大腿。蛇的眼睛呈硫黄色,头呈黑色,嘴里露出了硕大无比的毒牙。

然而现在我见到了海。波浪从四面八方冲打着我,因此,我一定在水中某个地方,我正躺在一块阳光照暖的岩石上,我看到水面下有条看上去和人差不多的奇怪的鱼。它的身体上长满了巨大的盘子似的鳞,酷似一条龙。我发现那鱼的闪烁的眼睛里涌出了玻璃似的五颜六色的泪水,很快便在水中溶解了。

第二个星期,除了一本《苏联文学理论》(我们将文学看做意识形态的一种形式,看做反映生活的一种特殊形式,我们因此而奠定了评价文学的基础。),我还为我们的约会带上了恩格斯的《论家庭和国家的起源》(历史上出现的第一次阶级冲突恰好是一夫一妻制婚姻中丈夫和妻子的对抗,而第一次阶级压迫恰好是男性对女性的压迫。),或许是为了证明我对女性的开明态度。

我们沿着一条荒废的小道散着步。那小道紧靠伏拉塔瓦河一个寂静的河湾。她告诉我,她母亲的哥哥罗伯特十四岁时去了美国,在"林肯总统"号军舰上当水兵,后来又升为大副。太平洋战争中他被日本人抓获并被迫到夸伊河上建桥。战争结束后,美国政府为他授了勋,总统亲自接见了他并授予他什么金狮或金鹰勋章。可去年,可怜的罗伯特舅舅在韩国驾车时触上了地雷,留下了妻子和五个孩子。

虽然她对我明显的信任令我感动,但她家出了个站在错误一方的英雄还是让我觉得别扭。随后,在她的要求下,我们拐进了一家幽暗的酒吧,里面尽是些吉卜赛人和其他怪模怪样的家伙。她老朋友似的同他们打着招呼。

那边那个眼睛红肿的吉卜赛人,没错,就是那个,但我最好别看着他——我们点啤酒时,她指着一个人对我说——那可不是个一般的吉卜赛小提琴手,他曾有过自己的乐队。货币改革时,他拖着整整一麻袋钞票来到柜台前,那可都是他在酒吧演出时挣的钱,但当他弄明白他们想换什么时——她最好还是不告诉我他对他们说了些什么。不管怎样,他们给他戴上手铐,将他带走了,可两个月后,就又将他踢了出来,也许因为里面没有太多地方。从此之后,他就一直在这儿晃悠。我的女伴朝那个胡子拉碴、面带伤疤、眼睛充血的家伙笑了笑后又继续说道,他还曾为了她和一个名叫斯坦达·鲁日奇卡的开货车的家伙干了一架,那家伙过去曾在集市上当过装卸工。没错,斯坦达一开始打得他鼻子流血,左手脱了臼,可那吉卜赛人突然拔出了刀子,最后斯坦达被人抬上了救护车。

我们要了份菜炖牛肉。这时,她允许我叫她的小名了。

我将她送到她住的那个街角,开始吻她。只是过了一会儿她才把我推开。"宝贝,"她以责备的口吻对我说,"你是不是太着急了一点儿?"

我赶到电车站时,已快子夜了。我的兴致尚未完全减退,但在我的满足下潜伏着一丝不安情绪。总有点什么不大对头,不仅仅是喝啤酒、泡酒吧、乱花生活费的问题。片刻之前,我还在吻着一个我并不了解的女人。我所了解的只是一通毫无意义的话语。我们能和一个用鱼鳞似的话语掩盖着的人贴近吗?

打字稿依然散发着霉味。幸亏还有几页就可读完了。

  使你安宁的虚假的希望
  远远地胜过朝你张开血盆大口的
  彻底的黑暗……

下一次约会时,我带上了一篇论当代西方文学的文章(那些资产阶级伪学者们仿佛一帮豺狼,齐声嚎叫着。宣传干将和理论乌鸦们也披上了教授的外衣。在美国,那个帝国主义的温床,那些枪手们对所有文化的野蛮攻击已经到了史无前例的地步……)。

又是雨夜。但她身穿短袖外衣、足蹬漆皮皮鞋跑了过来。她不想到任何地方去转悠，因此，要是我不在意的话，我们可以到她的住处去坐一会儿。注意，因为她实在疲乏到了极点。她那天过得糟透了，要不是她答应过前来赴约，她准会说一声"通通见鬼去吧，"然后直接上床睡觉了。

她住在底层。我们经过无数道门，这真不像居民楼，倒更像写字楼或旅馆。她打开了最后一道门。我们穿过了一个带有自来水龙头和破水池的小门厅。她的房间很小，里面摆着一张沙发床，一个小桌子和一个单门衣橱。沙发床的上方一个天使保护着一个卷发学生，以防他从狭窄的独木桥上跌入湍急的河流。脏兮兮的发黄的帘子遮住了一扇带铁栏的窗户。紧挨着一台小收音机放着几本书，其中就有我的那本《论家庭的起源》和一本《初中物理教材》。

我特意为这个夜晚准备了一系列的问题，可这会儿只是吃惊地问她是否对物理也感兴趣。她回答说她对什么都感兴趣。她坐在像天使图上的水流一样绿中带蓝的沙发床上，对我说她也读了我上次带给她的书，那些印度人怎么全睡在一起，尽是些无稽之谈，也许都是某个肮脏的老头儿胡编乱造的。

这种对于一部受到普遍尊重的经典作品的轻慢态度使我一下子蒙了。尽管我准备的不少问题都恰恰来自于那本书（她对上帝、对唯物主义以及对婚姻的看法如何？），可我却无法和她谈论它了。

所以，我冷不丁地问她是否还去跳舞。

很久没去了。

事实上，她还没告诉过我她到底是干什么的。

她没告诉过我吗？她很惊讶。她没说过她在那个矬子的秘书处工作吗？

可我却不知道那矬子是谁！

近来，不少人对她的工作表现出了极大的兴趣。倘若我真想知道她所在的工厂是制造什么的，那么她没有理由不告诉我。可我正在翻看那些有关谁被那些野孩子称做妈妈，而谁又被称做阿姨的书，看上去不像真感兴趣的样子。她还是让我看看她结婚时长得怎么样吧。

她从衣柜里的一个黑色封袋里抽出一本相册，那个封袋上闪烁着一颗云母覆盖的红星。

我坐在她旁边，看着一大批陌生的人，也看着她那张永远冻结的平凡的脸。她坐得离我这么近，以至于我完全忘了要提的问题，一把抱住了她。

我们在绿中带蓝的沙发床上，在天使无忧无虑的目光下狂野地翻滚了一会儿。随后，她站起身来，将相册放回原处。她不想赶我走，但她实在太累了。要是第二天是星期天就好了。

可到星期六还有整整三天哩！

她打着呵欠。好吧，要是我乐意的话，可以周末来。

第二天我将打字稿还给我的朋友。我准备对他说出我对作者公正性的怀疑，并在内心希望我的朋友——尽管真实情况如何他也不可能比我知道得更多——会同意我的看法。

但他回答说在永远重复的历史模式中，所发生的这一切恰好是又一个令人恐怖的插曲。历史一直在重复，因为人总是不停地渴望不朽，渴望创造力。人希望成为上帝，可他却来自尘土，而且永远属于尘土。谁要想创建新世界，谁要想脱离人类秩序，谁就只会引发流血。一个人越是反抗，越是千方百计地要成为上帝，那他就越是会狂热地走向毁灭。这就是历史的法则。很有可能，下一个自封为上帝的人会完成死亡工作，将地球化为一片废墟。

离开他后，我沮丧至极。还有什么可信？还有谁可信？

入睡前，我想起了她。我触摸着她那温暖的手臂，解开了她的衣衫，她那优美的乳房呈现在我面前，我用双手捧着它们。

忽然我看见了一片荒原。阵阵沙浪掠过无垠的平原，风吸起微小的尘埃，裹挟着它们向前，犹如一块透明的面纱。裸露的犬牙交错的岩石，背衬遥远的地平线，默默耸立着。随后，我发现那位伟大领袖熟悉的头从附近的沙丘下探出。长满小痘的额头上端，头发朝后梳得整整齐齐，大鼻子下，一撮浓密的胡子遮掩了整个上唇。他的右肩上扛着一个长方形的物件。待他走近后，我不仅看清了他的面容，而且看清了他扛着的物件。那是口棺材。

星期六上午，我到斯大林元帅大街上的一个小店里挑了块绿丝巾。丝巾的每个角上都绣着一只白鸽，显然象征着和平，但对于我来说，它却意味着爱情。知道价格后，我迟疑了一会儿，可售货员说我眼光不错，那个姑娘（或者也许是我的母亲）见了肯定会十分中意的。于是——又得吃一个星期的干面包了——我便提着一个包装精美的小礼品盒离开了那家商店。

她很喜欢我买的丝巾，并说她也为我准备了一点儿东西，说完，从衣柜里拿出了一瓶晶莹透明的酒。随后，她又取来了两个小杯子。尽管我从没喝过比啤酒更厉害的酒，尽管我一直认为酒精是令人迟钝、使人变成畜生的毒药，可我还是欣然接受了她的礼物。

那酒有一股茴香子味道，很快便冲上了我的头。我望着她，忽然想，其实了不解她并不重要，重要的是我的感觉，重要的是我渴望得到她。

我讲起了自己的身世。毕竟，我还没怎么向她介绍过我自己，就连我最主要的经历——战争期间被迫在奥赫雷①河畔的犹太人隔离区里度过的四年时光——也没对她提过。一天，我和几个朋友一起蹑手蹑脚地来到了城墙上。紧挨城墙的树上，樱桃已经长熟。爬城墙是违禁行为，可我们很饿，而且好几年没尝过任何水果了。我们兜里装满了樱桃，跑下斜坡，正要返回时，党卫军中最凶的一个家伙刚好骑着栗色马出现在我们面前。那家伙名叫亨德尔，但名字无关紧要。我们可以撒腿就跑，可要是他朝我们开枪怎么办呢？但如果他抓住我们并查出我们的名字，那就意味着我们会被放逐到波兰去。虽然我们当时对毒气室还一无所知，但我们明白那种放逐后果不堪设想。不管怎

---

① 捷克境内的一条河流。

样,想要逃走为时已晚。马快步跑来,就在我们迟疑之时,他已赶上了我们。我们自然闪到一旁,但那个德国佬踩着马镫,用鞭子啪啪朝我们脸上抽了几下。我好不容易挡住了自己的脸,但我的一个朋友脸颊和嘴唇上留下了血淋淋的伤痕。实际上,我们都大大地松了口气,我们很高兴没有发生比鞭笞更加可怕的事。这样的事我还可以对她说出许多,可我不想,我只是试图告诉她我对世界的忧虑,我长久存留在心中的不安的根本缘由。全副武装的军人骑着马不断地从我梦中穿过,使我片刻也无法忘掉我们的软弱无助。我希望她能理解我灵魂上的伤痕,虽然我并不喜欢"灵魂"这个词——不知她有何感觉——因为我并不真的相信灵魂。我见过太多的人应该拥有灵魂,可实际上比狗,甚至比狼更缺少灵魂。同样,很不幸,我发现自己也无法相信不朽,或相信有朝一日会再次遇见所有那些我喜欢的,但却惨遭杀害的人。我只相信生活,相信在世上短暂的停留,相信一次出生和一次死亡,因此我并不相信印度人所相信的东西,并不相信死后的回报或惩罚,并不相信再生和延续。我意识到,如果渴望什么,那么现在就得努力争取,趁自己还活着,趁生命尚未结束,这样才有可能亲眼看到结果。也许,所有这些听起来都有点儿混乱和庸俗,但我肯定不是那种一心只做一件事的人,我希望得到的更多,我希望得到某种更深更高的东西——我希望得到的究竟是什么呢?是的,首先,我希望自己活得有用,活得善良,活得真实,能够为他人,为人类,自然也为她,做点儿什么。这正是我想要尽可能地理解她,了解她并贴近她的缘由。有时我感觉她在躲避我,她在通过言语远离我,这可不好。言语应该使人们贴近,这是语言的馈赠,它应该打开,而不是关闭,应该呈现,而不是隐藏,语言是最最了不起的发明,如果我信上帝的话,那么,我要说这是他送给人类的最好的礼物,但我想说什么来着?噢,对了,我渴望她的真诚,我也会真诚待她,否则,我会活不下去,我们会像黑夜里的航船那样失之交臂。而人人都希望留下点儿印痕。我想说什么呢?她是否注意过那些在异常高度飞行的飞机?它们飞过，它们消失，可它们飞走之后在空中留下了一道白烟。那便是印痕。或者一个人穿越雪地，然后消失。已见不到任何人，只有雪，只有广袤的空空荡荡的原野，可这时一个迷路的流浪者来到了这里，他发现了什么呢？没错，一道足迹。沿着这道足迹，他抵达了他的目的地，或者也许并非他的目的地，而是那个留下足迹的人的目的地，也许恰恰在那里他会找到他毕生寻求过但已不敢奢望会得到的东西。也许一些像她那样目光悲哀的人正在那里等待着他。要不就是一幢房舍，一个石洞，在冰冻的荒野之中，而那个房舍或石洞便是一种拯救，一个栖身之处。我知道她不喜欢艺术家，我也没说我是艺术家，但我想让她了解我有时遇到的情形：一种怀疑，一种不仅关涉我自己，而且关涉整个世界，关涉事物起源的怀疑，一道探究真实的目光，实际上只是一幅我必须传达的画面紧紧地抓住了我。那只是一幅画面，仿佛无数支离破碎的片断正在我眼前组合，她能想象吗？它们仅仅是片断，毫无意义的混乱的片断，而现在我忽然间看见了一幅画。

她起身，将椅子挪开，走到收音机前，打开了收音机。跳会儿舞怎么样？可我不会呀。没关系，她可以教我，她酷爱跳舞。她在我周围摇晃着，然后端起酒瓶和杯子，将它们放在沙发床旁的椅子上，再将桌子推到墙边，蓦然，我就像一丝不挂似的站在那里。

我还等什么呢？她站到我面前，向我伸出手。我站了起来，搂住她，试图跟上音乐节奏。她说她会教我步子的，她过去常跟博雷克在阿尔发及各种各样的夜总会跳舞，我什么时候真该见见他。一般人跳了一会儿后会感觉两腿发沉、双手出汗，一、二、三，可他倒好，在地板上呆得越长，好像越轻，直到最后，两脚就像要飞离地面似的，其他人纷纷退场后，他便会邀请她跳上一段。可他们并不能跳华尔兹或平原之箭，而是跳摇摆舞，直跳到退场为止，他们跳完后，整个乐队总会为他们鼓掌，一、二、三，我听见了吗？一、二、三，踮起脚来。我真是个聋子，脚步怎么总是跟不上音乐呢？

幸好，音乐停止，一个播音员的声音响起，我还没完成一个笨拙的舞步便一把将她搂过来，开始吻她。

她说她想看看还有没有其他音乐。好吧，随我的便吧。可起码得将桌子搬回原处吧。随我的便吧。

我们躺在沙发床上。收音机里的声音正用某种北欧语言单调地念着新闻。我觉得时机已经到来。我吻着她，将她紧紧地抱在怀里。我爱她，我真的爱她，正是这赋予我行动的权利。她不是鱼，她是蝴蝶——蝴蝶也有鳞，比鱼鳞更美，即便难以抓到，但一点也不滑。我们依然亲吻着，她闭上了眼，呼吸越来越快。

我轻轻对她说，她很美，像彩虹，像奥丽诺科的蝴蝶一样多姿多彩，她有着一双蝴蝶眼。她问道："你已想上床了吗？"

她站起身，用熟练的动作将沙发变成床，从里面抽出一张白床单和一条显然刚套上被罩的被子。她让我转过身去。我听见了她拉窗帘时刺耳的声音。念新闻的声音忽然停住了。一阵乱七八糟的声音响过之后，我又听见了吉他曲和脱衣服的沙沙声。现在轮到我脱衣服了。我脱下裤子，沙发床的弹簧发出了咯吱咯吱的响声，我转过身来，她躺着，床罩一直拉到了下巴处，就像在电影中似的，椅子上胡乱堆着她的衣服，最上面是她的内衣。床罩下，她的赤裸的身子正等着我，那可是我可以触摸的完全赤裸的身子啊。想到这，我差点喘不过气来了。我该脱掉裤衩，可我有点发窘。

"你干嘛不关灯呢，宝贝？"

我关了灯，摸黑走到了床边，脱下其余衣服。现在我已为我爱的初夜做好了准备，至少我的身子似乎已做好准备，可我的灵魂，我片刻之前刚刚否认过的灵魂，正处于尴尬和犹豫状态。我真的很爱她吗？我真的会爱她一辈子吗？我真的打算娶她为妻而并不只是同她逢场作戏吗？不管怎样，我准备好了吗？

我感觉到她正用手指摩挲着我的大腿。

"你浑身都在颤抖，宝贝！"

她无疑不该摸我那儿！我闭上眼，慌忙做了我想做，她也许也在盼着的事。

我这会儿发现，她也在颤抖。她紧紧贴着我，仿佛想要寻求庇护。

我闻到了身后传来的茴香子的味道，同样也闻到了她那浓烈的紫罗兰香水的味道。蓦然，一阵悲哀涌上了我的心头。我一直相信唯有一种伟大而完全的爱才会让我做出这种事情。我为何没有等待？

她趴在我身上，吻我。"希望你当心点儿，宝贝！我可不想再怀孕啊！"

"再怀孕？"

她拥抱着我。

"你有孩子？"我问。

她伸手取过身后那瓶酒，倒上了两杯。"别这么瞎打听！"

"我只是问问！"

"好奇害死人呀！"

我推开她，跳下了床。"你还见他？或者有他的消息？"

她让我重新坐到了白床单上。"我已好久，"她拥抱着我，"好久没有孩子了。"

"怎么回事？"

她用温暖和紫罗兰香水味包围着我。"现在，现在，你不用想这事！"一个陌生人的温暖的身子紧贴着我，一个陌生人的手指抓着我，缠着我，使我心醉神迷，将我领回到她身边。

"瞧，你可以变乖，可以变得很乖的。"她轻轻说着，滚到了我身上，仿佛我的身子早已属于她。当又一阵意想不到的快感充满我全身时，我发现自己不但不再生气，而且一个劲儿地说着我爱她。

这一回，我没有闭上眼，而是看着她：她那蓬乱的头发散落在冒出汗珠的额头上，上唇也有几滴汗珠，而下唇的右角在流血。我望着她的嘴唇，然后又望着她的乳房，意识到自己可以尽情地看，尽情地摸，尽情地做任何事。一阵晕眩向我袭来。她就躺在我身旁，我可以摸她，可以做任何事，我忽然感到没有什么比这更重要的了。我开始懂得这就是爱的全部含义，这就是人们渴望的那份激情，为了这激情，人们情愿去受苦，去仇恨，去忍受不公，情愿赤足走到天涯海角，甚至情愿去死。

她睁开眼，呆呆地望了一会儿天花板，然后说道："我杀死了他。"

"谁？"我气喘吁吁地问。

"没什么。一只虫子！"

"你杀死了那孩子？"

沉默。从某处，我不太清楚到底从哪儿，一只沙沙作响的蛾子出现并在吊灯周围飞来飞去。

她伸手取过酒杯。"这是很久以前的事了。"

我一声不吭，实在不知说什么好。

"别这样，宝贝。求你了，别这样！你说你爱我的。"

那是在战争快结束时。她被赶出学校，带到了德国。确切地说，那并不是德国，而是苏台德①，正像当时人们所叫的那样。她先在一个生产汽车燃料的工厂干活，后来，由于年小体弱，又被送到了一个农场。农场上有六匹马和数不清的牛和猪，而所有这一切都由一个老太太和一个装着木头假腿的老头儿经营着。她一般要到深更半夜才睡觉，而凌晨四点，那瘸子又会来踢门。只有星期天下午才休息。老太太会穿上黑外衣，拿起祈祷书，颤颤悠悠地向教堂走去。牧师也装着一只木头假手，下巴又被打掉了一块，因此本人看上去就像魔鬼似的。他布道时，老太太什么也听不懂，但却会失声痛哭。也许她想起了自己的亲人，他们的照片就挂在她的床头上：一个年纪稍大的男人和三个小伙子，除一人外，其他人相框上都披着黑纱。活着的那个叫祖翰·塞巴斯蒂安，收割开始时，穿着制服回来了：他们准了他假。

---

① 捷德间一个有争议的地方。

他带了点儿巧克力和葡萄干,往她兜里塞了一些。他一直用一种让她害怕的目光望着她,到处追她,然后会给她一些香肠和香烟。她晚上不敢上床,她睡在牛棚旁的一间小屋里,门无法锁上。她要等他休息后才敢上床,可他还是在她入睡后闯了进来。她同他搏斗,可又有什么用呢?他轻轻松松就能在她头上打个窟窿。一星期后,他走了,从此她再也没有听到他的音讯,可她的肚子大了起来。孩子是四月份出生的。她都没来得及让他接受洗礼,因为牧师像其他人一样,早已逃走了。只有老太太和那个瘸子为了她留了下来。他们强迫她同他们一道走,准备用马车将她带走,可晚上她逃掉了。她本可以将孩子留在那里的,但她不想这么做,不管怎样,他都在劫难逃,因此她带上了他。

后来呢?

没什么,她用枕头压着孩子的嘴,将他扔在了林子里。还用土和干叶子盖了一下。那时到处都是死尸。我觉得她不该这么干吗?

我什么也没觉得,头脑处于一片混乱之中,她的声音如缕缕细线缠绕着我,我的双脚因为虚弱而在抖动。我穿上了衣服。

"你这就要走吗,宝贝?"

那是我唯一想做的事。

"我完全可以不告诉你的,你要知道,但我希望你了解我。既然你已和我上了床。"

那是个肮脏、寒冷的夜晚。我快走到电车站时,听到有人叫我。我愣住了,仿佛某个来自坟墓的声音在和我说话,仿佛死亡在大声叫我。她追了上来,只穿着长衬衣和薄袜子——其它什么也没穿。

"你都没说,"她气喘吁吁地说,"你还来不来,明天还来不来。"

"我现在知道你住哪儿了。"

"你不能想来就来呀!"

"不能吗?"

"不能!"

"为什么?"

"这不可能。一些可怕的事,我不能全对你说。"她站在我面前,哆嗦着。

"你有什么不能说的?"

"我不能!他会刻……不,我不能说。改日再说吧,如果你还来的话。"

为什么她的一切我都想了解呢?"还有人在和你约会?"我感到一丝忌妒。

她用手搭在我的肩膀上,"我明天来行吗?"

"明天不行。"

"后天呢?"

"说不准,最好也别来!"

我答应她星期三晚上来。尽管我对她说她这副打扮不能在街上溜达,可她还是陪我走到了电车站。她又吻了我一下,然后跑回家去。她穿着白衬衣,乱蓬蓬的头发高高扬起,看上去简直像个幽灵。

我登上空荡荡的电车,头贴着冰冷、颤动的窗玻璃,真想大哭一场。

回到家后,我开始找一本用蓝纸包着的书(新刑法体现了劳动群众的政治意愿,体现了社会主义新型法律的基本精神)。父亲被捕后,我对此书相当熟悉,因此找起来毫不费劲。母亲杀死自己的新生婴儿——我想看看这一较轻的条款是否依然适用于她的行为。

我还得给父亲写信:

亲爱的爸爸:

  首先谢谢您的来信。您在信中说自己没将任何智慧传授给我们,没教会我们透过现象看本质,我想对您说您的这种想法实在是错了。相反,我一直觉得您总是努力深入所有看上去难以解决的问题的本质(正如您教我算方程式那样),或许这正是我所称的寻求真理的另一种方式。

我喜欢自己的这些文字,它们在我看来崇高而又令人鼓舞。

我也在为同样的事而努力。我之所以这样,主要是因为我希望尽可能地抵达事物的本质。我向您保证,发生在我们生活中的一切我都会坦然接受,并用以反思我们过去的生活。

我迟疑了片刻,不知如何将我现在的经历写进信里,然后继续写道:

此外,我现在也在经历着某件事,此事暂时还不能细说,因为我自己还不完全理解,但它似乎同真实的生活有关……

最后一句话让我犹豫了一下。我不知道是否对那些在我父亲之前读到此信的人透露得太多了一些,但我觉得这样措辞更合适,即便他不明白我在讲什么。也许,这样更好。

星期三,还不到六点,我便按响了她的门铃。没人开门。这时我才发现她的门上没有名字。我会认错门吗?我又按了一次。过道尽头,一个卷头发的胖女人探出头来。"找人吗?"

我走到她跟前。"找斯莱皮奇科娃小姐。"

"我不认识。"她看了我一会儿,仿佛在等着某种解释,然后又说道:"不住这儿!"她摇了摇头,那头看上去就像短路了的电器零件,然后又消失在门后面。

我们在楼房门口碰上了。她的衣服,一如往常,异常亮丽。她手捧着一束鲜花。"等了很久吗,亲爱的?"她吻了我一下,一股酒气向我扑面而来。"我没想到你会来,我以为你现在根本不在乎我了呢。"

"可我答应过……"

她又吻了我一下。接着,解释说他们在单位聚了聚,她稍稍喝高了一点儿,她想我,她必须准时回家,怕我万一会来,她还给我带了一点儿吃的来,因为她家里一点儿吃的也没有,我一定饿坏了,可怜的人。

她屋子里乱七八糟,床没整理,桌子上放着一瓶喝了一半的葡萄酒,还有两只葡萄酒杯,这一情景让我伤心。

她昨晚来了个女朋友,她打开了收音机,她们一直聊到了深夜,接着倒头便睡,早上睡过了头,都没来得及整理一下床。她从手提包里取出几个用餐巾纸包着的三明治。她让我吃,自己捧着花走进了门厅。我听见了水声和她的歌声,她兴高采烈地唱着。她刚才所告诉我的一切不知怎的消失得无影无踪。

回到房间时,她已脱光了衣服,只用一条毛巾裹着身子。"你干吗不吃?"她拉上了窗帘,接着,我们开始做爱。

那真是太美妙了,太自然了,太适意了,我几乎忘了有关她的一切,可随后我还是问道:"上回你正要对我说什么来着?"

没错,可这会儿她不知该不该说。她昨晚问了问她的女朋友,她觉得她不该对任何人透露此事。

她女朋友是干什么的?

她们一道在卡巴莱①唱过歌。

我不知道她在卡巴莱唱过歌。

那是很久以前的事了。那时,她还没有脱离贫困,是斯莱皮奇卡安排的,在阿迪利娅。

为何后来又不干了呢?

说来话长,那得怪麦克思。

我不知麦克思是何许人也。

麦克思是霍拉克的哥们儿,一个了不起的家伙,战争时期在英国

---

① 有歌舞表演的餐厅或酒吧。

打过仗,我真该见见他身穿军服、翻领上戴着皇家空军徽章时的帅样。他开了家食品加工厂,做馅饼和菜炖牛肉,但我不要认为他是个屠夫,其实呀,他连血都不敢见。有一天,他得杀只兔子,他们不得不给他找来了一把猎枪,结果他从远处将它射杀了。这正是他在战时参加空军的缘故。

可麦克思和她唱歌又有何关系呢?

噢,她同那个上次指给我看的吉卜赛人在草地酒吧唱歌时,麦克思——他们将他的工厂国有化了,他已准备好行李卷儿——即将走人,回到皇家空军,他来到酒吧,将一张一千克朗的钞票贴在吉卜赛人的额上,请他来段告别华尔兹。可吉卜赛人拒绝了,他现在不能演奏那种曲子,但他可以为他演奏另一段曲子。麦克思又往他额上贴上一千克朗,她低声告诉吉卜赛人麦克思是她的朋友,而且战争期间曾经……

忽然,门铃丁当响了起来。她立刻不做声了,从床上站了起来。我仿佛觉得她睁大了眼睛,一下僵住了。"是他!"她轻声说。

"谁?"

"轻点儿!"她的目光向房门投去,"你觉得他听见我们了吗?"她蹑手蹑脚地去把灯关了。一片黑暗!唯有收音机上有一个绿点依然闪着光。

门铃又丁当响了一下。"你是说就是那个你想要对我讲的人?"我压低声音问。

地板在她脚下轻轻地发出了吱吱嘎嘎的响声,紧接着收音机上的绿点也灭了。我什么也看不见。当我感到她用手碰我时,差点儿跳了起来。她压住我的身体。"他可能会到窗户边来的。"

窗户关着,窗帘拉上了。

"他是谁?"

她用手捂住我的嘴。静默中,我听到了我和她的呼吸。远处,也许几个院子开外,传来了手风琴的声音。"也许是个邻居,"我猜测。

"不,准是他!"

"谁?"

她在颤抖。随后,她起身到门厅张望了一下。也许他已不再在那儿了。他已走了。她告诉过他她要到女友家过夜的。即使如此,我回家时,也得多加小心,尽量躲着他点儿。因为那人什么事都干得出来。

既然我不知道他长什么样子,又如何躲开他呢?

噢,他长一头乱蓬蓬的金发,右脸颊上有道伤疤。六英尺多的个儿,一眼就能认出。

他叫什么名字?

别管他叫什么。

那么她为什么不告诉我呢?

因为他不准她这么做。要是他发现她告发了他的话,会杀了她的。不过,我可以叫他卡雷尔。

这个卡雷尔是谁呢?

要是她知道就好了。

她是怎么和他搅到一起的?

她是在酒吧里遇到他的。大约在遇到我之前一个月。他对她很好。为她点了葡萄酒,整整一瓶,然后又叫了辆出租车送她回家。

她和他约会了吗?

她当时没想到会遇上我。

她还同他来往吗?

她并不想再同他来往,可我想象不出她多怕他。

为什么这么怕他?

他是个刽子手。战争期间——但这正是她不能讲的事。

战争期间怎么呢?

他曾在党卫队干过。

她怎么知道的?

他告诉她的。她还见过他的文身。

我感到毛骨悚然。真是骇人听闻。她不会讲德语，又怎么和他交谈呢？

噢，当然用捷语。他讲一口流利的捷语，你都不会知道他是谁。再说，他一副文质彬彬的样子。他来看她时，总会为她买上一束郁金香。

知道他是什么人后，她还请他来这儿？

她并没请他，是他自己来的。他只告诉她什么时候等着他。

"你等他吗？"

"我跑过一次，可被他抓住了。他打了我一顿，说，要是我再这样，他们会剁了我的。"

"谁？"

"他们有一帮人哩。"她浑身哆嗦着。

我拥抱了她，她亲了一下我的嘴。

"稍等，还有一个问题：他想从你这儿得到什么吗？"

"你怎么知道的？"

"他想要什么？"

"我不能，我真的不能告诉你……"

"你得把一切都告诉我！"

"不，我不能。"她突然哭了起来。

哭并不能解决任何问题。她用不着害怕。我们肯定能想出法子来的，只是我得了解真实情况，得知道他究竟想要她做什么。

她还在哭泣。

她到底告不告诉我？

那么，好吧。但我得发誓不对任何人讲。

我不想事先发誓。但我不会做任何可能伤害她的事。

倘若我出卖他们，他们肯定会找到我的。我最好留点儿神。我还是什么都不知道更好。

当然。可现在为时已晚。

她开始吻我。

"你准备告诉我吗?"

她愣住了,紧紧瞪了我一会儿,然后,用讲述他曾要求为她买盒烟时使用的同样的语调说道:"他想让我为他画一幅我们工厂车间的平面图。"

"这就是他曾经想要的东西?"

"这就是他现在想要的东西。"她纠正了我。

"我还以为你在厂长办公室工作哩。"

"你记性真不错,宝贝!可对他我只说我是个车间工人。一个铲车司机。"她卖弄风情地对我笑了笑。

"你为何要这么说呢?"

"我就这么说了。也许因为我不喜欢他吧。"

"可你说你喜欢过他的。起码一开始喜欢过。"

总是一样。我刚削去一些鳞皮,底下又出现了新的鳞皮。我真想大喊大叫,或苦苦哀求。我会跪下来,求她告诉我到底是怎么回事。

没错,她是喜欢过他。他总是送她郁金香。可他的眼睛冷冰冰的,像乌鸦。他望着她时,她的腿会发颤。

他告诉她他想要什么时,她是怎么说的?

他那样望着她时,她还能说什么呢?她不能肯定是否能办到。可他说后天就来取。他今天就来了。也许他听到了风声,我和她在这里。

他怎么会知道呢?要不她对他讲过我?

我以为她疯了吗?

我对她没有任何不好的想法。可她对我讲了他,不是吗?

这完全是两码事,对吗?

的确是两码事。她不必生气,我有点儿……我以前从未遇到过这种情况。

我以为她遇到过吗?

"那么,他怎么会听到风声,我在这里呢?"他们可能派人跟踪她。他们可能想弄清楚她是否打算告发他们。

她在此之前没告诉我这一切,没提过他,真不应该。

她不想让我担忧。

非常感谢。那么,现在她打算怎么办呢?显然,她不能画那张平面图!

那么,她该怎么办呢?我不认识他,我无法想象他那种凶残的样子。他从未揍过我。他从未对我说过他过去是如何枪杀犹太人的。

他说他杀过犹太人?

他杀过成百上千。

显然如今谁也不谈这种事。

也许他只是想吓唬她,她没在那儿呆过。可她知道,告发他的话,他不会对她客气的。

但她当然不能……为那种人……

没错,她这会儿意识到她不能。但难道我让她跑到那些毁了她母亲和继父的人那里去?她抱住了我。她很痛苦。她觉得自己都没有勇气活下去了。她母亲的行为不再让她惊讶了。至少她现在快快活活,得到了安息。

我答应她第二天会想出法子来。我们说好第二天下午在索科尔俱乐部外边见面。随后我便告辞了。

虽然已过子夜,可我回到家还是取出那本用蓝纸包着的书,翻到了我想找的那一页。

任何人确切地知道另一人企图进行叛国(第七十条)、反共和国阴谋(第七十九和第八十条)、破坏(第八十四和第八十五条)、间谍(第八十六和第八十七条)、泄露国家机密等等活动,但有意不立即向检察机关或国家安全部门报告此类犯罪,将被处以一至五年监禁。

那一刻,幸亏我们还比较走运,还没被别人发现。然而,谁又会相信我的无辜呢?

我绝望之下逃向了我的海浪。它们将我同所有陆地、所有言语、所有法律和行为隔开。躺在一块阳光照耀的岩石上,我期待着那条鱼的闪光的眼睛出现。它们从大海深处升起,它们打破水面,它们背上长长的多鳞的躯体出现了。我惊奇地望着那些闪烁着七色彩虹的鱼鳞变成了纤细的羽毛,而那条鱼升起在黑黝黝的水面上方之后,不再是一条鱼,而是成了一只长着柔软羽毛的天堂鸟,嘴上一只金戒指闪闪发亮。我的目光一直追随着它。当它渐渐消失时,我看见它从空中将那只闪光物扔下,我赶忙伸出手,为了及时地接住那只戒指。我将金戒指放在额头上,闻到了它那美妙、甜蜜的气息。我躺在飞溅的水中,鱼已消失,而鸟也溶化在了茫茫天宇中,留下的只是静谧、温暖和那美妙的气息。过了好一会儿我坐起,从额上取下一朵蒲公英,吹了一口,然后望着银色的绒毛飘扬在浪涛之上。那一刻,我深刻地意识到,没有一件令我恐惧的事是真的,没有一件和我有关,我不必担忧,我完全可以期待明天。

下午,在索科尔俱乐部外边,我看见她亮亮丽丽地从远处走来,对我微笑着。倘若她所说的哪怕有一点儿是真的,她还能那么无忧无虑地笑吗?

她有那人的消息吗?

什么人?

她对我讲过的那人!

可他要到第二天才来呀!

我又一次感到一切涌上了心头。她没给他画那张图?

还没有。不是我让她别给他任何东西的吗?难道我变卦了?

我没有变卦。我只是想……我有个主意。

弄点儿吃的?

不,和吃的无关。我们能去她的住处吗?

我们买了点儿土豆色拉、几个汉堡包和四瓶啤酒。

她屋里空气混浊,有点儿闷热。她拧开收音机,打开窗,准备弄吃的。我走到收音机旁,将音量调小。"玩个游戏怎么样?"

"游戏?"她将色拉倒到盘里,疑惑地问,"斯莱皮奇卡曾想教我玩玛利亚思牌,可我太笨了。"

"这可是个不同的游戏。"

她打开一瓶啤酒,倒满两杯。"想上床吗?"

"稍等!我想告诉你怎么玩。"

"可我这儿什么牌也没有。斯莱皮奇卡全带走了。"

"这个游戏不用纸牌玩。"

"有一回,我们用火柴盒玩。可玩到最后两人都骂骂咧咧的。"

"这个游戏不用任何东西玩。你只要说话就行了。该游戏的关键是你得说实话,每人可以问对方十个问题。"

"什么样的问题?"

"随便什么问题,你想问什么都行,而我得老实回答。"

"我不知是否会玩。"

"为什么不呢?"

"要想出那么多问题!"

"可你完全可以想到什么问什么呀。"

"谁赢呢?"

"谁也不赢。这个游戏没有赢不赢的问题。"

"那么你干吗要玩它呢?"

"只是好玩罢了。"

"十个问题太多了!"她表示异议,"不罚点儿什么吗?"

我说什么也不用罚,而且十个问题正好不多不少。

"好吧!"她喝光了杯中酒,解开了外套,我都差不多可以看见她的乳房了。她在我对面坐下，盘起双腿。我建议她先问，可她拒绝了。我得示范一下怎么玩这个游戏。

"你第一次到德国是什么时候？"我问。

"四四年春天。"她注意力开始集中。仿佛等待什么伏击、什么打击。

"现在到你！"

"什么，我？"

"该你问了！"

"就这些？"

"暂时就这些。"

"我不明白。也许还没抓住这个游戏的窍门。"

"那就问个问题吧！"

"土耳其首都是哪座城市？"

"安卡拉。但你得问一些和我有关的问题。"

"你看上去像土耳其人。"她解释说。

"你干活的那个农场所在的村子叫什么名字？"

"等等！"她皱起眉头，"阿莫斯多夫。我还怕自己想不起来哩。就这些？"

"就这些。轮到你了！"

她看了看屋子。"你最喜欢吃什么？"

"土豆团子。熏肉和葱末馅的。"

"你在吃上还不太挑剔，"她说，"斯莱皮奇卡爱吃杏仁鹅肝和填肉鸽子。有时他从早到晚都什么事也没有，可到了深更半夜会心血来潮，忽然跑到厨房去吃上三块肉排。他常常没有配给票也能买到。我什么时候给你做点儿土豆团子，好吗？"

我耸了耸肩。我不想转移注意力。我好不容易才想好了这些问题。我先从一些不起眼的问题问起，然后再慢慢靠近那些关键问题。

"生活中谁伤你最深？"

"斯莱皮奇卡，"她毫不犹豫地回答，"差点儿把我杀了。而且不止一次。"

"该你了，"我提醒了她一句。她没提德国大兵，这也许意味着德国大兵是她瞎编出来的。要不就是遥远的往事在她眼里已变得无足轻重。可她为何没想到那个敲诈她、恐吓她，而且还殴打过她的男子呢？

"你最喜爱的职业是什么？"

"写作。"我说。

"你还写作？"

"是的。"

"你可真逗！"

"那个想让你提供平面图的家伙叫什么？"

"我告诉过你，叫卡雷尔！"

"还有呢？卡雷尔不可能是他的全名！"

"其他我就不知道了，他从没有告诉过我。"

"得了，他一定告诉过你他的全名。如果你知道的话，你就不能说不知道，否则整个游戏就失去了意义。"

"我不知道，"她重复了一句，"不知道就是不知道。"

"上回你说你不能告诉我，他不许你这么做。"

"他不许我提卡雷尔这个名字。"

"他没告诉过你他姓什么？"

"根本就没说过。"

"你也没问过？"

"我为什么要问？我不也没问过你姓什么吗?!"

"可我告诉过你呀！"

"我早就忘了。"

"好吧。该你了。"

"你最喜欢喝什么？"

"可可。"

"你可真逗！"她说，"一个最喜欢喝可可的家伙！"

"你同他上床了吗？"

"你问这种问题！"

"你也可以这么问呀！"

"你同谁鬼混关我什么事。可我没同他上过床。"

"什么，没有？"

"我们之间什么事也没有。他有病。"

"怎么，有病？"

"现在该我了。"

"对不起，"我说，"我并不是存心要问这个问题的。"

"是战争造成的。他干不了，没法生孩子。我现在可以问了吗？你最喜爱的歌曲是什么？"

"我并不太清楚。"

"那就唱一首吧。一首你喜欢的歌。"

"我唱不了。"

"你从不唱歌？你可真怪！"

"不是这么回事，可我唱歌老跑调。"

"没事，你就唱一首吧。"

"不，"我说，"不行！"

"可你必须唱一首，你自己这么说的。"

"我说的是实话，我真的唱不了。"

"你在找借口。"

"我没有找借口！我可以继续吗？"

"随你便吧，"她靠在我身上，好让我吻她，"如果你还有兴致的话。不管怎样，你都是在找借口。我得罚你一样东西！"

"他给你什么？"

"谁给什么？"

"你很清楚!"

"你怎么知道他给了我什么?"

"我在问问题。"

她叹了口气,站起身来,打开衣柜,在衣服中间翻了一会儿,找出了一个小盒子,朝我面前一扔,然后打开了盒子。

一块褪了色的粉色布垫上放着一枚带有大大的天蓝色宝石的戒指。我对珠宝一窍不通,但我看得出那枚戒指已不新了。

"这就是他给我的东西。他说还会给我一枚,事成之后。"

我感到深深的绝望,并不是因为她纯朴的坦率,而是由于我的无助,我的无奈的不确定性。我永远也抵达不了真实——关于她,关于那个男子,关于这枚戒指。它会是她祖母、她母亲或某位遇害的犹太女子的吗?我该怎么办呢?

"它很漂亮,"她说,"斯莱皮奇卡从来没有送过我戒指,结婚时也没有!"她咯嗒一声关上盒子,将它放回衣柜。接着,往杯子里倒了点儿啤酒并问:"还接着玩吗?"

"我们刚问过六个问题。"

她靠近我,吻了我一下,"你为什么要想出这个愚蠢的游戏,宝贝?"

我耸了耸肩,"我喜欢玩游戏。该你问了。"

"我在问哩。"

"那是个问题?"

"怎么不是呢?你想查明一些我瞒着你的事,对吗?你想知道我是否同他上过床,对吗?还有什么其他人。要不你为何想出这个肮脏的问题?"

我可能脸红了,"不是这么回事!"

她又吻了我一下。我抱住了她。

我们一丝不挂地并肩躺着时,我说道:"我只想知道那一切是不是你编出来的。那个想让你画平面图的人。那个党卫队员。"

她整个身子紧紧贴着我。

"我求求你，对我说真话吧！"

"好吧！"她一下松开我，"你想让我说什么？"

"你对我说出一切了吗？"

"你觉得呢？"

"你发誓！"

"你这是什么意思？你这究竟是什么意思？"

"对我发誓，我求求你！为我做这件事吧！"

"你还想要什么呢？你到这儿来，钻到我的床单下，然后又想出一些我都不好意思重复的问题。你以为你是什么人？你可以停止问你的问题了！"

我想要起身，可她开始吻我。随后，我们穿上衣服，进了城。我们找到了区派出所。我告诉她我在对面的酒吧里等她。我先将她送到了问询处。

我在酒吧里要了一份芥末香肠和一瓶矿泉水。时光仿佛在牙科候诊室里那样缓缓地流淌着。要是他们说她报告得太迟，忽略了自己的义务并将她关了起来，那该怎么办呢？要是那个我从没见过的家伙并非他所说的那样，而只是一个普通的疯子，那又该怎么办呢？

这么长时间，他们会问她些什么呢？或者她会不会正在向他们讲述她的身世，讲述他们怎样害死了她父亲，她母亲怎样投水自尽，她舅舅怎样在朝鲜撞上了地雷并用冰锥刺进了自己的胸膛？

会不会疯的不是那个家伙，而是她本人呢？她会不会也对他们编出一套呢？她在对他们讲同样的故事还是不同的故事？会不会还讲到我？

但她肯定见过他的文身。我觉得一个人可以编出一整件事来，但有某些细节他是怎么也编不出来的。他必须真的见过或经历过。

子夜时分，我走出酒吧，可我无处可去。于是，我便在外面的台阶上坐下。对面的楼房里，有好几个窗口还亮着灯。那些窗户都钉着铁栏，玻璃上结上了霜。她究竟在哪扇窗户后面呢？还是他们会不会早已将她带走？

我想起了我的父亲。此时此刻，他又会在什么窗口后面等待呢？我闭上眼睛，为了避开一阵晕眩。那些人造的光在我的睫毛间分裂成彩虹色。我期待着它们形成一个图案，期待着我的精神画面，期待着一个冷冷的波浪冲打那肮脏的台阶，打破夜的静默，然而，什么也没出现，什么也没有，就连彩虹那最后一点儿残迹都被黑暗吞没了。我躺在一座矿井底下，头上见不到一丝天空。我怎么会到那里的？我是什么时候，又是怎样跌进那个地方的？我还会重见天日吗？

我在恐惧中迫使自己睁开眼睛。她站在我面前。

我跳起来，她挽住了我的手臂。我发现她在颤抖，也许是由于寒冷或疲惫，也许是由于激动。我希望她告诉我一切，可她说她不太想说，再说他们也禁止她这样做。

那她怎么办？明天怎么办？他们到时会抓住他吗？

他们好像根本不急于抓他。她将照常等他，仿佛什么事也没发生。到什么地方去喝一杯怎么样？

所有酒吧这会儿都已打烊。

有这么晚了吗？她不知道会呆那么长。

可如果他来的话，他肯定要那张平面图的，那她怎么办？

就给他那张平面图。

这是他们说的？

他们让她顺其自然。给他平面图以及任何他可能想要的东西！然后及时向他们报告。

要是他发现并对她采取行动呢？

他们答应保护她。她不用害怕。

我们在她公寓楼前告别时，她发疯似的抱住我说我无论如何都不能抛弃她。她害怕极了，她今晚和明天都会害怕的，时时刻刻都会害怕的，因为，要是他看出什么的话，他一准会杀了她的。即便他不杀她的话，那他的同伙一旦发现谁告发了他们，也会杀了她的。她干吗要听我的呢？干吗要去派出所呢？她不该这样做的。他不是答应过一拿到材料，就离开这里，从此便从她的生活中消失吗？她就会过上安宁的日子，而且还会得到另一枚戒指，现在这种情形下，她得到什么呢？我迟早都会甩了她的，她意识到了这一点，她可以确信这一点。

我用手帕擦干了她脸颊上的泪水，保证不会离开她，而且会尽快再来看她，为何不星期天就来呢？

我也害怕。要是那个不知名的家伙发现她在和他耍两面派，那该怎么办呢？她只需喝上一杯就有可能对他泄露一切，就会警告他：出于愚蠢，出于怜悯，或者为了得到另一枚戒指，她甚至会告诉他是我把她拽到那里去的，而那个恶棍就会直接找上门来，要么当场杀了我，要么就狡猾地揭发我是他的同谋。谁帮得了我呢？噢，上帝啊！

星期天，走进她家公寓楼前，我就像阴谋家来到秘密接头点那样四处张望了一番。

我摁响了门铃，可里面没有任何动静。我正要匆匆离去时，发现信箱里露出了一张白纸。上面用大大的，几乎孩子似的笔迹写道：伊万卡·克利莫娃小姐。

我从信箱里抽出那张便条。便条上写着：

亲爱的伊万卡：

  首先向你表示无限的爱。很抱歉，我突然要去泰普利采看一个女友。希望什么时候能得到你的音讯！

我期待着，你的弗拉斯塔

她到底去了哪儿呢？又去找谁呢？那个家伙——他这会儿被关起来了吗？或者她是在逃避他？她对他提到我了吗？

四天之后，我又一次来到她的住处，摁门铃时，还是没人来开门。我忽然想到我兴许再也见不到她了,而这一想法让我感到了一种解脱。

随后,我又开始想她:她艳丽的外表,她做爱时的神态,甚至她那悲哀但又难以让人相信的故事。我能查明这些事情是否真的发生过吗?夏末时,我至少到她住处去找了她三回。我本可以在她信箱里留张条子,但我害怕这也许会落入他人之手。最后,我壮起胆,摁响了通道另一端那户人家的门铃。

那个胖胖的面熟的女人打开了门。

斯莱皮奇科娃,斯莱皮奇科娃,她重复了几遍,不,她不认识,过去有个怪人住在那儿,那人叫,她叫什么来着?她朝屋内转过身,大声问道:"那个最近搬走的姑娘叫什么来着?"

"是霍卢布娃吗?"我听到了一个颤抖、苍老的男人声音。

"正是,霍卢布娃,"那女人说,"她叫霍卢布娃,但她已不住这儿了。"

"我能在哪儿找到她吗?"

"很难!"她说。

"到她工作单位也找不到吗?"

"嘿,要是她有工作的话。也许在晚上吧。要是你到利本那些黑糊糊的酒吧里去转转,或许能找到她。"

难道她连真名都没告诉我?或者就是她骗了这个女人,而只是在考验我?

这一想法在我心中停留了很长一段时间:所发生的一切都只是某种特殊的考验,具体什么意思我无法了解,我也永远不会知道自己是否通过了这一考验。

几年之后,我父亲早已出狱,最高统帅的遗体也从陵墓里被移走,我则找到了一份编辑工作。一次我在登上夜行火车前有点时间需要打发,于是我便走进了斯尔迪奇科酒吧。

她正和一个老头坐在一张桌旁。她换了发型,自然也穿着不同的衣服，可依然艳丽照人，脸庞几乎没变。她也立刻认出了我，对我的问候报以微笑，接着我见她对同伴说了点儿什么。片刻之后，她站起身来，足蹬高跟鞋，轻快地走到我面前。

"你能抽出一点儿时间吗？"我问。

"这会儿很难，你也看到了……"

"我也只有几分钟时间，我还得赶一趟火车。我那时找过你。他们告诉我说你搬走了。"

"那是迫不得已的呀。他们叫我这么做的。"

我蓦然又回到了另一段时光，另一种环境之中。"那事后来是怎么了结的？"

她将手指搁在了嘴唇上。

"我很想见你。你能为我抽出点儿时间吗？"

"你想来看我，宝贝？"她问。对啊，为何不呢？也许星期六晚上。或者随便什么时候。她如今住在维若赫拉迪区马卡连科街二十三号一楼，房东是罗特卢娃夫人。大门很高，深褐色，上面有个十字架。我得使劲摁铃，因为她的屋子在后面，勉强听得见铃声。

我将所有这些都记在了笔记本上。她还叫同样的名字吗？

为什么不呢？不，她还没嫁人，如果我想问的是这的话。

星期六，黄昏前，我手捧着一束石竹花，登上了前往维若赫拉迪区的电车。我没费任何劲儿就找到了马卡连科街二十三号。一楼很低，墙面漆着黄颜色，可门上没有十字架，也没有其他任何东西。楼里没有任何人知道什么罗特卢娃夫人或霍卢布娃小姐。

我到另一头的房子里去找了一遍，但我事先就该明白在那条街上我是找不到她的。

（高兴　译）

走钢丝的人

那是七月一个阴云密布、狂风大作的傍晚。我骑着那辆旧埃思佳牌自行车来到了奥塔的周末木屋。木屋位于一道河湾旁,河水那一刻看上去犹如一条宁静的小溪。河水拍打着石岸,杨树叶子轻轻发出了沙沙的响声。那一场景如此平静、如此安逸,以至于幻化成了我那些死去的朋友的形象。我在这里倾听着那些轻柔的声音,可他们却早已被静默所吞没。

也许这是我战争经历的结果,也许这是我那年纪所特有的自我怜悯的缘故,我从来无法完全沉溺于欣喜或快乐之中,也从来不能完全放松。仿佛我时刻都忘不了幸福和绝望、自由和焦虑、生活和毁灭之间的关联。我的感觉或许同一个在高处走钢丝的人的感觉一模一样。不管我如何拼命往上看,我都依然清楚脚下的危险。

我有生以来只见过一次走钢丝的人。那是战争结束还不到一年的时候。他们乘着四匹马拉着的大篷车来到了镇上,并在我们街边的空地上(这实际上也是我们镇的边缘,再过去就是墓地和练兵场了)支起了三根柱子。有一根那么高,我从地上往上看都会感到晕眩。在两根低一些的柱子间他们拉上了钢丝,并在下方安上了一张网。在柱子支撑住的平台上他们放上了许多道具:各式各样的自行车,一张两条腿的桌子,几把一条腿的椅子,一把伞,一个铁圈,以及那些走钢丝的人使用的平衡杆。

我迫不及待地等待着表演开始,早早地来到了现场。我在一个踩实了的土堆上选了个位置,估计从那儿能看得最清楚,然后盯着上面看了起来。我注意到了钢丝的颤动,那根高柱子明显地来回摇摆着。接着,巨大的探照灯亮了起来,扩音器里传来了嘶哑的声音。片刻之后,一个身穿闪光蓝衣的姑娘走到我跟前,向我伸出了一个小钱箱。那姑娘长着乌黑的头发和一张摄人心魄的美丽的脸。我给了她十克朗,她妩媚地朝我笑了笑:用她的嘴唇、脸和眼睛。然后头往后一甩,为我撕了张票。在她甩头的一刹那,她头上的发带一闪,就像点着了似的。我望着她轻盈地穿行在观众中间,一时竟忘了要看节目。过了一会儿,演出开始了,两个小伙子在钢丝上骑车、跳跃、过人、后转、玩杂耍,甚至还翻筋斗,可还是没能吸引住我的目光。我的眼睛时不时地投向观众中间,寻找着那个天生尤物。可我看不到她,只看见一片朝上仰望着的面孔。那两个小伙子从钢丝上下来,底下传出了一阵鼓声。终于,我看到了她,那个美丽的姑娘,这会儿穿着一条银色的短裙和一件紧身、无袖的轻便大衣,登上了第三根柱子,最高的那一根,下面没有保护网,看上去就像一颗巨大的随时准备刺向黑色天空的钉子。我四周的人全都缓缓地抬起头,同我一起望着那个穿着银色服装的走钢丝的姑娘在一片灯光中升高。

她站到顶端时,鞠了个躬,伸手抓住什么,系着某样看不见的东西,离开立脚点,蓦然悬在了半空中,我和所有人一样,惊恐得喘不过气来,以为她会可怕地掉下来。虽然我好像觉得她是由某种奇迹举着或风托着,但她一定抓着一根细得我们看不见的绳索或铁杆。全场鸦雀无声,谁也不敢动弹一下或喘息一下。就在那样可怕的寂静中,杂技演员在上面的动作更加猛烈,翻筋斗、倒立、屈体,犹如一个天使,犹如一只火凤凰,她的技艺和力量都无与伦比、令人惊叹。然而,就在我欣赏她的时候,我同样感到忐忑不安,生怕她会跌下。我仿佛觉得这不只是我自己的不安,一种想到他人跌落时所产生的可以理解的晕眩,而是我在经历她的不安,我在承受她的晕眩。我真想大叫一声。我不得不闭上了眼睛。锣鼓再次擂响时,我才睁开眼睛。我瞥见了她抓着一根看不见的绳索,在空中飞过。随后,她轻盈地滑下。

杂技演员们在我们街上一连演了四天,我一场都没漏过。

我兜里的钱花得一个子儿也没剩下,但我毫不后悔。当我和她面对面地站着,当我向她递过一张十克朗钞票时,她那黑眼睛向我投来了专注的目光,当我从她细长有力的手指中接过票时,我的心里都会涌起一股幸福感,整整一天都不会消失,我梦想着同她说话,告诉她我是多么地爱慕她,我是怎样地分担着她的晕眩。不用说,我从没鼓起过勇气。

第五天,我看到那些人将柱子和设备塞进了大篷车,然后套上了马。我明白我该问问他们下一站去哪儿,可与此同时,我又意识到他们的回答对我毫无用处。我已没钱再看另一场演出了,也没这样的本事和勇气,能和他们一同去巡游。我身上没有一丁点儿杂技细胞,自然也就没一丝一毫走钢丝的天分。因此,我只是站到了土堆上,期待着她会从车窗里探出头来。我一定要朝她挥挥手。甚至要给她一个飞吻。但大篷车驶去了,我没有再见到她。

很长一段时间,我都在不停地想她。

我纳闷,当她登上柱子表演压轴戏时,我渴望什么?一张结实的网?一根低得人在晕眩时可以安然跳下的柱子?或者拥有一对翅膀?

然而,谁又会对一根低柱上的杂技表演感到兴奋呢?谁又会对一个长翅膀的杂技姑娘感兴趣呢?倘若她开始梦想翅膀,她也就在梦想自己的毁灭。正是这时,我看到了高度与晕眩、狂喜与毁灭、翱翔与坠落之间的关联。

奥塔和我从三年级开始就一直是同班同学。中学毕业后,他学起了工程,我则进了哲学系,于是,我们就各奔东西了。上中学时,我们是朋友,最后一年还同过桌。我们的性情和天分恰好互补:我具有忧郁倾向,时常为死后的生命、上帝的存在以及如何建造一个更好的世界之类的问题所折磨,而他却从不会为任何此类的问题所烦扰。他相信总有一天,人们会通过数学方法解决一切问题,包括世界的起源以及如何更好地安排生活等问题。他让我修改他的作文并抄我的拉丁文作文,而我则抄他的物理作业和科学试题。

不管怎样,他已多次邀我去他的木屋,可我从没接受。今年,他又寄来一张明信片,催我去玩玩。他的签名下面还有一行用陌生笔迹写的字:"一定来,我盼望着,丹娜。"

一个从没见过我的人怎么会盼望我的到来呢?

我将自行车靠在井沿上。它停在这里有点儿古怪:在一座陌生院子的陌生屋子前。我向来不愿成为别人的负担。再说,他的女朋友还在这儿呢。

他们为什么要邀我来呢?

我拉了一下细线,里面什么东西响了起来。我内心希望他们不在家,这样我便可以快快离开了。

一个瘦弱的女孩前来开门。那女孩黑头发、黑眼睛,脸色异常苍白。一个魔术师的长鼻子极富表现力地在脸上突出着。她惊讶地看了我一会儿,随后露出了微笑:噢,当然,她已从照片和奥塔的描述中认识了我。再说,从一大早起,她就有种预感,今天我会来。

她怎么会预感一个她从未见过的人会来呢?

奥塔和我到河边去散步,他的女朋友保证为我们做好饭。

一路上,他都在谈她。她比我们小,刚上完中学,但他仿佛觉得事情正好相反,在她身边,他感到自己无知、乏味而又幼稚——也许因为她一生中经历了太多可怕的事情,或者因为她身上有某种他难以形容的东西。"洞察力"是他所想到的最接近的词儿。她也写诗,或许我会感兴趣的。真是怪哉!我好像还记得他从来不太注意诗歌,可他不得不承认,她的诗在他看来有点儿意思。

她经历过什么可怕的事情?我问。

战争期间,她的父母都被处死了,她本人也病得很厉害。哦不,那时战争已结束了,那可是近几年的事。她得的是脑膜炎,正因如此,她才如此苍白,而且还不能晒太阳。我要是问她的话,她也许会将她的诗给我看的。他很想听听我对她诗作的评价。

我们回到木屋时,她正站在炉灶旁煎土豆饼。桌子已经摆好:刀叉、盘子、杯子和餐巾纸。

我们坐了下来,她开始上菜。她的脸颊红红的,每次她打我身边经过,我都能感到她身上散发出的光芒。我们夸了一番饭菜,她对我和奥塔笑着,但她望着他时,那是一种截然不同的微笑:微笑中含有一缕内在的光,微笑里充满了吻。

我总是摆脱不了这样的感觉:我在妨碍他们。我呆在那里,就像一只疼痛的拇指,就像田野里的一块巨石。这里没人需要我。我要是能带一个姑娘来,那该多好啊!

我为何总是这么孤单?难道我不值得注意和爱吗?当然我也有感到非凡,感到能成就一些光荣的独一无二的事业的时候:在我的心灵中无数的理想、插曲、命运和图像一个接一个地出现。可谁会想到我呢?我从来都克服不了自己的羞涩,甚至在写作上也是如此。我迄今发表的那几篇小说根本没能揭示出我壮丽的内心世界。

也许她注意到了我的沉默寡言,因而建议我们到外面去点一把篝火。

风几乎完全停下,夜空重又变得晴朗,只是在河边还挂着一层窄窄的半透明的雾霭。我们拾了一些木柴,篝火很快就燃烧了起来。火焰照亮的那些树枝,同样照亮了那对亲密无间的恋人。那一时刻,在世界的各个角落又燃烧着多少同样的火焰呢?无害、友爱的火焰。可有一天,它们或许会化为一片焦灼、白色的火焰,烧毁整个地球,使岩石熔化,让空气变得火热。那时还会剩下什么呢?

我为世界感到难过,同样也为自己感到难过。我也会在那片灼热中熔化,根本无法逃脱,不,一次成功的机会也没有。我知道,除了火焰的热浪,我的背后还会感到死神冰冷的呼吸。如果我转过头去,我也许会看到它。我怀疑它一点儿也不像那个两眼空空、肩上扛着大镰刀的骷髅怪物:它的脸上布满了小孔,它的翅膀即便稍稍颤动一下，也会像一片乌云那样遮住太阳。它的口中流出了一条既无开端也无终点的河流，我真想在这条河中航行，凝望着长长的河岸，可这是一条即便我航行到时间的尽头也看不见河岸的河流。

我知道她在望着我。

"我们唱点儿什么吧！"她提议。

奥塔起身去取吉他，这样篝火边就只剩下了她和我。她问我是否碰到了什么事。

没有，什么事也没有。

我在想什么呢？

那我不能说。真的不能。

我在想某个人，某个亲近的人吗？

不，我没想任何人。没想任何具体的人。

我在思考死亡吗？

她怎么知道的呢？

她希望我别想任何此类的事情，至少那一晚别想。

她真的具有洞察力吗？我不知说什么好。我站起身，往火堆里添了些干柴。一道火柱直冲天空，可很快便像陨落的星星那样熄灭了。

她希望我在此感到快乐。她能为我做点儿什么吗？

不，我很满足了。

我只是在尽力让她相信这一点。我为何要告诉她那一刻我最想干什么呢？

我沉默不语。

但我出于本能又必须回答。

不，我不能那样！

为什么不呢？

我无法说出口。

可为什么不能呢？就说她吧，很想能爱一个人。完全地，毫无保留地。

但她是不是更想被人爱呢?

她摇摇头。一个接受爱的人犹如一名旅客。也许夜晚时分,在一条船上,在一片宽阔的湖上。不管你朝哪边看都只是平静的黑黝黝的水。不错,水也许会上涨并将你淹没。可爱一个人就意味着飞翔,就意味着你本人要升起在大地上方。那么高,你可以看见一切。即使从高处看世界仿佛变了模样,即使地上显得重要的一切都变得微不足道。我想说,在船上你随时可以下船上岸,但在空中你只能摔得粉身碎骨。

我们回到屋里后,我要求看看她的诗。她将一个练习本递给了我。他们安排我住在一间小屋里,里面只有一个衣帽架、一张小桌子和一座插着蜡烛的烛台。

我点亮蜡烛,读了一会儿她写在练习本上的诗。她的诗充满了难以理解的意象:腼腆的紫罗兰,钴的深度,悲伤灵魂的月光,死去的星星以及友善湖水那治愈伤口的本性。时不时地我会在书页间发现一朵散发着刺鼻芳香的干花。

第二天上午,一吃完早饭,我便感谢他们的盛情款待,向他们道了别。她握了一下我的手。她很高兴认识我,希望不久能再见。

我蹬上了自行车。他们站在小屋前,手牵着手,像一对幸福的相亲相爱的夫妻那样目送着我离去。

大约两个月后,她敲响了我的门。

她穿着一身套装,头发精心修饰过,嘴上抹了口红。看到我时,她的脸红了。她那黑黑的眼睛忧伤地望着我。

她刚从奥塔那里回来,正好路过,突然想到也许可以顺便看看我。

我不明白她为何要来看我。奥塔出了什么事吗?

不,没有。什么事也没有。她正好路过,就想看看我是否真的住在这里。现在她得走了。

我请她进门,可她不愿进来。她的脸颊通红通红,仿佛发烧似的。

"真的没什么事吗?"

她摇摇头。奥塔很了不起。他是她能想象的最好的人。但她现在得走了。

我说至少让我送她到电车站。

她不乘电车,她住得不远,就在水塔后面的公园旁。

我和她走上了别墅间的一条窄窄的小街。黄昏即将降临,一个晴朗的九月的夜晚,花园里叶子飘香,玫瑰盛开。

我得知她和一位远房阿姨住在布拉格。她由外祖母抚养成人。自从他们抓走了她的父母后,她的外祖母就一直照看着她,她比任何人都更加精心地照顾着她。去年夏天,外祖母去世了。不久之后她又得了病毒性脑炎。她真的像是要追随她的家人去了,可还不到时候。那段时间奥塔对她好极了。她稍稍康复后,他总是陪她坐在花园里,为她读书,因为大夫禁止她读书。大夫要是有办法的话,还会禁止她思考的,因为思想有时是痛苦的,而她的思绪总是不断地飘到另一端,飘进她的亲人们所在的黑暗之中。要不就会飘到分界处,飘到边缘,飘到万事万物崩溃的时刻。她不断地想象着那一刻:他们被点到了名字,他们被带入一条走廊,被带进了一间房子,那里除了水管什么也没有,接着一台机器……

她的声音颤抖着。她再也讲不下去了。她从奥塔那里听说我也在那里呆过。我也有过同样的经历。她想听我讲讲,可不知是否会伤害我,因为回首那些日子一定是件可怕的事,毫无疑问,我更愿彻底忘记这段往事,她追溯往事真是太蠢了。

我说我既不刻意记住,也不刻意忘却。我相信即便是最最可怕的经历,一旦熬过了,再回首时也会成为它们的反面。

可要是一个人熬不过呢?

我不明白她的问题。

那些人的灵魂难道不会永远打上那可怕经历的印记吗?

我喘不过气来。我从未想过这样的问题。想到我时常思考人类灵魂的存在,想到那么多亲人和朋友遭遇了同样的下场,站在——她是怎么说的?——分界处,站在边缘,随后猛然跌落,不知到了何方。

我说死亡无疑总是一种坠落,而暴力总是施于死者的躯体。可倘若我们相信灵魂的不朽,那么依此类推,我们同样会相信灵魂摆脱痛苦、摆脱躯体坠落的能力。

我相信那种不朽吗?在经历了这一切之后?她想知道的恰恰是,经历了这一切之后,是否还能够相信。

我耸了耸肩。我不敢说不。

那里的人们——她过后再也不说了——他们相信过吗?他们曾经能够相信吗?

我回答说他们中有些人相信过——至少相信过那些有关他人的事情。我记得在索科斯节上,他们拾了好多木材,在营房院子里搭起了一座帐篷。我同样记得顶楼上的一间黑屋,人们聚集在那里祈祷,那么多人,那么拥挤,我感到自己都快窒息了。我有一个朋友,和我同龄,现在已经死了,我们常常谈到这一问题,他坚持认为人掌握在至高无上者手中,万事万物都是依他的意志和决定而发生的,因而都有一个意图,只不过人常常理解不了罢了,于是,人发问,甚至反叛。是的,即便当他站在分界处时,他都相信一切。

她说她很感激我。

我陪她走到了她家旁边的小公园。这里离奥塔家只有几个街区。街灯亮了起来,夜雾正在降临。

她耽误了我这么长时间,我真的不生气吗?她真的想问问我在干什么,在写什么,她还想对我讲讲她刚刚读完的一本多斯·帕索斯的书。她很喜欢它,她觉得很有意思,但她不想再耽误我的时间了,她希望我不要介意。她也许什么时候把这本书带给我,或者让奥塔转交给我。

我入睡前,又回想了一下她那意外的来访,忽然意识到我住的房子同她和奥塔的家根本不在一条线路上。

大约一个星期后。我透过窗户看见了她。她在对面的人行道上来回走着。我走到屋外去见她。她看我时，笑了笑，脸又红了。她的头发卷成了闪闪发光的黑卷儿——显然她刚到理发店修饰过头发。

她给我带来了多斯·帕索斯的书，但她害怕会打扰我。也许我正在写作？

她将书递给了我。

我们又踏上了同样的小街。我询问起她的健康状况。

她感到好极了。就在不久前的夏天，也就是我去看他们的时候，她一到晚上就感到疲惫，很难控制自己的思绪。它们云一般飘过她的头脑，到了深夜便会进入她的梦，这么糟糕的梦，可现在她能够控制它们了，而且很少做梦，至少不太做噩梦了。夏天，他们让她出院时，建议她休学一年，可她觉得没有这个必要。她将试着去上课。当时她外祖母也同意。不管怎样，她坚信人不该轻易放弃，不该太图舒适了。奥塔却希望她注意身体，别再学习了。有时她觉得他是在嫉妒——嫉妒任何与他无关的事情。她说这并不像是在抱怨他——她永远也不会抱怨他，即便有很好的理由也不会，再说她也没有这样的理由，他真的是她所认识的最最好的人，但毫无疑问，待他更成熟时，他在那方面也会变的。

她这是什么意思？他肯定比她要大呀。

这并不是关键。关键在于人如何完全接受生活中发生的一切。而且不找任何托词。对自己，也对别人。可谁又能声称完全做到这一点呢？奥塔可爱，专注，富有理解力。她生病期间，他每天都给她送花，而且总送不同的花。我喜欢什么花？

很不幸，花是某种我永远不懂的东西。有一回，奥塔和我买了一本当地植物园的导游手册，前往普罗科普斯克山谷。我们成功地识别出了大戟。而对一棵高高的像是毛茛的植物却难以判定。我们争论不休，最后索性采下植物，给我们的植物老师看。老师说那是向日葵。

从此之后，我再也没猜过任何花名。

奥塔也讲起过我和我们的学生时代，可那件事他没对她说过。

他怎么说我来着？

夸赞，总是夸赞。他没说过任何人的坏话。不过他让她防着我一点儿，因为我老是想方设法勾引女孩，但她相信他并无恶意，他也许只想说我对付女孩有一套。她忽然停住不说了，脸涨得通红。

朋友的说法让我大吃一惊。我说希望她千万不要这么认为。

哦，不会的，虽然她还不真正了解我。

我们在公园边停下了脚步。她望着我，我注意到她的脸又变得苍白。

她怎么了？

不，没什么！

她感觉不舒服吗？

她很好。比以前要好得多。

我建议什么时候远足一次，好好聊聊我们读的书。如果她愿意的话。倘若可以，我星期天一吃完午饭便会在这里等她。一点钟太早了吗？

我站在公园角落，望着她走进那座房子。我怎么会想到远足的？显然，我知道她在爱另一个人。

星期天，她准时来到。我问她是否去过沙尔卡自然保护区。

没有。她都不怎么和奥塔一起去散步。他们顶多去看看电影或听听音乐会。那天晚上他们要去看《翁贝托》。我看过这部电影吗？

没有。听说不错。没人和我一起去。

我们登上十一路电车，一直坐到头，然后朝悬崖走去。虽然九月即将过去，可天气依然温和，黄灿灿的桦树叶子撒满了大地，背衬着一片蓝天。

我说没人和我一起去看电影，什么意思？

噢，朋友们个个都有了女朋友，而我弟弟的趣味又和我不一样。

她并不是爱管闲事，但如果我愿意的话，当然可以……我完全可以找个伴的。

我也许还没遇到一个我愿意同她一起欢度时光的女孩，更不用说共同生活了。

是的，她明白我的意思。遇到奥塔前，她也有同样的感觉。第一次见到他时，她就意识到他正是那个她要找的男人。说到这里，她的脸忽然红了。她接着说至少当时她是这么想的。

她不再这么想了吗？

她忍住没说，望着我，耸了耸肩。我明白她那动作的含义。是我导致她做出那一动作的。那一刻，我应该转身，回家，或至少保持沉默，避免触及任何同情感有关的话题。可我却十分快乐，至少非常得意。她对我有兴趣。于是，我们继续散着步，而我还在不停地讲着——那是我当时唯一善于做的事。言语以及它们的秘密威力。我讲述着孤独的有利和不利，我知道她会理解我是多么地渴望爱情，我谈到了我在战争期间度过的童年，谈到了我生活在其中的缺乏感情的世界，她明白我渴望温存。

她是个接受能力很强的听众。我望着自己的言语像一些立即发芽的种子撒进了她的心田。好几次，就像偶然似的，她碰到了我的手。我们还看到了一只蝴蝶、一些秋天的藏红花和一些叶子火红火红的灌木。接着，一条小溪出现在我们面前。我跳到另一侧并向她伸出了手。她抓住我的手指，跳了过去。她离我那么近，我只需张开手臂。我真的这么做了。她紧紧贴着我，双唇碰到了我的嘴：她在吻我，我意识到，并不是我在吻她。一个热烈的吻，随后将我推开。对不起，实在对不起，她不知道自己怎么了。她现在该怎么办呢？她究竟如何解释这件事呢？

她得向谁解释呢？

当然喽，她的外祖母。

可她说过，至少我是这么理解的，她现在一个人生活，她的外祖母去年夏天去世了。

是的，但这并不意味着她不能再求助于她了。

我们在公园边又一次道了别。她轻声地让我不要生她的气。她不知怎么了，她不知会发生这种事。因为她爱奥塔。不管怎样，她还不太清楚该怎么办，晚上她又怎么同他去看电影呢。她只知道她不能伤害他。

我建议三天之后，晚上六点，我在公园里等她。

她谢谢我的邀请，但她不敢肯定一定会来。也许我能理解，我当然能理解。她头一动，仿佛打算吻我，可她控制住了自己，转过身，迅速离去。

我目送着她。我到底有何感觉呢？幸福？不安？自我满足？我应该追她呢，还是应该转身逃离？

早晨，信箱里有封给我的信。我立刻认出了她那细小、整洁的笔迹。

信上写着一首八行诗：

> 此刻，幽暗潜入岩石
> 我的心收缩犹如在梦中，
> 一队天使在我头上
> 敲响警钟，恐惧在晃动
> 阵阵寒气吹进我猛烈颤抖的骨髓：
> 我的躯体依然活在世上
> 仿佛白桦在石头间生根
> 可是，哦，我的灵魂已被抛下。

我自己也写过不少诗，有些是献给别人的，但我还没收到过一首别人献给我的诗哩。此刻，当我看不见她那忧伤的目光，唯有她的词语能够恩惠般抵达我时，我完全沉浸到了幸福之中。我被爱了！

我一整天都无法不想她。傍晚，我随意地向水塔边的公园走去。夜色正悄悄降临，可由于天气晴朗，推着婴儿车的母亲们依然在整洁的小径上走着。我想寻找她的窗户，但我不知道三楼上的窗户哪扇属于她。四楼有个年轻女子卷起衣袖，站在窗户上擦窗框。我感到一阵晕眩，连忙转过头去。我在公园的一把长椅上坐下，等待着。我闭上眼睛，企盼再度睁开时，她会意外地出现在面前。她没有出现，但窗户上的女子不见了，一阵孤独涌上了我的心头。我一生都会这样：孤独。我将等待一个并不知道我在这里等她的女人，因为我无法鼓起勇气告诉她我希望她来。我沿着别墅间的小街走回家，想象自己孤零零地躺在寒冷、阴暗的屋子里的一张床上，奄奄一息。没人知道我是谁，没人爱我，我就像只迷途的小狗。可我毕竟是人啊，至少在那一刻，渴望另一个活生生的人。就在那时，我看到了一个生命。我看见一个天使从天堂出现，飞到我的床边：一个优雅、苗条、尖鼻子的天使。

回到家，我不停地写着，直到子夜时分。我自己没上床，倒将她——或者更确切地说一个奇怪的女学生放在了床上。她得了不治之症，已卧床数月。她父母将她的床摆在了窗边，好让她望见高大的欧椴的枝丛。枝丛间闪现着一片天的蔚蓝。晴朗的日子里，太阳在红霞中西沉。姑娘有个男朋友，也是个学生，一连几个星期，他都没学习，而是久久地坐在病重的姑娘身旁，同她说着话，为了驱散她心中的阴霾。他告诉她自己一天碰到了什么事，遇见了什么人，他描绘电影情节，他复述他碰巧听到的别人的谈话，最后，当他什么都讲过之后，他便开始虚构事情和人物，因为到了那时，他已成为一个讲故事的高手，他讲得如此生动，以至于不仅她，而且连他自己都说不清什么是真、什么是假了。因此，有一天，他告诉她他看见了一个天使，是他夜里回家时看见的。那个天使在他窗外飞起，身上散发出一道光亮。

她对此毫不怀疑，只是说那天使来拜访他，也许因为他对她太好了,他很高兴她相信了他:一个处于弥留之际的人能相信天堂之事真是太好了。从那以后,他常常对她讲述同天使的见面。他描述它的外表,描述它随时出现的能力。天使从不说话,但它激发思想,使他心中充满了幸福。她专注地听着,有时竟觉得自己也看见了它,她看见它从她床的上方或她情人的头的上方升起,每当她看见那个天使,她都感到一种特别的安慰。

就在损耗她脊骨的疾病给她带来越来越多痛苦的时候,姑娘日益渴望见到天使。真的,现在,她男朋友一离开,天使就会出现在她面前,向她展开一片美丽的光云,上面无数色彩鲜艳的映象旋转着,变成一幅幅画面:罕见的景致,波涛的起落,湖面上孔雀羽翎的倒影、山脉、雪堆,或动物羞怯的眼睛。光云散发出的如此的宁静缓解了她的痛苦,她感到了时间温柔的流逝。

她的状况更加恶化,医生估计她活不了几天了。他包里放着吗啡安瓿,准备在她疼痛难忍时使用。然而,令人惊讶的是,姑娘似乎并不痛苦。

后来有一天傍晚,太阳沉落到了树枝后面,姑娘醒了过来,感到焦虑和不安。她的男友刚刚离开,将位置让给了她那非尘世的安慰者。然而,在窗户和空椅子之间,这会儿却什么也没有,她徒劳地四处寻找着。就在那一刻,她看见了它。她凝视着它那明亮的眼睛,那目光从空无投向空无,令她感到寒冷刺骨。姑娘轻轻呼唤着她的安慰者。那时,她看到天使停在窗户旁,那温柔、善良、令人安慰的天使点着头,它的举动如此意味深长,姑娘仿佛在一股奇特的力量的驱使下,从床上起来,匆匆走到窗边。天使见她走近,张开双臂,稍稍后退了几步。此刻,它已不再站在窗台上,而是悬于天与地之间,它那半透明的翅膀在彩虹色中战栗,金色的眼睛望着她,它的目光提取了她的重量,她感到轻得异乎寻常,轻得可以飞翔。她伫立在窗边,张开双臂,飘上了窄窄的窗台,随后,轻轻跨出一步,飞上天空,追随那非尘世的精灵进入永恒,虽然她的身体跌到了地上。

我对自己的作品感到惊讶。在此之前，我只能写那些或者真实，或者有生活原型的人与事。可这部作品有何意味呢？它是荒诞的。或者它在传递一个信息？是她传递给我的吗？

我不知道。第二天早晨，我一起床便抄好这篇文字，装入信封，投进她的信箱。

我在我那天使的翅膀下度过了一天。我上课，有人同我说话，我回答，然后我穿过城市，上电车，再下电车，但所有这一切我都没太注意。只是到了晚上，世界才开始以我所习惯的方式展现在我面前：充满了事件、争斗、重大情感和运动，一个痛苦、激情和战争的世界，不管我们如何努力去理解，这个世界的深度都会超出人类心灵的理解力。而我倒好，没有尽力至少看清它的轮廓，反而写下了一个疯狂的幻想，而且还让一个我很在乎的人去读。我现在还怎么有脸再去见她呢？

我等了她近半个小时。她还是来了。脸色有点苍白，眼睛微微发肿。

她明白自己迟到了，她平时可不这样。直到最后一刻她都在犹豫是否该来，同我见面是否是对奥塔的背叛。不过她一直在想我。实际上，从信箱里看到我给她的信后，她就一直在想我。她不知怎么称我的作品才好，对她来说，它有点儿像寓言，一则有关爱情与死亡的寓言。

我们沿着后街走到了河边。天还没完全黑，可点灯人手执长杆已在点着街灯。她继续谈着我的故事。她觉得它来自我的心灵深处。每个意象，每个句子。她认为人们唯有通过这种方式才能互相交流、互相打动。

她的话让我感到一阵得意。或许我真的打动了她。我还企盼什么呢？言语神奇的力量啊，我乞求你，我唤来了你，为了和你一起施魔法。

我说是她帮助了我，没有她，我不会写出那样的文字。她让我想到了天使。她身上有某种非世俗的、脆弱的东西。那天下午,当我徒劳地等待她时……

我什么时候等她的?昨天下午吗?没错,她那时正和奥塔在一起,但她总感到我同她只有几步之遥,如果她转过头来,就会看到我。她不得不同奥塔说再见,甚至求他让她单独呆着并匆匆赶回家里。她等我的信,直到今天早上才等到!从那一刻起,她就无法解脱,虽然她明白她不得不把我赶走,至少从心里赶走,为了奥塔,也为了她自己。

不,她不用这样,我恳求她。显然,我们并没在做什么错事。我和她一起感到自由自在。她不知道和她这样走着,听她说话时对我意味着什么。

真的?

要不是真的,我不会说的!

她很高兴她能对我有所意味。至少一阵子。

为何一阵子呢?

因为我迟早都会离开她的。她能感到这一点。

我们沿着卡尔卢娃街来到了石桥,街灯将一片片耀眼的光芒投到了那些圣徒脏兮兮的脸上。

她喜欢这儿吗?

很喜欢。她还是第一次在晚上来到这里。

可还没到晚上哩。

她傍晚都不出来。外祖母总是让她在天黑前回家。

冬天也这样?

可现在不是冬天。

可她现在比她外祖母去世时又长大了一些了呀。

可外祖母还是这么要求她。她替她担心。尤其是这几天。

"因为我吗?"

我们走向台阶,经过一些废弃的货摊,来到了苏瓦磨坊。

"不是因为你，而是因为我。"

我们倚靠在坝上的石墙上。河水很低，很静。几只小鸭在幽暗的水面上游动。一股烂栗子的味道传来。她说："昨晚，我梦见奥塔哭着来找我。求我别离开他。你就坐在那里，笑着。我想让你走开，但又张不开口。就在那时，我发现了外祖母也在那里坐着。我等着她告诉我怎么做，可她一声不吭，就像也张不开口似的。我醒来时，真希望她能来到我跟前，哪怕轻声对我说一句话——行或不行——但她一声不吭。我肯定她生我的气了。"

"但她也可能认为你现在已经长大了！你必须自己拿定主意！"

"是呀，"她同意这一点，"我后来意识到了。如今她再也不会出现了……我现在是得独立了。我已经做出了决定。这正是我迟到的缘故。我想做出决定后再来。"她紧紧靠在我身上，我可以感到她的嘴唇热烈地贴上了我的。

我感到自己差不多有点儿欣喜若狂了。与此同时，我又有点儿恼怒，她甚至问也没问我便独自做出了决定。我同样感到害怕：害怕她将自己托付给我时的那种致命的认真。

她仿佛将全部的爱、全部的热情都倾注到了自己的吻中，仿佛准备很快死去，将自己交给那托不住她的翅膀，然后沉入深渊。接着，她又退后一步。"我们不能再见面了！"我发现她的声音极度严肃，"我们要是再见面的话，我会受不了的。请你理解！"

"可我觉得，"我试图表示异议，"我们刚说好的，我们在一起感觉很好……"

"什么也别说了，求你了！"

"我还以为，"一股自怜的浪潮忽然涌上我的心头，"我终于找到了一个亲近的人哩。"

远处一个路灯投来了昏暗的光线。我看见她的眼里流出了泪水。

"也许有一天，过一阵子，"她说，"我不会忘记你的，我永远不会忘记你的。"

我沉默不语。透过低沉的石墙我凝望着河面，一片圆形的月光正在上面摇曳。静默正在我周围，正在我内心扩展。忽然，就在我脚边，一个沉重的物体倒在了地上。我愣了一会儿才意识到原来是她。她仰卧在地上，两手张开，眼睛紧闭，嘴角冒出了白沫。我弯下身来，试图抬起她的头。一种可怕的预感吓得我目瞪口呆。我呼唤过死神，此刻它来了。我现在该怎么办呢？

她吸了一大口气，然后睁开眼睛。

"你怎么了？你到底怎么了？"

她坐起身，惊讶地四处望了一下。我扶她站了起来。

"我不知道出了什么事。我摔倒了吗？"她靠在我身上。

"我们回家吧，你累了！"

"我现在没事了。请原谅，亲爱的！"她发疯似的抓住我的手，"请你一定相信我不能违背常情。你能违背常情吗？一个人无法命令自己的灵魂啊。"

我扶她走向最近处的椅子，但我显然不够小心，因为她再次倒下时，我只勉强挡了一下，并没有抓住她。

这一次，她昏迷的时间更长了。我都不知道有多长。有人开始跑了过来。

最后，她醒了过来，一个陌生人帮我扶起她并去找来一辆出租车。

一到医院，他们立刻为她看起病来。他们让我坐在一张白色长椅上，在一条空空荡荡、半明半暗的走廊里。

大约半小时后，她回来了，心不在焉地笑了笑。没什么，她可能劳累过度了，他们给她打了一针，她这会儿已经好了。我们又叫了辆出租车，一路上谁也没说话，我觉得她睡着了。在路灯的照射下，她脸色苍白，恍如梦中。她的鼻子从她脸上突出着，就像一只死鸟的嘴巴。我怎么也排除不了一种丑陋感。仿佛我依然能听见从她嘴里发出的咯咯的声音，依然能看见她嘴唇上的白沫。我忽然感到一种解脱。

我意识到这个姑娘是个陌生人,她不属于我,我也不属于她,幸运的是,我们都及时地意识到了这一点,正因如此,她才做出了决定,而我已经服从了这一决定。

第二天晚上,奥塔来到我们家。他摁了门铃,等我母亲叫我,没有搭理我的招呼,只是说:"我想和你谈谈。我在楼下等你!"

我忽然感到一阵恐惧,是不是她快不行了?我迅速穿上衣服,跑了出去。他靠在一棵金合欢树上,等着我。

"她怎么样?"我脱口问道。

他没有回答,只是示意我跟他走。我们走上了那条小街。不久前,我还沿着这条街送她回家哩。多少次?一切如此短暂——似乎都不值一提。然而,一个人又需要多少时间走上窗台,将自己交付给那托不住的翅膀呢?

"她什么都对我说了,"他突然说道,"你的行为真叫人恶心。可我们又怎么能指望你这么一个……一个……"他似乎找不到恰当的字眼。可随后,他找到了,"要是她出什么事的话,你就是杀人凶手。"

我第一次走进了她住的房子。我们穿过门厅,走到里面时,他突然挡住了我。他敲了敲门,然后走进房间。从里面传来了她的声音,但我听不清她说什么。她想要做什么呢?她怎么让他把我叫来的呢?倘若她不想再见我的话,那她为何这样做呢?

最后,他走了出来。"你可以进去了!"他看也没看我说。他闪出道,让我走进玻璃门后面的房间,而他自己却留在了门厅。

房间很大、很高,吊着灰墁屋顶。

她躺在床上,脸色苍白,一条红白相间的毯子一直盖到头颈。

她示意我走近。床边放着一把椅子,我坐了下来。"你怎么样?"

"我很好,"她轻轻地、几乎高兴地说,"是他要我躺在床上的。他担心我。我想去看你,可他不让我这样做。我只想告诉你我会好起来的。所以你别担心,此后再也不会发生这种事了。"

"我知道你会好起来的。"

"都怪我不好。我还以为我能强迫自己做出决定，可我又承受不了那种压力。我终于明白过来了，我这么做毫无意义。我想让你知道我现在明白了这一点。"

我不明白她在说什么，我刚要问她时，奥塔走了进来。"需要什么吗，亲爱的？"

"不，"她说，"什么也不需要。"

"你得保重身体啊！"他朝我转过身来，"她已到了死神的门口。医生说哪怕最微小的刺激都会要她的命的。可某些人只想到自己。只想到自我满足。"

我不想为自己辩解。她向我伸出手。我握着，她久久地、发疯似的紧紧抓住不放。随后，奥塔为我打开了门，我走了出来。

大约三天后，我上完课回来，看到了她寄来的信。信封上，没有邮票，也没有地址，只有我的名字。

我走上楼时，打开了信。

她有许多许多话想对我说，她在信中写道，我去看她时，她本想说的，可总找不到机会，因此，她想尽量把最重要的事说给我听，但她又不知道在那么短短的几分钟里，她究竟说了什么。她只是在心里和我说话，她不管白天还是黑夜，都在心里不停地和我说话。

她还怕我会觉得她变化无常，怕我会把她看作一个不断变卦的人。可她的确很难，因为她知道奥塔是多么地爱她，而她也觉得他是个善良、高尚、富于自我牺牲精神的人。但出现了一些她未曾料到的事：她偏离了他，她不再爱他了。起先，她也不愿相信这一点，还想方设法挽救他们的关系，可后来她意识到了这实在是徒劳无益的。爱情不是完整的，便是残缺的。她为何要用一种残缺的爱来报答一个她很钦佩、待她很好的人呢？她为何要虐待自己，相信这么做能使某人幸福呢？她对奥塔说出了这一切，他们俩都感到很难受，因为他们已经在准备共同生活，但她觉得他理解了她，同意了她的决定。她不知道现在发生了什么——我越来越不安地读着——她感到我们俩人之间发生了什么,也许就在那晚的篝火旁,我们之间迸出了某道火花,燃起了一道火焰,只要我们悉心爱护,这火焰会永远为我们燃烧,我们就会一辈子相亲相爱的。她相信我们都有能力做到这一点。此刻,她在心灵的窗户里看到了我,看到了我忧伤、沉思的目光,看到了我的微笑,并期待着,期待着我的答复。

我将信折好,放回信封。要是我能将它完全放回,将发生的一切放回,将时光放回,那该多好!

电话铃响起。我拿起电话,可另一端沉默着,我只听见了她微弱的呼吸。我明白她想知道我是否回家并看到了她的信。从这一刻起,我的倒计时开始了。

她的信要是不这么着急,她的要求要是不这么绝对,那该多好!我惹起这一切之后,还有权利拒绝她吗?可我对她又有什么感情呢?我对她真有她信中所写的那种真情实感吗?

一切发生得如此迅速。我还没能梳理一下自己的感觉。也许我至少可以这样向她解释。我不想失去她。我相信我也会争取去喜爱她,可我还没有做好准备。要是我让她失望呢?她最好想一想她的决定是否仓促了一点儿。

我心血来潮,必须尽快和她谈一谈。度过这一切,争取时间。

我套上外衣,匆匆踏上了那条我最近常和她一同走的小街。我刚要走到我们常常在那儿道别的小公园时,突然听到了一阵集市音乐,看到前面的天空被一片异样的光芒照亮。随后,一根意想不到的柱子晃动着,出现在屋顶上方。

他们在小公园边上竖起了柱子,并在这会儿空荡荡的儿童沙坑上端架起了高高的钢丝。

演出正在热热闹闹地进行。我看见高处一个穿着闪光紧身衣的鬼怪似的人影正在一辆高高的自行车上做平衡动作。我蓦然感到了昔日的激动,仿佛我已走出那阴郁潮湿的秋季,融入了观众之中,仿佛我已一下子忘记了我的目的。

她还可能和他们在一起吗?这么多年,一夜又一夜,直到今天,我的杂技姑娘一直翻着筋斗,从没摔下过吗?

走钢丝的演员这会儿将自行车放到一边,取来一张小桌和一把椅子,坐了下来。钢丝的另一头,他的女搭档一身女招待打扮,手托一只堆满盘子的托盘,走了过来。我试图看清她的面容,但她实在太高了。即使她离我近一些,即便真的是她,我还认得出她吗?

她将盘子一个个放到桌上,我依然在使劲辨认着她,就仿佛,真要是她的话,她会给我某种拯救,会给我某种信息,甚至某种希望。

节目表演完毕,两名演员将道具放到一边。接着,那个男演员提起喇叭,转向观众,让我们走近。他说他将背着我们中的任何一个人,从钢丝这一端走到另一端,确保安全。他的女搭档也走了过来,鼓励我们上来。她从高处望着我们,似乎在寻找什么人,寻找什么勇敢者。忽然我发现她是在找我。我感到一阵眩晕向我袭来。是呀,除了我还有谁该走上柱子呢?只不过我滑稽、无助地骑在别人背上呆在那里会是副什么德行呢?我晕晕乎乎的,会不会害得自己和背我的人都从钢丝上掉下来呢?

我望了望周围的观众,看看他们有没有注意到女演员在对我说话。可他们都一个个平静地望着上方,期待着新的刺激,根本不管叫到的是谁。我的腿开始发沉。我都不知道自己是否能顺着那晃动的绳子爬到柱子上。

鼓动声再次透过黑暗向我传来。

我开始挪动脚步。就在那时,只见一个戴着格子花帽的家伙敏捷地爬上了梯子。他这会儿已爬到了顶上,骑到了穿闪光紧身衣的艺人的背上。

两人晃晃悠悠地走过钢丝,一阵锣鼓声敲响。就在那一刻,我看见一个苗条、白色的身影登上了最高的柱子。但不是她,根本不是什么女人。某个陌生男人登上了原来属于她的地方,鞠了一躬,立马做了个倒立，看上去就像在徒劳地试图穿越无边的黑暗似的。

我望着钢丝上的杂技表演，不知第一个人的焦虑和眩晕会不会像以前那样朝我袭来，可我什么感觉也没有。不是那演员对我无所意味，便是我过于沉浸于自己的情绪之中了。我站在人群中，望着我们头顶上方、黑暗上方的那个演员面对着更加广阔的空间，仿佛觉得自己开始明白了一点儿人生的秘密，仿佛开始看清了一些我一直在苦苦摸索着的东西。我感到生活就是死亡的一种永远的诱惑，就是深渊上端的一出持久的表演，在这种诱惑和表演中，人即便由于眩晕而望不见对面的柱子，也必须走向它，必须朝前看，绝不能朝后或朝下看，绝不能让自己被那些舒舒服服地站在坚实的土地上、仅仅充当观众的人所诱惑。我同样感到，我必须走自己的钢丝，必须向那些杂技演员那样在两根柱子间吊起钢丝，大胆地走上去，而不能等着别人邀请我上去，并背着我走。我必须开始我自己的演出，我自己壮丽的、不可重复的演出。我觉得我能做到，我有足够的力量可以做到。忽然，有人碰了碰我的肩膀。我大吃一惊，差点儿叫了出来。就在那时，一只钱箱丁当响了一下，那个很久以前的美丽姑娘的熟悉的面孔出现在了我的眼前。我都快要忘记那张面孔了。我连忙从兜里掏出几枚钢镚儿，递给了她。她笑了笑，洁白的牙齿在黑暗中一闪，我几乎感到了她双唇那火热的、令人解脱的触动。

演出结束，人群散去后，我在蓦然变得空空荡荡的、黑暗、开阔的空间里又徜徉了一会儿。我在期待谁？我在期待什么？

不远处，一辆大篷车的窗孔里闪出了暗黄的灯光。有人在里面弹着吉他，不时地还传来一个孩子的哭闹声。我听了一会儿，然后转过身来，沿着小街朝家走去。

直到第二天晚上，我才决定给她回信：她的信令我感动，也让我吃惊，真的让我不知所措。我怕她的决定过于仓促了一点儿。我们当然应该见面（我盼望着见她），好好谈一谈。我提出了日期、时间和地点（像往常那样，在小公园里）。第二天早晨，我将信投进了她的信箱。

那一天下起了雨。尽管如此，我还是提前几分钟到达了指定地点。走钢丝的人离去了。几块翻动过的土堆上留下了柱子插过的印记。

我躲到了一棵高高的云杉下面，倾听着雨打枝丛的沙沙声并望着她家的楼。三楼一个窗户里亮着灯，但我不知是不是她的。我目不转睛地望着那窗口，希望能发现什么动静，翅膀的拍动，令人安慰的目光的闪现，可那窗口毫无生机地闪着光，就像窗后正亮着什么鬼火。

我的决心消失了。要是我一辈子都在等待，等待，直到最后一刻才见到那张明亮的面孔呢？它会将目光投向我，对我说："亲爱的朋友，你无力接受生活，因此，还是随我来吧！"或者，恰恰相反，它说："你做得很出色，因为你懂得如何在高空忍受孤独，因为你无需安慰，总是充满了希望！"

它到底会怎么说呢？

那一刻，我不知道。

（高兴　译）

二、一日情人

克拉拉与两位先生

男人走进房间，忽然停下脚步，因为门口有一股奇怪的气味，来自闷不通风的羽绒被，腐烂的花和旧衣服。

"您只管进来吧。"她边说边脱下外套。

"那么，这就是你的公寓喽，克拉拉？"他四下打量着。他是个块头不大的人，瘦削，但是有肚子，当然了，几乎看不出他的年纪。他也脱去外套和帽子，一顶非常之旧，完全不时髦的帽子。他身上穿着破旧的衣服，裤子的裤管过宽，后腿磨得都发亮了。但他还是拎起裤管，走了进来。

房间小而拮据，磨损的桌角上立着一只煤气炉，紧挨着它的是一个陈旧不堪的水池，连接着更为陈旧的水龙头管道。格外宽敞的柜子上，摆着空箱子和收音机。

"你这里不错嘛。"他说。可是他感觉这里不太舒服。或许他就是不该来这儿，尽管他很渴望她。他还注意到窗户底下的一口箱子，那有令他感觉既奇特，又怪异的东西，那是一只巨型花盆，种植着某种热带植物。他走向花盆——并没能认出这些花来，可能这是龙舌兰吧。

"每个人来都最先去瞧它，"她在他身后发出声音，"去瞧我带刺儿的小宝贝。可您别去摆弄它。谁摘下了花，就永远不会幸福了，迷信就是这么说的。希腊的迷信。"

"并非所有人都幸福。"他断言道。通向庭院的窗户并不十分远，黄黄地映着几扇外面的窗子。这里肯定能被看见的；每一个动作，每一件事情。

房间里有沙发，台灯和半导体收音机在它上方的壁架上。他注意到，还有一台半导体设备立在火炉旁。底下又有一只箱子。

"我喜欢幸福。"

"我们所有人都想要幸福，"他说，"幸福……可幸福到底是什么？"他叹了口气。他感觉在这里很不自在。他说不清楚为什么，但是在这儿，有什么压迫着他。可能是他在这里的处境所造成的。他还不适应这个情人的角色。"为什么你这儿有这么多收音机，克拉拉？"他问道。

"他们给我的。"她往壶里加满水，把它放到炉子上。

"是留作纪念吧。或者是圣诞礼物。我喜欢礼物。毕竟接受礼物没有什么不好的，如果是出于爱的话。"

他是三个星期前和她认识的，以最普通的方式。在火车上，他正从家人那里回来，他送他们去了度假小屋。

"我但愿永远也不做任何不好的事情。"她说。她从沙发上弯下身子，打开半导体设备。不知是哪个外国电台，他受不了这种音乐，这种流行音乐，这种鼓点，在所有的语言里总是同样的动静，从所有的广播频道里倾倒而出。

"我就是这样把世界传送到这里的。"她将老旧褪色，又撕裂了的百叶窗拉下来，"我不喜欢寂静。有时候在夜里，它会落到我身上来：这里的一切老是一模一样！还有寂静。于是我打开收音机。正巧赶上那里有哪两位先生用一种语言在争辩，一种我完全听不懂的语言。而我想象着那两位先生和为此给他们鼓掌的那些人，还有那个城市，那个所有人都讲那种可笑语言的地方。"

她坐在沙发上，两只手令人眼花缭乱地交缠在一起，在他看来当她向他吐露心事的时候，她显得极其亲密。他想坐到她旁边，抱抱她，但他不确定是否已经到了合适的时机。此外，他确实说不上为什么，这些空箱子让他感到恼火。"你真可爱，克拉拉，"他说道，"你这儿的这些箱子有什么用处？"

"这是纪念品……一位先生留下的。他制作箱子。"

在拥抱她之前，他也该对她说点自己的事情。这三个星期以来，他给她讲了许多，他倾吐自己生活中的故事，然而那些故事太一般了，他可以讲给其他任何一个人听。

事实上，他对她而言是陌生的。"要是你能知道我所知道的事……"他中断了一下，又说道："我必须再对你讲讲这个。"同时他意识到，在沙发上方，被书挡掉一半的壁架上，摆着电话。不晓得为什么，但是这使他慌张起来。"你从没对我说过，你有电话。"他责备地说道。

"没人打给我。"她说。

"我会给你打的！"他移走图书，拿起听筒。听筒发出忙音。他马上搁下听筒，又一次拿起来。他将它擎在耳边，可是听不到什么动静。只有像是从很远的地方传来的某种朗读食谱的声音。

"你想给谁打电话吗？"她问。

"没有，"他立即说，"都已经这么晚了！"再次挂上了电话。（我表现得真可笑。我自顾自地做梦，渴望着她，而现在我竟玩起电话来了）。"克拉拉，"他说道，"你还不知道，我想要怎么样。"

"你想要怎么样呢？"她很好奇。

"现在和你在一起。我很喜欢你。我还从没有……"他坐得相当贴近她了。"你是我遇见过的最美的女人。"

她向他靠过去，吻了他一下。"绅士们总说这种话。你不想喝一点吗？"

这三个星期以来，他们一起去过小酒馆两次，他不习惯喝得太多，有时在星期天的午饭后，他会喝点啤酒，他在新年前夜喝得最多，但也还没到过量的程度，不管怎么说，他来这儿不是为了找酒喝的。"我不知道，"他说，"毕竟我们只是喝过酒。现在既然我们终于在一起了……"

"我总是喜欢喝一杯的。"她走向柜橱。当她打开它时,他愣住了。柜子里摆放着一堆各式各样的东西,很可能是她所有的东西,从马克杯,到绒线衫,到浴衣,可是,最让他惊讶的,是一团带倒钩的铁丝,搁在柜子一角。她又移开一只空箱子,抽出一瓶酒,说道:"之后我就会很有兴致跳舞了。"

"在这儿?"他很惊讶。

"桌子给挪开了,"她说明道,"我一跳起舞来,可开心呢。"

他几乎不认识她了。她没有将柜橱彻底关严,他看到这一团铁丝的边缘。他没法子从那上面移开眼睛。"克拉拉,"他指着柜子,"你家里要这种铁丝做什么?"

"不干什么啊,"她回答,"那么你想来跳舞吗?"

他不是会跳舞的人,此外,他荒唐地想到,若是现在他在这个小房间里,在水池子、沙发、花盆,以及装着箱子和带倒钩铁丝的巨无霸柜橱之间扭动,会是什么情形。

"不要。"他说。

收音机在他后面发出轰响,令他感觉那旋律仿佛穿透了整个身体(或许我真不应该到这里来)。他们走进房子的时候,旁边站着一个穿睡衣的女人。这是个陌生女人,不可能认识他,她用好奇而贪婪的目光,牢牢盯住他们。

"听着,那个穿睡衣的,"他问道,"我们走进房子时碰上的,是干什么的?"

"那个女的吗,"她奇怪地说,"她也住这里,但我怎么可能认识每一个住在这儿的女人呢?"

"大半夜的穿着睡衣在走廊里。"他说。

"总有人站在那儿。一般只是在门边。也许在监视什么人。"

"那你呢,"他问,"你在这儿住多久了?"

"很长时间了。"她说。桌子上立着几个玻璃杯。她拿起两只,冲了冲,往里面倒上葡萄酒。"今天让我们来度过愉快的一晚,"她说,"今天我很有兴致要开心一场。"

"遵命。"他说。他真是笨,总是想一些让自己恐慌的事情。他来到这儿,要不了多久又会离开。他同这个房间没有,也不必有什么关系,他没必要对这些箱子或那团铁丝感兴趣。就连那个穿睡衣的女人,他也已经好几次忍住不去想了。此刻,在夜里,他独自和这个漂亮的女孩待在一起。他握住她的手。"遵命,今天我们会很开心的!"

"那么喝酒吧!不过这个音乐可不怎么样。"她起身,关掉半导体设备,走向柜橱,合上柜门,按下第二台半导体的开关。

"克拉拉,请。"他向她伸出手去。

"我烧了水,"她说,"您至少得喝点咖啡。"

"克拉拉。"他重复了一遍,渐渐有些不耐烦。他感觉疲倦慢慢侵入到他的整个身体,"好吧,我来点咖啡。"

她取来了杯子。

这个时间他通常都已经睡了。他妻子很注重让他生活得规律而健康。可是眼下,他不愿去想她。

"我们会很开心的,"他说,喝了口咖啡,"咱们什么都别想,只想着咱们俩,还有咱们的爱情。这种时候真是不多,咱们不必去想其他任何事。"

"您不必,您此刻当真不必吗?"

"你这话是什么意思?"

"先生们总是在想什么事情。即便在这种时候。"

他努力装作对她的话懵然不知。"最近一个星期以来,我对这一刻想象了太多次,克拉拉。你很美,"他说道,"就像,就像……"其实他已经忘记如何编排甜言蜜语了,"就像花一样。你闻起来就像,就像……花。"他放下咖啡杯,抱住她。

电话响了起来。

她去拿听筒。"你好,"她说,"是的,我不知道……我问一问。"她捂住话筒,小声说道:"我想,这是找您的。"

惊恐瞬间攫住了他，他恨不得站起身，飞奔出这间公寓。不过，这还没有百分之百地撼动他。"找我的？"他结巴了，"可是没人知道我在这儿啊。不可能有人知道的。半个钟头之前，就连我自己都还不知道呢，我不知道你住在哪里。"

"那您就来接吧。"她不耐烦地激他一下子。

他接过听筒，好像它被感染了似的。"你好。"他以缩紧的嗓音说道。

没声音。

"可是那边什么人也没有啊。"他说，松弛下来。

"也许她挂了，谁叫您犹豫了这么长时间。"

"她挂了？是个女人？"

"现在都过了半夜了，还有其他什么人会给您打电话么。"

"我妻子？"他抑制不住自己的担忧。

"我怎么会听得出来呢，"她说，"我从没跟您妻子讲过话。"

"可她不会知道我在这儿啊，"他信誓旦旦地宣称，"没有人知道的。要么就是你对什么人说过，你邀请了我？"

"您就别再去想这件事了。也许这根本就不是找您的！"

"是啊。"他抓紧葡萄酒酒杯，喝了一口。他注意到，他的手指在发颤。"可是到底是谁打的电话呢？"他警惕起来，"他自我介绍了吗？"

"您就别想了。有时候会发生这种事，电话响了，他们找的是我旁边的这位先生。别忘了先生们常有电话找。即使在夜里。因为先生们有责任在身嘛。"

"克拉拉，"他说，"你怎么这么说呢？毕竟是你……"他停住了，"你说过是个女人的。"

"先生们肯定都有女人嘛。即使在夜里。即使他们不在她们身边！"

"你在想些什么啊？"他疲乏地问道，"你说的都是什么样的男人哪?"

"您别生气嘛。"她抓住他的手,"别忘了您今天晚上可是要开心的。"

他习惯了自己妻子平静而熟悉的依偎。这个女孩用她自己无厘头的话,从第一刻起就让他反感,甚至让他受了诱惑。"克拉拉,"他低声说,"我想对你说:当我看见你的时候……你对我来说就像……就像个幻觉。"他抱住她。她娇小可人,几乎消失在他的怀抱里。他止不住兴奋起来。"克拉拉,"他低声喊,"小宝贝!"

"您等等。"她从他的怀抱里滑出来,走到洗脸池前,脱下羊毛衫。"真可惜您不想跳跳舞,"她说,"不过您不介意这音乐吧,还是介意?"

他看着她将水放进洗脸池里,眼下他无法去想其他事情,除了片刻以后她将来到他身边。可能他是爱她的,可能他真的爱她,这整整三星期以来,他差不多都活在恍惚之中。对她念念不忘。"我从前认识这么一位先生,"她闲聊着,"我们一起到了……那个城市有个奇怪的名字……我已经不记得那个名字了,终点在一个城邦,或者可以说是在希腊。在那间旅馆里,音乐一直放到早上,我们呢,在这个故事里,也就是我和那位先生,做着爱,地板上蜥蜴一只只爬过。后来的什么时候,等我们已经不再做爱了,我们来到下面的酒吧,我们还在那儿跳舞来着。"

有那么一瞬间,他几乎快被妒忌给吞没了。并非为了那个陌生的男人,那个陌生的情境,它早已永远停留在她的回忆里,而是因为今晚对她来说很可能是乏味的,完全普普通通的一晚,在她的记忆中会与其他夜晚混在一起。"那么你开心吗?"他问。

"我在那里一直都挺开心的。"

"我也要带你去一次。我们一起去,然后……我们一起待在哪个没有这些箱子的地方……我们在那里待上很长时间……"这些承诺让他有些惊慌,仿佛是不受他的意志控制从唇边涌出来的一般,他闭上嘴巴。

她始终半裸着,头发披在肩上。她转向他,露出微笑。"您只要讲讲就好,"她请求他,"我喜欢听这些话。喜欢看得到海景的房间。在那儿,等我们不再做爱的时候,我们冲出去,还没到大清早,不过水一样暖得很,接下来我们还要在那儿的沙堆里……"她开着玩笑,"您不要去想与我有关的任何事情,在我喜欢什么人的时候,我就是……说到底,这是同某个人做爱的正确方法,假如我喜欢他的话。"

"是哦。"他疲惫地说。

"我宁愿从不做任何不好的事情,"她说,"这肯定很可怕,你在什么人身边醒来,你已经不爱这个人了,却要表现得,好像你还爱着他!"

她把某种乳霜擦到手上。然后关上大灯。

"要是您愿意站一小会儿的话,"她说,"我来铺床。"

"是的,当然,"她的务实让他吃了一惊。他站起来,说道:"克拉拉,我爱你。"他不晓得该在何处落脚。房间里满是箱子、铁丝和收音机。他立在柜橱边,后背倚在门上。她用几个熟练的动作使沙发伸展开来,然后钻到毯子底下。

"克拉拉。"他低语道。他躺到她旁边,吻她。

此时——有一个听上去如同来自另一个世界的声音传来,嘶哑而扰乱心神,同时又分明很近,就在他们躺着的墙后面。有人在喊她的名字。它是如此不真实,如此让人困惑,有那么一刹那,他认为他陷入了妄想,正赶上这个声音从墙壁间重复地呼唤,他意识到,他被牵制住了,他被诱骗到圈套中,可能会有人以此来敲诈他,侮辱他,毁掉他。他感觉冷汗迅速覆满全身。"谁在叫你?"他的声音透露出惊恐。

"您别在意这个,"她说,"他正在戒医生。他已经给自己打了太多吗啡了。"

"谁能得到吗啡?"他同时感到,希望迅速回到他身上了。

"喏——这种病人啦，"她说，"您别去在意他。他只不过住在这儿而已。有时候叫叫我，在他需要什么的时候。不过这种状况不会持续太久啦。他很快就不再需要任何东西了。"

"谁很快就不再需要任何东西？"

"以前我们相遇的时候，"她贴紧他，"他一副失魂落魄的样子，那时我爱上了他……不过现在已经……他根本不知道我们的事。当时我把他带到了这里，可现在他只盼着医生来，好给他注射。"

他的如释重负感如此之强，温柔一下子占据了他。"你爱过他？"他问。

"那已经是很久以前了，"她说，"我现在不爱他了，爱的是您了。"她朝他倚过去，亲了一下，"既然我不爱他了，这样才对嘛，是您在这儿，而不是他。"

他知道，此刻他最好吻她，抱住她，和她做爱，但他并不认为这是百分之百的爱情。他坐了起来——房间里很冷，可是对他来说这时候穿上衣服又很尴尬，他确实不知道自己要怎么办。这种状况，这种状况……他疲惫地思索着。为什么我不待在家里就好呢？人应该忠于自己的原则啊。他在那只巨大的花盆前停住。

她观察着他。"小心，您可别去碰这花！"

"为什么？"

"碰了它，那您就再也不会幸福了！"

"克拉拉，"他需要争取一点时间，"也许你该去那个在叫你的人那里。他生病了，或许需要点什么的。"

"要是您这么想的话。"她站起身。一瞬间他瞥了一眼她的胴体。平心而论，她真美，要不是刚才的话听上去太过直白，他宁愿折回去了。而她只着一件衬衣，就走了出去。

现在是他穿衣服的最佳时机，趁她回来之前，然而他不可思议地犹豫起来，因寒冷而站在那儿打着哆嗦，等着。上帝哦，他沉思道，既然我已经在这里了，既然我已经下过一次决心，我是爱上她了，也许我真的是爱她的吧？

电话响了。他只消伸出手去便可以，然而他没有去接。取而代之，他看了一眼表，十二点半了。"克拉拉。"他喊道。

她走出来，从架子上拿了只玻璃杯，往里面倒上水。"您为什么不接呢，"她问，"这肯定是找您的。这种时候没人给我打电话。"

"克拉拉，"他说，"你可要知道，没人会知道……"然而她已经又出去了。

电话一直在响。他从未料到，单纯的电话铃声会有这么恐怖。有人在跟踪我，他忽然想到。有人看见了我，现在在跟踪我。他可能想录下我的声音。他惊悸不已，有人可能已经对我妻子通风报信了，她现在要核查一下这个指控是不是真的。

她又走进来，悄悄从他身边溜过去接起电话。

"你好！"接着她听了一会儿。"您看，这就是找您的。"她说，一边挂上电话。

"你怎么知道？"他差不多快吼出来了，"那是谁？"

"我不知道，"她说，"很显然他挂了，您这么久都没接。"

"那你到底怎么会认为，那是……"他抓住脑袋。"克拉拉，克拉拉，"他重复着，"你为什么要折磨我？"

"他只不过想喝酒。"她向他禀报。

"谁想喝酒？"

"他那边也有三只玻璃杯。"她说。

"他已经有三只玻璃杯了，"他跟着她重复道，"现在他在干嘛？"

"我不知道，"她说，"也许在睡觉，如果他没有遭受特别大的痛苦的话。不过您别去想他了。他只不过住在这里而已。偶尔喊上两声，就好像现在。"

"他很痛苦？"他问。

"他大概是很痛苦吧，"她说，"有时他几乎会闹上一整夜。在他没有及时打上吗啡的时候。"

"你别说得这么大声，"他说，"毕竟在隔壁什么都听得到。"他一下子意识到了，"这个人知道我们的一切……他知道我在这儿，知道我对你讲的所有事情……"

"您别怕。他不会对任何人说了。"

"你怎么这么认为？"

"他已经没有多长时间了，"她说，"医生这么讲的。"她再次坐到床上，举起盛着葡萄酒的杯子："您不来一点吗？"

"你别这么嚷嚷了，看在上帝的分上！"

"您别去想这件事，别去想他。"她又站起来，环住他的肩膀，"您坐下来吧。为什么您不坐下来呢？"

他坐到她旁边，她的一侧贴向他，而他立刻便觉察了。他记忆中的所有的告密事件在他脑中一闪而过。他自己的父亲被告发过三回，他本人呢，虽然一贯如此谨小慎微，忠厚老实，也被自己的学生打过小报告，于是不得不离开学校几年……他驱散那些回忆。"每个人都会胡说八道的，克拉拉，"他说，"你不知道，人们会扯出所有事情来。我们不应该待在这里！"

"您想去哪儿吗？"她惊奇地问，"现在，这大晚上的？"

"是的，"他略一迟疑，"和你一起，"他迅速补充了一句，"我要把你从这个可怕的房子里带走。远离这些铁丝和箱子。你这儿要这些箱子究竟有什么用？"

"这都是他的箱子。"她说。

"谁的？"

她指了指墙。"您不要再想这件事了，"她向他依偎过去，近乎祈求地问道，"您当真爱我吗？"

"你是知道的，我爱，"他马上说，"可为什么是空的？"

"他买了鸟，后来又把它们放了。他把这些箱子拿到窗边，打开它们，说：飞吧，鸟儿们！"她叹了口气，"这已经是很早以前的事了。"

墙那边的那个人咳起来，他咳了很久，不依不饶地，似乎永远也不会停下来。

"这都是抽烟害的，"她说，"癌症。他抽得很凶。"

"他得了癌症？"

她点点头。

"你怎么能说得这么大声呢。要是他听见你怎么办？"他诚惶诚恐。

"他本来就知道啊。"

他真想发出一声呻吟，"这太可怕了！"

"他们想给他做手术，"她说，"可是没法子，因为他没心思做这件事。他的心彻底给毁了。"

"这太可怕了。"他再三重复着。

"您别再想了，"她说，把杯子递给他，"这是那种您不必去想的事情。"

他一饮而尽。好的，他不去想，不去想。"不，"他大声说道，"我做不到。毕竟人必须得有良知。"

"什么良知？"她问。

"克拉拉，"他乏力地说，"就是这种内心的声音！"

"我真的不知道这个，"她以充满无辜的笑容冲他一笑。因为这个笑容，他又开始爱上她了。"有时候，当他叫我时，我会觉得，这种声音，根本不是属于任何活人的，这是我自己的声音。是我自己在叫：克拉拉！好让我自己小心，不要相信什么东西，或是类似的告诫。我很喜欢这样，听到这个声音，我相当喜欢。"

他没有在听她说话，他在倾听自己的不安。"他叫什么名字？"他问。

"您不要再去想他了！"她说。

"也许我认识他呢！"

她不言语了，他意识到，恐慌又一次迫近了他。

"你就说说看嘛!"

"我叫他莱奥。"

"莱奥,莱奥,"他简单地再三重复着。他不记得认识任何叫这个名字的人,"还有呢?"

她耸了耸肩。

"克拉拉,"他几乎在吼了,"你肯定知道他后面的姓是什么。"

"您不要再去想他了!"

"克拉拉!"他哀求地说道。

"好了!"

他将头埋进手掌里。他觉得,他在发疯,其实什么事儿也没有。他闭上眼睛。他睁开眼,又觉得昏昏欲睡,恍惚中,他以为自己正在家中,伸手想去摸身畔自己妻子的手。这时,他听着她往玻璃杯里倒酒。她碰了碰他的肩膀,把它递给他。"您别再去想他了,"她说,"他不会知道任何事情的。"

他意识到,他身边这个姑娘的温柔征服了他,她的勇气也使这里的一切振作起来。"克拉拉,"他说,"我是个傻瓜。我终于和你在一起了,可我……上帝啊,"他恍然大悟般说道,"我真是个傻瓜。"他抱住她,一刹那间,他远离了一切,他摆脱了这里的这个小房间,摆脱了自己的生活,摆脱了自己小心翼翼、忠厚老实的全部生活,他只感受得到他抱着的这个女孩。然后他意识到,有什么渗入到他的狂喜之中。

突然,门铃声响了。他睁开眼,仿佛是想最终在意识里翻找一下,那里已经不再有任何出现过的东西了。

然而铃声一直在响。"这是怎么回事?"他问道。

她也坐了起来。"有人在按铃。"她起来了。

"现在?"至少已经过午夜一点了。"谁会在这时按铃呢?"

"可是门铃在响。"她打开柜子,从里面拽出睡衣,这显然根本不是她的。

"你别去开门。现在……我在这儿呐。"

她套上过长的袖子。"要是有什么好消息呢?"她说。

"好消息,"他绝望地喊道,"在半夜一点!"

"也许哪个在美国的先生想起来,要邀请我。别忘了在那边现在可不是夜里一点钟。"

门铃声再次响起。

"克拉拉,"他站起来,抓住她的肩膀,"别开门!"

"也可能是找您的呢!"

"找我的?胡说,"他说,"没有人猜得到我在这儿。"

"您不知道有谁看见了您。"

"是啊,"他意识到,"可这样的话你就更别开了。"

"也可能是医生的!"她挣脱了他。他在她后面跑着,不过他毕竟不能和她扭打,还有人站在走廊里呢。至少他关上了通到前厅的门。然后他拿起搭在椅子上的衬衣,开始匆匆忙忙穿起来;他扯脱了袖口的扣子,它不知滚到了哪里,但是他没有去找它。

待她再次进来时,他已经完美地坐在那儿了,穿戴整齐,一位打着领带,身着西装的客人。"是谁?"他问。

"您已经穿好了,"她发觉到,"您已经要走了吗?"

"都是你害的,"他说,"我不知道他会不会进来。那是谁?"

"那个女人,我们进来时站在那里的那个。穿着睡衣在走廊里的那个。"

"现在是夜里一点,她想干什么?"

"她问,这里有没有医生。"

"她要医生做什么?"

她耸了耸肩,"大概她也想注射吧。"她舒服地裹在那件大睡衣里,它显然属于那个名叫莱奥的男人。

"您不想再来点咖啡吗?"她问。然后她打开炉子旁边的半导体收音机。

"什么注射？"

"吗啡，"她说，往壶里加水，"大概她想让他给她打吗啡。"

"可是没有病痛的话，是得不到吗啡的，"他说，"克拉拉，你在说什么呢。这里到底发生什么事了？"

"可能她哪里疼吧。"她坐在床上，用自己的大眼睛盯牢他。当他初次看见她的时候，他觉得，那还是双孩子的眼睛。"这毕竟不是我们的麻烦。"

"克拉拉，"他说，"这是不可能的，吗啡是要给那个患癌症的人的。"

"我不晓得什么可能什么不可能，"她说，"可她究竟为什么每一夜都在等这位医生呢？"

"医生可是……"

"医生也是人呐……"

"克拉拉，你肯定知道，医生给没给隔壁那个人注射！"

"您就别再想这件事了，这又不是您的烦恼。"

"太可恶了，"他站起来。"可恶，"他重复了一句。

她往他的玻璃杯里倒上余下的葡萄酒。"您喝一点吧，"她说，"您需要喝一点！"

他拿起玻璃杯，迟疑了片刻，然后喝了一口。"克拉拉，"他说道，"这里发生了什么事？他向她兜售吗啡么？"

"我不知道他在跟谁兜售。他已经是不相干的人了。他只不过住在这儿。有时候我给他带去水和食物，但他是不相干的人！"

"谁在照顾他？"他问，"毕竟得有什么人照顾他。"

"您喝点酒吧，"她说，"别再去想他了。给我讲点什么吧。咱们第一次见面时，您对我讲了那么多事。"

"是啊，"他想起来，"咱们第一次见面的时候，后来咱们一块儿走下那辆火车。我多么希望你不要离开我，我们能一起再待上一会儿。然后呢，当我们坐在那个小酒馆里的时候，你真的走了……"

床铺上方的架子上发出刺耳的铃声。

"您快点讲啊。"她催促他。

"我怎么讲?"他喊了出来,"你没听到吗?有电话。"

"您就让它响去吧!"

"让它响?要是有人找我怎么办?不,真荒唐,"他意识到,"也许是你的什么好消息!"

"电话打来的不会是什么好消息!"她的逻辑和他不是一国的。

"如果是那个医生打来的怎么办!"

"什么医生?"她很奇怪。

"上帝啊,"他喊道,"我们是聊谁聊了快一个钟头。那个有吗啡的!"

"那个?那个不是。"

"克拉拉。"他哀叹起来。

"好吧,"她说。她伸手去拿电话。"你好,"她对着电话说道,"好的,我问问他。"她转向他,"她想知道,您还要待多久!"同时她用手掌捂住话筒。

这对他来说真是太过分了。"是谁想知道?"他吼道。

"那个一直给您打电话的女人。"她冷静地告知他。

"赶紧挂上,"他向她命令道,"我不在这儿。我不在这里!我不在这里!"

"他不在这里,"她转达道,"他说他根本不在这里!"她挂上电话。

"是谁打来的?"他虚弱地问,"她对你介绍自己了吗?"

"是的!"

"她叫什么?"他的声音因激动而收紧了。

"我没听明白那个名字。"

他握住玻璃杯,一饮而尽。

炉子上的水早已经烧开,她显然并未注意到,音乐不绝如缕地从半导体收音机里涌出来，令他很恼火。

"不能切断这部电话吗？"他问。

"当然可以啊。"她抓起电话线。

"要不还是算了，"他说，"反正——我已经要走了。要是有什么人打来的话……"

"现在不会再有人打来了。"她很有把握地说。

"也许是那个医生呢。"他想起来。

"那个人不会再打来了。"

"你说过他会打来的！"

"现在不会了，"她镇定地说，"现在他已经睡觉了。他已经自己扎好了！"

"他给自己扎什么？"他脱口而出。

"吗啡！"她站起身，关上炉子。

"不可能，"他喊道，"他不可能办到的——这需要医生哪！"

她把一杯咖啡放到他面前，"您不要再去想这件事了！"

他知道，他应该站起来，立刻站起来，离开这间公寓，逃离这一晚，逃离这个可怕的陌生世界，毕竟他不属于这里，但是他反而还坐在那儿，守候着，仿佛这种陌生吸引住他。

"你能关上那音乐吗？"他问。

"它让您不舒服了？"她诧异地看了他一眼，关上收音机。"这可是不错的音乐，"她指出，"现在一片寂静了。我的收音机从来不会寂静。"

"如果在你内心，如果在你内心没有理性的声音回响的话，寂静是不会飘走的。"他说。醉意在他的脑中扩散，他感到有讲话的需要。"可是在你内心没有，"他说，"在你内心并不寂静。当我第一次看见你，当我第一次瞥见你的眼睛，你的眼睛是纯净的，克拉拉，由此我有一点承认，我相信，我知道，你也是纯净的，你只不过在防备这个世界，抗拒听到自己理性的声音，就是这么回事。"

"什么理性?"她问。

"克拉拉!"他恳求道。

"有时候我会祈祷,"她回想起来,"对我自己的上帝。晚上,当我一个人的时候,我躺下来,紧握双手,收起两腿,祈祷道:我亲爱的上帝啊,克拉拉又不知该怎么办了。她形单影只。您发发慈悲,赐给她幸福吧,赐给所有人幸福吧,所有爱过她的人,所有她爱过的人,就算现在他们再也不会相见了。而上帝看向我,趿着拖鞋,和善的胖胖的先生,祝福我,我会幸福的,连那些我爱过的人也会幸福的。"

"你在那儿也为这一位祈祷了?"他指着墙。

"祈祷了。但那已经是很久以前了。他得了这种病,毕竟不是我的错。他已经得了病。他是从那里染上的……"

"哪里?"

墙后面的床铺在咯吱作响。一个声音几乎很清晰地讲出几个字来。

"他在叫你。"他说。

"您过去那边吧,"她请求他,"或许他看到您会很高兴呢。"

"他看到我会很高兴?"

"他看到某个新面孔时会很高兴,"她说,"至少您可以听听看,他在那边都能听到什么。"

"我不敢过去,"他意识到这个请求很不合适。他站起来,缓缓走向门口,"我有点醉了,克拉拉。要是情形相反会怎么样,要是他怕我呢?"

"他不会怕您的,"她说,"他都不会看见您,那里很暗。"

衣架上挂着他的外套和帽子。他因这个念头乐了一阵子,悄悄穿上衣服,从这儿溜出去,然后在那个昏暗的,充满发霉臭味的门廊里等着,就在这时他意识到,在所有这些门的上方也悬挂着空箱子。

从那个他走出来的房间里,又再次响起表演般响亮刺耳的铃音,同时，在第二个房间紧闭的门后，传出闷闷的喋喋不休之语。

他要走是如此简单，他几乎从自己的逃离中感到了宽慰，但他也知道，他不会走的，就算他要仓促地打开自己面前的这扇门，就算它是属于这位先生的。死亡令他震惊，诱惑着他，它的魅力比恐惧要强大得多。

他略微挺了挺胸。门这么破旧，他碰触到的可能是里面裸露出来的木头，门上方一只灯泡发着微光，显然曾被涂成蓝色，天晓得为什么。他敲了敲门。当这个人叫什么人来找自己时，敲门是没有意义的，于是他推开门。

房间内溢满让人倒胃口的闷气。地方这么小，最多摆得下一张床，一把椅子。他摸了一下开关，灯亮了。

他想要尖声叫喊，却只是一动不动地站着。那个人躺在脏兮兮的床铺上，毫无疑问已彻底奄奄一息了。他看向他嶙峋的手指，痉挛地在灰色的被子上一张一合，看向他的面孔，那么皱缩，那么惨白，如同再没有一滴血流过。

"您想喝点什么吗？"他问，"您需要什么吗？"

在床铺边的椅子上，立着几只装满水的玻璃杯。或许这个人听见了他的动静，他还察觉到，他的眼睛定格在他的方向上，他觉得，他能瞄见那里面的惊讶。病人动了动嘴唇，试图讲出什么心愿。"鲽鱼，"他说，"鲽鱼。"

在他毫无血色的嘴唇里，他瞥见什么红红的东西，大概是舌头或者是血，虚弱制住了他，他几近昏厥，从屋子里退了出去。门廊里，他倚着衣架，重重喘息着。在微启的门后，他看见那个女孩。她躺在床上，两手交叉在胸前，低声聊着："老天，你怎么不说话了？你生气了吗？上帝呵，可是我看得见你。你胖乎乎的手。你扣好凉鞋，同时看向我。我就躺在这儿，等着。你来呀，上帝，你来呀，我的小胖胖，你照做呀，"她显然注意到了他，坐了起来。"您过来吧！"她喊道，"您总不能就那样站在那儿！"

"克拉拉,"他说,"那个人,他很糟糕,医生必须立刻赶过来。"

"他想要什么?"她问。

"我不知道,但我知道的是,医生必须赶过来。"

然后他想起那个奇怪的词。

"鲽鱼,"他说,"他重复着这个词。"

"铁丝,"她说,"他老想要铁丝。"

"铁丝?"他喊起来,"但这怎么可能,他要铁丝有什么用?"

"您就不要去想这件事了,"她握住他的手,"您全身都在发颤呢。"

"克拉拉亲爱的,"他说,"你要知道,是你,他爱你。"

"是哦,你已经对我讲过了。"

"这个人要铁丝有什么用?"

"他想要我紧紧围绕在他身边。他记得在他被关起来的时候,在他周围到处都是铁丝,这样他就跑不掉了,现在他不想消失,不想从这儿消失。后来他想要我牵一条狗来……他已经,他已经不想要了。"

"狗?"他跟着她重复了一遍,"狗?"

"他们那边大概也有狗在看守吧。"

"这个人被关过?"

"您别再想了。您为什么总想着这件事呢?"

"克拉拉,"他说,"他什么时候被关的?"

"我不知道……反正我没问他。可能是在战争时期,可能是现在。也可能战争时期和现在都关过。我没有问他。"

"你不是说过……毕竟你爱过他。"

"您不要念念不忘了!现在我已经不爱他了。"

"可他毕竟……他总算……"他迟疑了一下,"他们为什么监禁他,克拉拉?"

"我只知道,他们关人可以是随便什么理由。可能他干了什么事,也可能他什么都没干。"

"你毕竟爱过他啊。"他愁闷地说。

"我们相爱过。"

"你问问他好吗,你一定得问问他,他们因为什么事情监禁他。"

"为什么呢?我们不谈这种事。"

他注意到,她的脸孔很疲倦,眼睛几乎快合上了。天晓得她在这里忍受了这个人多长时间,而他现在像在法庭上一样对她问讯。"你还有什么喝的吗?"他问。

"有的,"她说,松了口气,"我去看一眼。"她打开橱柜,他又瞥见了那团铁丝,其实他跟她提喝的东西只是为了再看看它:一团带倒钩的铁丝,在塞满内衣裤、衣服和小瓶子的橱柜里是这么可疑,不合常理。她又找到一瓶酒,打开它,给他倒上。

他一口干下一杯。这个人又在喊她了。她坐在床上,仿佛什么都没觉察到似的。

"克拉拉,"他说,"他在叫你。"

"他想要您把那个铁丝给他拿过去!"

"我?"

"他跟您要的还不就是那个!"

"可现在他喊的是你!"

"他不知道您叫什么。他总是只喊我。他现在好像已经忘了所有旁的人,除了我。他也忘了那些狗。"

"克拉拉,"他说,"一切都这么可怕,你怎么可以,你到底怎么能够这样活着的?"

"您也活着啊!"她说,"难道您不活了?"

"但这毕竟是另外一回事……"他略为迟疑。那个人一直在叫。

她站起来,走向橱柜。"那么您不去吗?"她问。她弯下身子,非常小心又很敏捷地掏出那团铁丝。

"克拉拉,"他吼道,"你怎么能这样,这太疯狂了。"

"他祈求的就是这个。"她迅速吸了一口气,她是这么疲倦,可能也分外沮丧,沮丧到了极点,所有事情对她来说已经无所谓了。

"起先他并没有祈求,他甚至都不愿谈到这件事。直到现在才这样。他想留在这儿,他认为,假如那边有了这个铁丝,他就会留在这儿,他就会一直留在这里。"

"克拉拉,"他说,"你不可以这样,你不能这样,这太残忍了!"

"怎么会?"她问。

"这太残忍了,"他重复着,"太可怕了,你不要拿这铁丝去那边!"他抓住她的手,它小而柔弱。"放下这铁丝!"他制止她道。他试图从她那儿把那团铁丝夺过来,这当口他被抓伤了,袖子也被扯破。接下来铁丝团躺到了地上,躺在地毯上,躺在房间中央破旧的狭长地毯上。

隔壁房间的那个人始终在叫喊。"克拉拉,"他悄声说道,"毕竟你不可以就这样对他……你或许应该做点什么,或许他真的需要些什么。"

"他想要这个铁丝,"她说,"或是一条狗也好。"

"可不管怎么说你没有狗啊!"

"我没有!"

"但是他会一直喊下去的。"他绝望地说。

"那您就别去听!"

"我做不到,"他说,"我不能不去听它!"

"那么我该把这个铁丝拿给他吗?"

他犹豫了。"不。"他随后说道。

"那么您过去叫两嗓子吧!"

他僵住了。"我应该过去叫唤吗?"

"他想听狗叫,"她说,"之前他并不想。在我们还相爱的时候。直到现在才这样的。如此一来他便知道,它们在看守他。他人在这里,而不可能在其他地方。"

"过去叫两嗓子,"他重复着,"过去叫两嗓子!"

隔壁的另一位在那个霉臭阴暗的小房间里一刻不停地叫嚷。

"您要么过去，要么就别再想这件事情！"

他站起来。他取过酒瓶，给自己倒上满满的一杯酒，待他喝完，他说道："我去叫两嗓子。克拉拉，我是为你去叫两嗓子的。就这样。"他哈哈大笑起来。他忽然想到，他似乎看到自己手脚并用，光溜溜地在脏乱的门厅里爬着，领受着蓝色灯光的洗礼，头发蓬乱，龇着牙。我只差一条尾巴了，他意识到。要是……他再次哈哈笑开了。

"您别想了！"她说。

"四肢着地，还是两条腿？"他问。

"反正他也看不见您，"她说，"屋里很暗。"

"那我去了，克拉拉。"他决定了。他脱下西装，摘下领带，衬衫只解开了扣子。她看向他，微微一笑，这并非嘲弄的微笑，更像是理解抑或甚至是深情的一笑。

他又在走廊里了，通向第二个房间的门在前面微开着，但那个小地方是这么黑，除了白色床单的下摆，什么也看不到。

他总是很在乎自己的威严，当他步入教室时，他要求所有人都起立，注意力完全集中，他还要求充分的安静，而他的孩子们，不管他们有多想进他的房间，必须都得敲门，而且在他应声之后，他们还得继续询问：您允许吗，父亲？

现在他慢慢地用膝盖和手掌着地。他的膝盖还是瑟缩不前，他小心地将袖子挽高。我这样是在做善事，他思量着。这个人，这个不幸的人很可能因为自己所承受的痛苦而丧失了理智，他求的只是这个，唯有这样才能令他放松，就如祷告或关系密切者的手紧紧相握会使其他人放松一样。

从他刚离开的房间里，又响起了音乐，不过现在没有任何鼓点了，而是某种管风琴乐曲，甚至可能是巴赫，他很是欣喜，恰恰在这一刻响起了这么庄严的曲调，他移动前爪，接着抬起下巴，他的眼睛现在紧紧盯着蓝色的灯光，紧紧盯着这轮残缺不全的月亮，他厉声叫起来,就像童年时作为对付那些陌生狗群的伎俩一般吠叫,就像对他自己的孩子那样狂吼,在他们还很小的时候。

他听见这短而尖的叫声,仿佛不是从他的嘴里发出来的。他几乎被这完美的兽的声响弄得打起寒战来,他整个四肢着地,等待着,看这个声响会不会再次发出来。然而此刻,走廊里的寂静受到了干扰,或者说是被更为多重的管风琴声给盖过了。他试着站起来。他头晕眼花,胃里翻江倒海。他打开最后一扇在此之前都没打开过的门。厕所的洗脸池破损了,木板也裂开来。他把背倚在墙上,向前屈着身子,膝盖抖了一会儿。铁丝,他想起来,他想要铁丝。而我为他吠叫,为莱奥。他悄声笑了。或许有一天,什么人也会为我叫上两嗓子的,等我就要……

他进来的时候,她躺在床上,闭着眼。他的嘴蠕动着。他注意到,她眼睛下面有阴影,又深又暗的阴影,就像疲劳至极的人,濒临衰竭边缘的人。他刹那间分外清晰地看到她,如同在明亮猛烈的太阳光下,她在他眼中显得真美,随后,一切都分崩离析,旋转起来,他不得不用手扶住桌子。"克拉拉,我叫过了。"他向她宣告道。

她睁开眼睛,冲他微微一笑,"那您就别想这事儿了。"

"我为他服务过了,"他说,"谁让你爱过他呢,"他走向床边,坐下来。

"现在他睡着了,"她轻声说,"我们总算是安静了。"

"我不知道,"他说,"我不知道,克拉拉!"

铁丝团至今还躺在屋子中央,它其实是相当小的一团,他不明白,为何它会让他那么在乎。

他的手掌还一直在流血,她拉过他的手,给他缠上止血胶布。

他又一次留意到她筋疲力尽的眼睛,夜缓缓接近顶点,他们始终在一起,他们一起度过了这一夜,而他意识到自己痛彻心扉死守着的最后底线,她不会忘记这一夜,毕竟他也不会忘记身边的这个女孩,他一下子再次感到对她突如其来的柔情。"你爱我吗?"他问。

"我爱你,"她说,"我爱你,你为了我来到这儿,你和我一起待在这儿,我为此爱你。"

"克拉拉,"他说,几乎有些惊奇了,"经过了所有这一切,你现在还爱我吗?"

"亲亲我吧,"她说,"我很高兴,你来了。你和我度过了这一夜。"

"是呵,我和你待在这儿,"他又说道,还处在惊奇之中。的确如此,现在他和她在一起,而所有其他的事情都撤退了,退得最远的是他从前的生活,仿佛与他隔开了许多年,现在他什么都不去想,就应该如此这般嘛,他身后的整个岁月亦求如此,他不去想这一晚,这个房间,空箱子,隔壁的这个人,没来注射的医生,穿睡衣的女人,奇怪的电话,他不去想其中的任何事情,这其中的任何事都不是他的麻烦,他好似悬浮在接近天堂般的虚空中,静静地吻了她,接吻的声响在他周围和他心中漫溢开来,他和她在这片静谧里做着爱,其间他听见她的呻吟和自己的呼吸,之后他立刻便睡着了。

他只睡了几分钟,也许只有几秒钟;等他醒过来时,她漠然地躺在他的侧面,她的眼睛始终环绕着同样的阴影;灯泡在床铺上方亮着。

她坐起身。他的衬衫袖子还一直挽着。他小心翼翼地放下它们,接着穿上裤子和西装。一只袖子扯破了,必须得补一下,这是他最好的行头了。他绕着铁丝团走了一圈,偷偷溜向门口。

"您这就走了?"她在他身后问道。

他转过身来,"我不得不走了,克拉拉。"

"这儿真静,"她朝架子上的半导体收音机伸出手去。

那令人难以忍受的音乐又放了出来。他站在离门几步远的地方,喉咙因渴而灼烧着。他拿起一只玻璃杯,倒上水。

"当时在那个旅店,"她轻声说道,"音乐播了一整夜,我们没有放过在那里的一分钟。在那儿我们始终在一起,那里有这么个黑黑的希腊人走来走去，我们跳舞的时候，他一直朝我看。他就那么坐在桌子后面看。后来他们打起来。那两位先生打得很厉害，直到这个希腊人削断了他的手。用匕首，这时候血喷了出来。那里的一切都是白的——墙壁是白的，就连桌椅也苫着一层白皮子。接着一切都染上血了……而现在，"她说，"而现在……那边很静，您感觉不到那边很静吗？"

他意识到，恐惧再一次落到他身上。但现在他已经束手无策了，现在他已不必等待了——一分钟也不必等。

"是他吗，和你一起在那里的人？"他问道。

"已经是很久以前的事了。"她说。

"他们到底为什么关他，克拉拉。"他问。

"医生说，可能是在今夜，"她叹了口气，"在今夜。"

"什么在今夜？"他问，尽管他明白，今夜会发生什么。

"您不觉得那边很静吗？"她问。

"别去想，"他马上说，"睡吧！"

他打开通往走廊的门。"克拉拉，那我这就……"他匆忙穿上外套，然后扣上自己古板的帽子。他已经准备好离开了。通向那个小地方的门始终微开着，他愣了片刻，专注地听。那边一片寂静，没有任何声音来扰乱它。他给骇住了。

他回到房间。"克拉拉，"他说，"我这就走了。快到早上了。"

"您走吧，"她说，"我会为您祷告的。"

"克拉拉，"他又说，"克拉拉，万一他出了什么事，要是以后有什么人问起……我不在这里。你可要知道，我不认识这个人，我从没见过他。和他相爱的人是你。我根本没料到你会带我来这儿。我和这件事没有任何干系。"

她一动不动地躺在床上，现在他才意识到，羽绒被的被面有多么破旧，它的补丁和颜色发暗的地方都变成灰斑了。她躺着，闭着眼睛。"这儿很静。"她说，然而她脑袋后面的收音机正大声播放着曲子。"我不想要这种安静,我不想要。"她站起来,走向第二台收音机,也按下它的按钮。旋律粗暴而尖利地穿透耳膜。这太可怕了。

谁都不知道我,他喃喃自语着,我没跟任何人讲过话,也没接过那个电话。我不在这里。他踮着脚尖走到走廊,打开通往大厅的门。它空空如也。没有人看见他。他不在这里。他从没有到过这里。

(杜常婧　译)

蜜 月

一

公路在急转弯中向上攀升。

女孩坐着，抱紧他的肩膀，她比他要小，精致得多，她在他旁边几乎要不见了。

他一手开车，另一只手拥着她。他习惯了单手开车，他们就以这种姿势一起穿越了半个欧洲，德国的高速路，以及怪异的空荡荡的公路，它有枫树镶边，如同被啃噬的防风林，位于法国的沙龙和莫城之间（也许根本就没有枫树，因为他们是夜里在大雾中沿路穿过），还有奥林巴斯的荒凉山脉，位于科赞①和蒂尔纳沃斯②之间。而惊人的是，在这整个期间，甚至在无休无止的旅途时光中，他始终能感受到她，触摸到她的手掌和她的身体微妙的震颤。在行车中，他偶尔会吻她，他们在许多转瞬即忘的公路上，最为险峻的车程中接吻，他们也在这辆车里做爱，在死寂的田地的路肩上，既在夜里，也在白天。当阳光满满地落在她苍白而不怎么美丽的脸上，而他缓缓开车经过跨坐在懒洋洋的驴上的希腊牧人。现在他们又接近了一个目标，这其实完全算不上目标，小城的屋脊在鲜艳的树冠后面显露出来，被正在下沉的日头照得几乎像是剧院的布景。

---

① 土耳其地名。
② 希腊地名。

"你应该嫁给我的。"他说。这听上去并不似责备,更像是对现有状况的回味,或者仅仅是一个在此刻打破静默的句子。

"我应该嫁给你,"她跟着他重复着。"不管怎样我是和你在度蜜月,"她睁大自己冷淡的没有表情的眼睛,一如在宣告什么毋庸置疑的事情时,她总是如此,"既然我现在嫁人了,这就是我的蜜月。也是你的,因为你和我在一起!"

"是啊。"他承认,带着几分疑惑。

"我其实不该带上你的,"她用肩膀碰了碰他,"还是我应该带着你?"

"我想,不该!"

"我同你只能一起度蜜月。"

"我忽然觉得,我们好像已经度过很多次蜜月了,"他评论道。

"为什么你感觉我们已经一起度过很多次蜜月了?"她问。

"不过这没什么,"他马上说,"现在你刚出嫁,是真正的蜜月,"他将这游戏进行下去,踩下刹车,空出来的手一转方向盘,绕过巴洛克式喷泉,他们停在一幢曾经或许是哥特式风格的房子前面。"对于新婚之夜而言,这是再梦幻不过的建筑了吗?"他评论道。山冈耸立在广场上方,山顶有座坍塌的城堡。

"这座建筑并不怎么梦幻。"她说,这时他们把车开进车道,她把眼睛向上转向抹着白石灰的圆屋顶。

在小酒馆里——除了华丽的哥特式壁画天花板,这大概是当地唯一一个值得注意的地方——立着一台大型的意大利自动音乐机。在摆放的十六张桌子上,十六只相同的花瓶里装饰着十六支纸玫瑰。唯有紧挨着吧台的桌子是不同型的,它很长,褐色,光秃秃的,四个男人和一个女人坐在它周围。那些男人,其中一个身着制服,喝着啤酒。

"你饿了吗?"他问。他知道,现在要吃喝一番,极其舒缓而悠游地喝点酒,以便将他们两人期待的这一刻最大限度地延续下去。

她环顾这个地方,似乎要从这些完全一模一样的桌子中选出一张最合适的来。接着她说道:"既然我们在度蜜月了,我们不可以办一场婚宴吗?"

"为什么不呢,"他同自己玩着这个游戏,"你上星期没办婚宴吗?"

"没有啊,为什么我要在上星期办婚宴?"她很奇怪。

"我是想,"他略为迟疑,"毕竟你是上星期结的婚。"

"这我倒没想到,"她说,"不过这里也没有一张合适的桌子。"

"反正一切都很适宜,"他反驳道,"我们可以说一下,让他们拿来其他的桌布,要是他们有其他桌布的话;还有不一样的花束,要是他们有其他花束的话。"

"是啊,"她表示同意,"可是我们去哪儿找客人呢?"

"客人?"

"婚宴必须得有客人,"她说,"还是你不想办这个婚宴?"

"可我们在这儿谁都不认识啊。"他弱弱地提出不同意见。

"不一定非得是熟人。也可以是那边桌上的人啊。假如我们邀请他们,也许他们愿意做我们的客人。"

"好吧。在你自己的婚宴上你想有几位客人?"

"五位,"她毫无犹豫地回答,仿佛她老早就想好了这个问题的答案,"不过你不会生气吧?"

"不会,我为什么要生气呢?"

"你肯定也办过婚宴。"她说。

"我已经不记得了。"

"你不记得了?"

"二十六年了,"他算着,"那时候我可比今天的你还要年轻。"他叫来侍者,试着向他说明他的要求到底是什么。然后他刚好深深地看了一眼大桌子的方向。那边的三个男人是相当普通的乡下大叔,他们晒黑的没刮过胡子的面孔,眼下因为喝酒而变紫了,属于那些他无法记住的众多面孔之一,尽管他对人脸的记忆力并没有这么差,还不到几分钟，他们便从他的眼中消失了；同桌那名大兵有一头黑色头发，身材颀长，几乎有点皮包骨，他的脸孔苍白，水润的眼睛底下挂着青色的眼袋。他真是太像了——现在其实已经是她的男人的那个人，他和她所有的情人都很像，他从她的述说中，从她一直随身带在皮夹里，脏兮兮的肖像照中认识了他们。

女孩坐在大兵一侧，脑袋刚给训练有素的乡村理发师修剪过。她很像那种任由别人描眼睛，被贴上假睫毛的乖宝宝。

他看着侍者屈身向那张桌子。接着这五个人如同得到了命令，将头转向他们的桌子，生疏的视线顷刻间黏到她的脸上，在那里逗留不去。

他感觉到，她碰了一下他的手。

"亲爱的，"她说道，"我很爱你，因为你陪我度蜜月。因为我们要宴客了。还因为，你请来了所有人。你看看他们走路的样子，他们走得真滑稽。"

这五个人从大桌子边站起身来，大兵还啪嗒一声拍了一下腰带。他们略带羞怯地接近他们，嘴唇挂着与宾客相宜的婚庆的微笑，过来坐到新人中间。他注意到，一位大叔的右耳垂下面有个蓝色的小瘤（他忘了他的面孔，但他会记住他的右耳垂），女孩光溜溜的脖子上有条金链子。

二

他的喉咙里都感觉到肉片融掉的油脂和劣质葡萄酒的滋味。经过漫长的车程，现在这个夜晚，在这小地方没有尽头的夜晚，发出沉闷的呻吟之声。

那三个本地人，他假婚礼的见证人，志在以自身的性命灭绝肉排和葡萄酒，至少还主动聊一聊生活琐事，这位耳朵下面长瘤的，在牢房里度过了八年，另外两个不时补充着他的话，好像他们全都体验过他所经历过的事情似的。

他努力不去听他们的话。他听过这个故事,它本质上是同一个做了微小变动的故事,至少这一晚让他想要避开这个话题:监狱、看守塔、探照灯,以及有带刺铁丝的通道,越狱的奔逃。

他一旦和她在一起,便会在自己的记忆中将自己的全部生活,他的一切经历尽量分隔开来,任凭自己陷入完全的遗忘里,从而绝不会去想到自己的家庭,自己的工作,而进入另一种因果、行为话语之中。大概这种爱情诱人的魅力就在于他所体味过的一切美妙无比的神魂颠倒吧。

现在她和大兵在嗞嗞沙沙的音乐中跳着舞,从意大利机器的顶部涌出的三分钟的曲子。尽管没有看向她,他也感受得到她的舞动。他知道,她的舞蹈如同她的其他一切行为一样,只具有唯一的一种含义。她运用自己的每一个动作在求偶。在她跳舞的时候,吃饭的时候,甚至当她独自一人在人行道上踱步的时候,她的全部动作都是相同的那类动作,她在求偶,不过也可能是他弄错了,是他太过痴迷。

"八年的生活,"长瘤的男人说道,"在我的年纪再也不会有这种经历了。"

他瞥了这个男人一眼,忽然想到,他们可能年纪相当,不过另一位显然已经沉浸到自己的过去中去了。这八年,为了不致被拽进太深的无底洞里,留下了极大的空白,况且每个人都会遇上这一天的,留存下来的仅余过去,或许这更加可悲,但它是唯一真实而鲜活的,因为未来已不再鲜活,不再提供任何希望的预兆。他自己还抱有希望,现在她在离他几步远的地方跳着,他还可以幻想明天,不必此际便哀叹呻吟。

在不起眼的一刹那,他瞥见了。他亲眼看见自己坐在那儿,眼神倦怠,忧虑着自己的整个人生,等待着。他还有可以等的东西,因而他充满耐心地等待着,直到姑娘跳完舞,过来坐到他身边。

在这一点上他与那三个和他一起坐在桌子旁边的男人不同,寂静已然在夜里鬼鬼祟祟地摸向他,他还能对静如止水的生活发出抗议,他在夕阳西下之前迸发出最后一缕余烬,他还能爱,所以他坐在这儿,玩着游戏,他自我解嘲的游戏,玩着她的游戏,对她来说这一切都是游戏,这整个爱情,漫无目的的漫长车程,这一直重复的告白,这悬在深渊边缘上的话语,大概有它独特的魅力之处吧。这些对她而言,仅仅是为填满晨昏之间,傍晚和深夜之间,最后一支烟和做爱之间的时间罢了。

随便什么人都能给她填充这段时间,他知道。他对她来说是可以取代的,完全可以取代。

他看了她一眼,她注意到了,朝他微微一笑。

这个微笑,就算他闭上眼睛也能看见,她的嘴厚厚的上唇,稍许向前凸出。

此刻他并不恨她,他渴望将她从自己身边抛开,摆脱掉她,从现在起就放弃那些期望,其实也并非期望,莫不如说是由于筋疲力尽而产生的念头,他现在就应该冷静下来,抛开她,可是他知道,他办不到。爱我吧,他疲惫地想,至少在今天。他注意到,刚刚那个女孩,或许属于那个大兵,僵硬地坐在桌子后面,注视着唯一跳着的这一对。事实上她并不丑,只不过邪恶的理发师毁了她的脑袋,她的脸上完全不见了自信。她的眼睛里噙着泪。

他站起身,叫来侍者,买了单。

大叔们纷纷起立,祝福他们两人幸福美满,而大兵一跳完舞就矗立在她身后,离桌子仅有几步远,以一个男人着迷的目光看着她,已经达到眼中只有她一个的程度了。

"亲爱的,"当他们走上楼梯时,她说,"这完美极了。我们办了婚宴。"

"不错啊,你很满意嘛。"

"那我们现在做什么?"

"咱们可是在度蜜月,"他提醒她。

床铺是老式的,洗脸池上有两个水龙头,不过从那里流出来的水都是冷的。

她站在镜子前,从头发上摘下发夹。她的头发很长,披下来盖住她三分之一的背部。他想象着片刻之后就会瞧见这背部的裸体,一下子松弛了下来,游戏已经结束了,这毫无意义的漫长的等待,他向她走过去,抱住她。"我的小美人儿,"他说,"我的小鱼儿。"

她点着了烟,"你觉得,这个大兵会和那个女孩做爱吗?"

"我不晓得,"他不耐烦地说,"一般大兵们会和每个愿意干这事的女孩做爱。"

"那么你认为大兵们和每一个女孩都做爱喽。"她又问了一次。

"不过是她招来的他,"他想起来,"大概他们刚知道那种地方吧。"

她拉上窗帘:"他说,他做电影工作。在他是老百姓的时候,当灯光师。"

"所有人都做电影工作。"他怒气冲冲地说。

"那么你觉得,今天的所有人都做电影工作吗?"现在她才环顾了一下房间,"这个房间真冷清,你不觉得吗?"

"这个房间对于我们需要做的事情,相当足够了。"

"我们要用它做什么呢?"她问。

他没有回答。他习惯了不去听她的话,不去在意她,当他不想在意她的时候。只是他感觉到疏远。

"亲爱的,你生气了吗?"她问。

"没有。"

"那我们现在做什么?"她问,"我们应该做点什么特别的事,既然我们在度蜜月。"她坐到床上,"给我说点什么吧。至少给我说点什么特别的。"

"从前,"他以这个词开始,这是他给自己的孩子们讲童话故事开头用的词,"在我像你这么大的时候……"

"不,"她打断他,"我想听的根本不是这个。你爱我吗?"

"是的,"他马上回答,"你知道的,我爱你比爱谁都多。"

她不言语。她倚在枕头上,合上眼睛。

"你是我最后的唯一的爱。"他亲了她一下,"我梦想的守护女神,"他说,"有时我在半夜醒来,很害怕这种事情永远也不会发生,我永远也不会遇见你。"

"那时你已经认识我了吗?"

"我还不认识你。我祈求着你。我祈求着你,不论是我走在街上,坐进汽车里,也不论是我驾车到郊外的时候,郊外在我看来十分独特、凄凉、甚至很美。当我走到旅店的门房时,还有当我打开空房间的门,当我看到两个人在接吻的时候,也总是这样。夏天,我在夜深回来的时候,格外祈求你……"

"你等等,"她拦住他,"你老给我讲这些。"

"我从没对你说过这个!"

"我知道,我知道。不过都是这类东西。"

他不吭声了。

"你生气了吗?"她问,"我很喜欢听。"她马上说:"我很喜欢,在你对我说这些事的时候……可是今天,我想,我们在度蜜月。"

他一言不发。

"亲爱的,"她说,"我们离开这儿吧。总是这样的房间。在里面除了每次都做的那点事,什么其他的事情都做不了。"

"老天,可我们每次想做的就是那点事啊。"

"话是不错……可是今天……今天我们应该……"她走向窗户,将窗帘拉到一边。紧抵着昏暗的苍穹,隐约显露出更为昏暗的城堡遗迹。

三

此刻他们从另一边看见耸立着城堡的山冈,倒塌的建筑被月光照亮,在这个夜里显得威严高贵,气势逼人。

他停下车子,灭了车灯。"现在上哪儿去?"他问。

夜里很冷,秋日的野草、树叶和薄雾刚好构成一种凄清的味道。假如他想散步的话,同她在路上的草地中央漫步会是相当惬意的事。

"这儿的界标真奇怪,"她注意到。他们沿着某条路溜达着,实际上只有被踩倒的青草,他环着她的肩。他想要她,并且为此而恨她。

"你还记得在法国旅行的那夜吗?"她问。

"那夜下雨了。"他回想起来。

"是呵。它在车顶上打响鼓,我很喜欢。"她因冷而发着抖。接着她毫无联系地讲道:"在我约摸四岁大的时候,我假装自己有只狗。我牵着它去散步,就像它真的走在我旁边似的。我等着它在树旁撒尿,我总是从自己的晚饭里给它拨点到盘子里去。我给它在床边铺上垫子,就像它躺在那儿似的,每一夜,在我睡着以前,我会和它聊天。我从没给它取过名字,我只叫它:狗儿!当我特别喜欢它的时候,我叫它:我的狗儿!"她叹了口气,"我想,我再也不会爱什么人像爱这只狗一样了。"

他们走到草地中央的小木屋处。从里面散发出干草的气味。

"亲爱的,"她说,"快来,现在我们要做爱了。"

他扶着她爬上去。

唯一的空间有一半填满了干草,空气里满是粉尘,十分憋闷。

"亲爱的,"她悄声说,"你喜欢这里吗?"

"只要和你在一起,在哪里对我来说都一样。"他说。

"是呵,我就知道,"她迅速脱下衣服,"可我今天无法待在房间里。你不会为这生我的气吧?"她向他贴过去。他抱住她。每一个动作都使他们更深地陷进身下软绵绵的一大堆东西里,稻草刺刺痒痒地扎着赤裸的身体。

"亲爱的。"她悄声说。

从外面有脚步声传进来。他一抬身,瞅见一个轮廓,感觉很眼熟。

"这就是那个地方?"他们爬上来的时候,大兵问道。

"要是您喜欢这儿的话,"女孩小声说。此刻她的脸孔,甚至发型都被昏暗遮住了。大兵紧挨着入口处,仪式般地解开腰带,好像多走一步都很可惜似的。

"您真美。"女孩小声说。

显然他在吻她,现在只听得到急速的呼吸,陶醉的咝咝声,手摸索的动作,稻草沙沙作响,然后是女孩的低声呻吟。

"您甭管我,您甭管我,只要您自己舒服就好。"

过了几分钟,在蓦然的寂静中,大兵坐起来,努力冲着月光去读自己手表的时间。

"您这就想走了?"女孩问。

"快半夜了,"大兵不高兴地说,"你怎么不早点跟我说起这堆干草呢?"他啐了一口,或许只是在吐挂在嘴边的稻草。他又扎上腰带,然后两人几乎无声地走进黑暗中。

"亲爱的,"当他们再次单独待着时,她悄声说道,"你喜欢我吗?"

他努力在昏黑之中辨认她的脸,然而它是这么模糊,可以成为任何一张脸,而她的体香被刺鼻的干草粉尘淹没了。

"不喜欢。"他说。他寻思着:我不恨你。不会因为对你来说这是游戏,而对我来说这是爱情,不会因为你对我而言是最后的唯一的未来,而我对你而言仅仅是一瞬间,已经流逝的瞬间。

"不喜欢,"她跟着他重复,自言自语道,"他不喜欢我。"

他不言语了。她比他要年轻十五岁,谈这种事还太小。

"反正你就是不爱我了,"她说,"为什么呢?"

"因为你……"但他没有说出来。

"我是小姑娘?"她问。

他不言语。

"那么你是和小姑娘在度蜜月喽?"她向他偎过去。

"我亲爱的。"她亲了他一下。

他抱住她。

"总算是,总算是,"她轻声说,"总算这样了。"

"我爱你。"他说,"我疯了一样地爱你,我愿付出一切,为了和你在一起的这一刻,我愿付出一切。"

"我知道,"她低声说,"我知道。狗狗。我的狗狗!"

(杜常婧　译)

天空，地狱，天堂

房间是天蓝色的，床铺一排排摆放着；屋子里还有沙发、小桌子、两把扶手椅、座椅、电话、收音机和废纸篓。所有这些都由油亮的橡木和黝黑的金属造成，连墙面也是黑色的。男人站在窗边。"这儿挺热的，"他说，"你不觉得这儿很热吗？"他比她年纪要大。他刚好到了耶稣的年纪①，然而这一晚，他疲惫的眼睛，没刮胡子的脸显得更为苍老。

"不错啊，"她宣称，"我就喜欢热。"

"所有女孩子都喜欢热，"他从窗口转过身来，"我们脱掉衣服吧？"

"行啊，"她说，"你看见那个霓虹灯了吗？"

那灯紧挨着他们的房间，闪着红红白白的电子管。反光落到窗子底下的床铺上。"我们有带霓虹灯的房间，"她说，"这是我们的霓虹灯。"

她瘦得如此恰到好处，出落得这么完美，他像往常一样说道："你真美！"她显然已经意会了，就像体味恭维话或十四行诗似的，或许感触更深一点，由于她已经好几个星期没听到这种话了，至少没从他的口中听过。她发出近似笑声的动静，女人们会发出的那种声音，听起来像是在讨好。"你不放点音乐吗？"她向他请求道。

男人的声音闲聊着：在发展人类的个性方面，为确保公民自由、

---

① 指33岁。

公正和完整的权利，不管……

又再次静了下来。他也脱了衣服。"我亲爱的，"他说。

"我亲爱的，"她低声说，"你是为我回来的吗？"

"为你，"他说，"我不知道你能不能理解，可我是为你而来的。"

"这不是真话。"

"是为你，"他重复着，"不然我就留在那边了。这里没什么好事情等着我。我已经经历过一回占领了。这种事一辈子一次就够了。"

"你为我回来的？"她问。

"为了你。为了这一刻。我爱你。"他说，"我爱你胜过自己的生命，所以我来了。真的。"

"你为什么爱我？"她问。

"我不知道，我真的不知道。"

"真的，"她重复着，"真的。"

"我走在街上，看见到处都是你，在那些外国城市里，你不可能出现的地方，我老远就已经把每一个长头发的人认成了你。没有你的每一天，明天都已经没有了意义。这叫人无法忍受。"

"很好啊，你已经无法忍受了。"

"那你爱我吗？"他问。

"是的。"她说。

"你会爱我？"他问。

"我怎么知道呢？"她微微一笑，"我怎么知道会发生什么事呢？"

"这儿真热。"他轻轻叹了口气，稍稍拉了一下床单，即刻看到她的裸体。"我亲爱的。"他说。

"我亲爱的。"她轻声回应。

"和你做爱真美妙。"

"我知道，"她轻声说，"不过我们不在一起没有多长时间。我想，有一两年吧？"

"六周，"他说，"我离开了六周零一天。"

"只有那么短吗?你总是把一切都算得很好。"

他吻了她一下。

她眯着眼睛,霓虹灯在她的眼前闪动,还有他的脸。她急促喘息着,完全闭上了眼睛,微微呻吟一声。"几点了?"她随后问道。

"我不知道。我的手表今天在飞机上碎了,它受不了震颤,在返回这个国家的飞行中。"

"无所谓,"她低声说,"几点都一样。"

"我们就是时间,"他说,"我在这片土地上待了四个钟头了。我们现在再来做爱吧。"

"好啊,"她说,"那之后我们做什么?"

他意识到,今天他还没吃东西。他上飞机前从不吃东西。"然后我们下楼去,"他提议道,"那里有家餐馆,小餐馆,那边的菜做得很好,几十年前。"

"那时候你去过那儿吗?"

"去过。"

"和女孩子?"她问,"和什么样的女孩子?"

"唔,"他说,"你当时……也就刚满十三岁而已。"

"你们之前做爱了吗?"

"我不知道。我想是吧。可是那时候你刚满十三岁。"

"是啊,"她靠过来,"不过事情本就该反复重演。"

"咱们吃点不一样的东西吧。"

"嗯,咱们来点西红柿汤吧。你们当时没点西红柿汤吧?"

"我想,没点。"他努力去想那个女孩的名字。他很高兴,他可以说他当真不记得那个女孩的名字,更不记得他们当时点的菜了,不过他知道,她会为此替那个不认识的女孩生气,因为她可能,其实也完全有资格从这件事上看出日后自己会得到的淡漠,这时他回想起当年酒酣意浓时说过的话,从嘴巴里喷出来的疯话。他们喝了红酒,然后吃了鹅肝配菠萝,女孩醉了,他们两人都醉醺醺地回到这家旅店的房间,那个房间自然不是蓝色的,天晓得当时它是什么颜色,或许也可能是蓝色,他只是不记得了,就像他忘掉那个女孩的名字一样,当时那里也没有空调。

"接下来是馒头就点什么肉片,"她说,"我已经饿得不行了。然后是油煎蛋饼,然后我们去看电影。"

"我给你点西红柿汤,小姑娘,"他许诺道,"还有所有你想要的东西。"

她贴紧他,他感到一股狂喜,就如她触摸他时他总会感觉到的那般,兴奋操控着他,即便他累得要死,尽管他由于长时间的做爱而筋疲力尽。

"我的小姑娘。"他说。他当真爱她,因为他们之间除了性爱,没有别的。

"几点了,"她接着问道,"会是几点了呢?"

"我不知道,和你在一起的时候,我从来都不知道时间。"

"餐馆不会把我们给关在外边吧?"她问。

"不会,"他说,"还不到时候。"他站起身,走向窗户。然而窗子打不开,只怪在它下面有那么个木闩,比原来不知谁弄的保险孔要略大一圈地罩住了小洞。底下十层楼深的地方,有一个窄窄的英式庭院,是青绿色的,在中央横切而过的小径上,人们穿梭而过。

"我好久不在你身边了。"他说。紧挨着他的脑袋上方,霓虹灯闪烁着。他再往上望去,可是看不到星星。"我们可还没出门哪。"

她向他伸出手去,"那么你为什么走了?"他沉默着。她说:"说点什么啊!你到底拥有过什么?"

"这你是知道的。你知道,没了你,我还能有什么呢。"

"你拥有过那个女孩吗?"

"是啊,"他说,"可是我没爱过她。我不爱那个人。"

"她叫什么?"

"其实都一样,"他说,"我不爱她。"

"她美吗?"

"也许吧,"他说,"不过现在我想起些什么了。"这一刻,回忆果真异常强烈地朝他涌来。"你想象一下,在一个清晨,我走进地下铁的时候,在地铁上面,芬奇利路站,站着这么个拄着拐杖的小伙子,他站在报亭旁边,但是没有卖任何东西,只在那里拄着这副拐杖,他还很年轻,气色很好,他的面色真是红润,只有英国人或英格兰人才会这样。他看向我。在所有这些人里,他独独挑了我,观察着我,然后露出了微笑,但并不是什么善意的笑,更像是恶作剧或是惹人厌的那种。"

"讲完了?"他停顿了一下,她问道。

"没有,"他说,"才刚开头。"

她依偎着他。"你还爱我吗?"

"爱,"他一边说,一边从她的触摸中享受着快感,"我太爱你了,都没有力量起身走出这个房间,从你身边离开,即使在无关紧要的时候。"

"很好,"她说,"你这么爱我,很好。"

"等我再出来时,"他接着说,"那个人就站在滑铁卢站的台阶末端,他站在那儿,看着我,好像我是冲着他去的。"

"他可能是开车过去的。"她说。

"在白天时段没有什么能快过地铁。"

"这一切大概只是你的梦吧。"她打着哈欠说。

"他站在那儿,拄着拐杖,"他说,"面色红润,一副嘲弄的表情。接着他走向出口。他朝那边的工人宿舍走去,那里人挤得满满的。我跟在他后面。我注意到那些烟囱,上千只烟囱探向天空,如同石化了的树木。这个小伙子拄着拐杖蹒跚而行,就像是动起来的田间稻草人。随后他消失在这些房屋中的一栋里。一栋普通的楼房。我跟着他走进那里。走廊里只有三扇门,没有别的出口,我差不多该走了,可我没有,而是动手去摁那三扇门的门铃,然后我喊起来,接着我咚咚捶门。我忽然就想,我不走,我不可以走,除非他给我开门,解释清楚,他是从哪儿赶到那一站的。然而他没开门,于是我走下楼梯到地下室去折腾,随后我又沿着楼梯跑到地面,我到处捶门,那些敲打声在街上都听得到,可是门没有开,在我看来门后面几乎是死寂的。就像我曾经走进解剖室或停尸房时那样。等我出来的时候,忽然间……你想象一下,我差点跌了一跤,我怎么能表现得这么弱呢?"

他略一停顿,等着她说点什么。他瞥了她一眼,才看见,她睡着了。他站起身。窗户下面的空调箱喷着热烘烘的气。炎热几乎令人难以忍受,就连浴室的瓷砖也是热的,凉不下来。他放上冷水,洗一把脸。水静静地从龙头里流出来,从管道内间传出格格声。他关上水,听了好久。他很害怕。每到这种时刻,他站在那儿,湿漉漉的,光着身子,浑身僵硬,在陌生的浴室中央凝神倾听,恐惧一层一层地把他浸透。

我应该离开。他鲁莽地思量着,穿上衣服,不要吵醒她,离开这里,逃到别处,反正行李还没打开,只要有时间,就走掉吧。

他走回房间。她在睡觉,脸上晃动着红红黄黄的光。这里为什么会有被钉住的窗户呢?是为了不让他们逃走吗?他微微拨开活闩,蹲下来,将脸贴向小孔,抽了一口气。他仔细听着。远处有汽车的喇叭声,从更远的地方传来某种机器的轰鸣。这可能是神秘工厂的机器,或者也可能是发动机的噪音。他愈加害怕了。他不应该回来的。其实他不知道为何要回来,他到底想不想回家,回到这片土地,他自己的土地上,抑或他回来是否真正为了这一刻,刚刚流逝的一刻,委实说来,他在其他地方也可觅得,因为他从不需要担心找不到会爱上他的姑娘。

他坐到罩着黑色套子的扶手椅里。小桌子的桌面上有信纸和信封。他拿起一页,把它折起来。远处的喧闹还未终止。或许,要闹腾到他走到街上的时候吧,他想着,而他应该走到街上的念头令他难以承受。

他玩着信纸,这时几乎要打起盹来。

"我亲爱的,"她的声音响了起来,"你在干嘛呢?"他摇晃了一下,手中拿着折起来的信纸。"你拿的什么?"她问。

"就是这么个折纸。"他边说边将手指插进纸口袋里,展开来,又合上纸口袋。

  天空,地狱,天堂,
  我要,将灵魂,放到哪里,
  到天空,到地狱,
  倏地,倏地到那里。

"你现在在哪儿?"她问。

他在听外面的嘈杂声。他觉得,它越来越近了。

"这里,"他说,"在你旁边。"

"那你的灵魂呢?"她问。

"我没有灵魂,"他说,"你是知道的,我没有灵魂。"

"是啊,"她说,"所以你才能这么去爱。那么地狱什么样儿?"她问。

"我不知道,"他说,"我一度见过这样的游戏。人们被关进一个空间内,他们始终一起待在那里。永永远远,你明白吗——始终只有这些人,这就是那位作家设想的地狱。"

"你呢?"她问。

"我不知道,"他说,"我从没想过这件事。"

"那天堂呢?"她问。

彩色的反光一直在她脸上跑过。

"天堂,"他说,"我不知道。我曾经想和你长久在一起。不急着去任何地方,不在任何人面前遮遮掩掩。待在城堡后面废弃的房子里。一整天躺着,听音乐,做爱,其他什么都不做;第二天读一读好书，做爱，其他什么都不做。"

"躺在太阳底下，"她说，"躺上一整天，什么都不去想。"

"对。然后其他的日子就邀我们喜欢的人来，到我们的房子里来，和他们吃饭喝酒，然后……"

"我们喝什么好呢？"她问。

"葡萄酒。"他提议。

"什么样的？"

"我们会有许许多多各式各样的葡萄酒，你来选就行。"接着他想起来："你还记得那个小旅馆吗？在铁山上，那里完全只有我们自己，穿着酒红色衣服的女士给我们上了意大利葡萄酒。"

"不记得了。"她摇着头。

"露飞诺牌，"他回忆着，"她给咱们开了那瓶酒，不过咱们不能做爱，因为咱们那两晚还必须到其他地方，和其他人在一起。"

"记不清了，"她说，"我从来都记不得发生过的任何事。"她打了个哈欠，"到底几点了？"

"我不知道，不过我想很晚了。可能将近半夜了。你也能听到那些嘈杂声吗？"

"饭店已经关门了吗？"

"是啊，"他说，"大概已经关了。可是你听啊！在开坦克呢。"

"你对我许诺过西红柿汤的。"

"眼下你就别想了，"他说，"已经很晚了。我今天也没吃东西。一整天。"他意识到，他的胃在绞痛地收缩。

"你不放点音乐吗？"她问。

他转动按钮。"已经不播了，"他说，"很晚了。他们关了音乐，免得打扰到客人。就算……"这一刻，有人在为保护他的夜晚安宁的努力让他感到荒唐。

"我渴了，"她说，"至少还有水吧？"

瓷砖始终是热的。他听着水在淌，随后又听了一会儿。走廊里响着悄悄的、蹑手蹑脚的步子。他忽然想到，地狱即恐惧，而天堂，则为恐惧的缺席，只不过人人笃信天堂，从而并没有天堂。

她把水一饮而尽。"我亲爱的，"她说，"你为什么不到我身边来呢？你不再爱我了吗？"

"我爱你，"他说，"所以我才在这里。"而他渴盼着，疯狂地渴盼着那份笃定，他总对她怀着渴望，然而现在，确是对自身全部的存在。他感受到她身体的触感。

"我们原想去电影院来着。"她懊恼地说。

"我们还会去的，"他说，"我们还要去看好多电影。"

"可能你只是想想而已，这一切你只不过想想罢了。"

"你在想什么哪？"

"和那个驼子一起去。"

"是瘸子，"他纠正她，"都一样。现在和这没关系。"

真的，此刻他放下了恐惧，除了她他什么也感觉不到，他用疲倦的手掌触摸着她的身体，除了这触感，他什么也感受不到了。

"我爱你，"他低语着，"所以我在这儿。"

"你在哪儿？"

"这儿，"他说，"这里。你爱我吗？"

她说："爱。"

"我想要你爱我长长久久。"

"我也这么想，不过现在别想这个了。以后会怎么样，什么也不要想。"

他明白，她是想说，我怎么知道明天会不会还爱你呢？她甚至都没给他一个最微妙的表示，他并不为此恨她，他对她从没有像对任何女人那么渴望过。恰恰因为如此。

"我亲爱的，"她低声说，"你在哪儿呢？"

"在这儿，你旁边。"他说。

"你是我的吗？"她问。

"是啊,我是你的,现在我是你的。"他特别强调了"现在"这个词,可是她显然没有注意到,向他靠过去,低语着:"现在我也是你的。"话里隐约带着一丝宽慰。

等他醒来的时候,天已经微亮了。似乎有什么人沿着走廊走过,这使他太过惊恐,几乎不能呼吸了。他僵硬地凝神听着外面的步子,走过来又走了回去。然后通风机突然喀哒一响,开始往房间里吹进热空气来。脚步声消失了,也许是通风机的鸣哢盖过了它。他意识到自己的头很疼,有可能因为这热空气,也可能因为兴奋、恐惧、重逢、无把握,还有太过短暂的夜。我不可以害怕,他自言自语着。

她躺在他旁边,睡着。她晚上没有洗漱,眼影在眼睑、眼睛周围晕开了,额头上还留着一滴汗。一个浮肿、邋遢、普通的女孩。上帝哦,他自忖,我为什么要回来,我为什么就回来了呢?

他饿了。悄悄打开自己的手提箱:几件脏兮兮的衬衫,杂志和皱巴巴的西装。没有糖果,也没有饼干。

她看向他。"我很丑吗?"她问,"我现在丑吗?"

"不,"他说,"你很美。你是我见过最美的女孩。这你是知道的,所以我才会回来。"

她朝他伸过手去,"我们现在做什么?已经供应早餐了吗?"

"肯定有,已经是早上了。"

"叫人吧,"她小声说,"你叫人来吧,马上把饭送来。别忘了咱们都没吃晚饭呢。"

他拿起电话,等候着。

"我要点火腿,"她说,"火腿和杯蛋,还有茶。我爱茶,我可以喝茶喝上一整天。"

"没反应。"他通报道。

"不要紧,我们下楼去。饭店已经开门了吧?"

"我不晓得。"他说。

她起身走进浴室。

他走向百叶窗,将眼睛贴近小孔。

地面,在十层楼高的地方显得只有一点点,绿意盎然,映入眼帘的有还很模糊的庭院,一窄条绿地,以及一个拄着拐杖的男人,这些都使他雀跃不已。突然,从后面角落的什么地方,一个球从暗藏的对手处飞了过来,拄拐杖男人的脚一绊,球被踢走了。他就这样透过百叶窗观察着这个游戏,观察着球如何没精打采地飞来飞去。

"你在那儿看什么?"她问。

"没什么。"他说。虽然他预感到,他肯定还会见到这个男人的,他相信这并非不可能,这个人并不是梦,不是他追不上的因忧虑而生的幻觉。

"这就是你的那个驼子?"她问。

他耸耸肩,移向床铺。床边的小桌子上,折纸躺在那儿:我把你,灵魂,搁在哪儿了?

"他摔倒了,"她的声音从窗边传来,"就在他想踢球的时候滑了一下。他还像个小伙子哪。那边的那个可不是小伙子吧?"

"你爱我吗?"他问。

"爱。"她说。

"那么到我这儿来,现在我想吻你!"

"我们不去吃饭吗?"

"到我这儿来。你会一直爱我吧?"

"一直,"她微微一笑,"你怎么说这么奇怪的话?我真的会一直……"她跪到床边,把自己的嘴凑向他。她任由他吻着。"现在你已经吻了,"她说。

他感到焦虑在偷偷接近他。哪里?他思量着,我能逃到何处去呢?可只要他在这里,只要和她在一起,只要能听到她的呼吸,只要可以缠紧她的身体,他便还顶得住,他还活着,还有把握。此时此刻他拥有她,他还察觉得到,还感觉得到,甚至比之前任何时候的体验感受到更多,他离幸福很近了。于是他拥着她,用略微疲倦干燥的嘴唇吻她。"我爱你,"他低声说,"别离开我。"他把她大力抱紧。

当他再次醒过来时,房间里已充满亮光,隔壁房间有人在放水,他小心倾听着一切声音,听了许久,然后他悄然起身,走向窗边。庭院空空如也。

"他在那儿吗?"她在他身后问。

"不在,小姑娘。"他看向她。等她离开的时候,他忽然想到,等我们分手时,等我们离开时,等我独自留下来时……

"我们去吃东西吗?"她问。"毕竟我们不得不吃了,肯定已经到中午了。"她又说道:"我要点牛肉汤。我要点两盘牛肉汤,还要三个羊角面包来配它。他们会有新鲜的羊角面包吗?"

"小姑娘,"他说,"你还没穿上衣服呢。"他浑身出透汗了。

"我们必须走了,"她说,"再说你也得回家,你总是急着回家。"

他朝她伸出手去,说,"今天我不急了,今天我不想回家。我爱你。"

"你已经对我说过了,我听你说了很多次,我现在饿得慌。"

时间凝滞了,在这个蓝色的房间内几乎停止不动。太阳从雾气里蹦出来,它的光线开始让灼热的空气热透了。

"你这儿有什么可以读的吗?"她问。

"没有,"他说,"只有一些杂志。"

"给我读读。给我读点什么。"

"这都是专业杂志。"

"没关系。"她说。

"英文的。"

"没关系,你就给我译过来嘛。"

他站起来,打开手提箱。

她站到窗边,等着。

"医生致力于人类骨骼的构造,"他接下来翻译道,"历史已很久远。他们注意到,骨头自身的特性与所有其他的组织截然不同……"

"瘸子的骨头什么样?"她问。

"有很多种,"他说,"你真想要我给你说明吗?"

"真想,"她随他重复说,"真想,我真的早就想走了。"

他沉默了。除了爱情,他们从未在一起聊过任何事。可是现在他怎么可以和她谈爱情呢?

"肉排,"她说,"我想吃肉排。"

他合上杂志。

"意大利沙拉,配上一整盘沙拉。"

"我爱你,"他悄声说,"留在这儿,和我在一起。哪怕只有一会儿。"

"然后呢,"她说,"掼奶油草莓,还有黑咖啡。"

他抱住她。

"放开我!"

"你不再爱我了吗?"

"你疯了,怎么一直问?"

"我从没求过你,可现在我求求你,再等一会儿。"

她不说话。太阳的光线里浮动着灰尘。他感到有要站起来从窗子看向庭院的冲动,然而他抑制住了。

"你也不爱我,"她说,"你只不过害怕。你害怕走进这里。你害怕门后的每一个脚步声,你害怕一个人待在这儿。你盼着什么确定无疑的事情。上帝!"她喊出来,"你为什么和我在这里?为什么不去找哪个既善良又忠实的人?"她站起身。

他朝她伸出手,试图将她拉回来。

她抓向他的胸脯。她用指甲挖进他的胸膛,划出长长的血痕。

他看着她穿上衣服,感觉到伤痕火辣辣地疼,黏稠的血液沿着胸膛淌下来。

她打开收音机,音乐响起来。他没去在意她。他只觉察到自己的疲惫;觉察到饥饿充斥着他每一块松弛的肌肉;他觉察到自己有气无

199

力，六神无主。他已再也不会去看她了。接下来怎么办，去哪里，怎么去呢？他起身，走到浴室，大口喝下了三杯水。

她坐在镜子前，梳着头，"当时和你一起在这儿的那一位头发怎么样？"

"这有什么要紧的。"

"你为什么又说谎呢？"她问，"难不成你不想再在这儿待下去了？"

他全身冒出汗珠来。我不该喝这么多水，他意识到。他努力去听，仔细倾听走廊和外面的声音，然而音乐盖过了那些，他内心凄凉，无能为力。他不该为了这个无法挽回的女孩回到这个寂寞的国家来。

"你到底在怕什么？"她问，"你在外边杀了什么人吗？"

"我要是杀了……"他说，"可能那些在外面大开杀戒的人，在这种事上要比这里不杀人的人要强得多。"

她又变漂亮了，她是这么漂亮，他恨不得移开眼睛，"你记得吗，有一回在夜里，我在公车站等你，大概已经有十一点半了。"

"不记得，我已经不想再记起任何事了，尤其是在这个讨厌的房间里。"

"月亮很亮，几乎是满月，我们就在那片草地上做爱，紧挨着车站后面，在樱桃树下。"

"不记得。"她说。

"第二天早上，我是这么爱你，我走到了你的房前……"

"不，我不记得了。"

从他胸膛的伤痕处，血极其缓慢地淌下来。它一直淌到腰部，然后有几道窄流滴到白床单上。他好像听到了脚步声，十分接近的脚步声。

他惊恐起来。"你可以关上收音机吗？"他问。

她旋转着旋钮。"会是几点了呢？"她问。

"可能两点了,"他说,"可能更晚,就快到晚上了。你对我还有一点儿爱吗?"

"我现在饿了。"她坐在床沿上。"走吧,"她说,"这就走吧!"

他留神听着走廊上的脚步声。一步,一步,然后是奇怪的一踢,一步,一步,又一踢。"你听见了吗?"他问,屏住呼吸。

"我饿了,"她悄声说,合上眼睛,"我已经不想待在这儿了。"

她站起身。

有人停在门跟前,悄悄往锁孔里伸进钥匙。

他朝她伸出手。"我亲爱的,"他呻吟着,"我亲爱的!"

"你在流血,"她注意到,"怎么会这样呢,你怎么会流血呢?"

她朝他倾过身去,吻在他的胸膛上。

他感觉到她的嘴唇,吮吸着他的胸膛,感觉到这凉凉的触碰。"我亲爱的,"他低语着,现在他明白,这已经是他们最后一次的接触,他最后一次说出这句话,就此离开,什么都阻止不了,什么都挽救不了,唯余这最后的确定,这安宁的天堂。

他们走进来,有三个人,身着旅馆职员的制服。"怎么了,"第一个男人问道,"你们这儿出了什么事?"从他的蓝帽子底下露出姜黄色的头发来。

她迅速站起来,擦了擦嘴,另一只手拉过被单,好遮住他的裸体。"当然只是睡觉,"她局促地说,"只是睡觉。"她扑向房门,仿佛很羞愧他们还要在这里抓她。

姜黄色头发注意到了折纸。"天空,地狱,天堂。"他几乎很温柔地读出来。"天堂。"他重复着,以一种好奇的贪婪看向她。

(杜常婧 译)

三、一夜情人

海豆芽

一

食堂狭长，不很舒适，位于地下深处，它的墙壁，除了后面的玻璃墙，只有黑蒙蒙的壁龛代替窗子。墙上那食堂员工努力用手工涂写的十诫掩饰着他们的了无生趣：

请勿泼溅！
请勿留下脏餐具！
请勿吸烟！
……

但这显得太不友善了，托马什和朋友们端着自己的午餐一直走到玻璃墙处。这儿的通风更好，光线更充足，十诫最后一条底下的小桌子，一条桌腿短了一截儿，没有人坐在它周围，于是它成为堆放外套、手提包和汤盘的最佳所在。

他们习惯了这个地方，第二排的最后一张小桌子，他们从大标签纸上减下来一块，在上面写道：

生物学——专用！

紧邻玻璃墙后面卧伏着小花园，两簇蓝色的丁香花丛，低矮的洋槐，白木兰和金急雨，黑鹂和一对斑鸠在这儿筑了巢。他们并没怎么在意，只是在冬天将盘子里的残渣扔给鸟儿们，一天，他们几乎很惊奇地发现，他们研究线虫纲的同时，洋槐长出了第一批叶子。

丁香开花的时候，瘸腿桌子边出现了一个陌生的女孩——几近白色的头发梳得高高地，深色眉毛下是橄榄绿的眼睛，修长的颈子。她坐得如模型一般笔挺，纤细的手指擎着刀叉，优雅满分，俨然坐在国际酒店里或是电影的镜头前。

在她用餐的整个期间，他们几乎未将目光从她身上移开，而在这整个期间，她也不曾瞧上他们一眼，好像她就不知道有人坐在她旁边，在她头顶上挂着十诫似的：

请善待邻座！

待她吃完了，她用小手帕擦了擦嘴，此际她的目光完全是放空的；然后她站起来，四下瞥了一眼，现在她肯定注意到他们了，但是她不露一丝声色，踩着细高的鞋跟，以讲究的办公室女孩的小碎步溜达着。

"从电影出来了！"他们对她总结道。

接下来他们又坐了更长时间，虽然他们并不习惯久坐，他们就那个女孩鬼扯着：腿、腰线、胸脯和眼睛。他们不能就这么放过她。这时节托马什是他们当中唯一一个拥有自由身的，于是这任务就落到了他头上，不过他们也一直认为，这多半将取决于他的能力。

第二天，他们老远就看见她了。她坐在同一张桌边，一个家伙在她对面——至少老上三十岁——差不多秃顶了，扁趴趴的鼻子架着时髦的小眼镜，他的衣领褶边往上翘起来，看上去俗气透顶。

她如同蒙默思郡①的女公爵一般进餐，他大声呷着汤，都快俯首

---

① 英国威尔士原郡名。

到盘子里去了。

"好吃吗?"他们听见他问。

"好吃!"

之后他们沉默良久,直到她问:

"你觉得呢?"

"你知道的,只要和你在一起就好!"他停下不吃了,微微一笑,露出发黄的牙齿。

"算了,我不喜欢这种谈话。"他们就这样沉默到午餐结束。

然后他端起脏餐盘,拿走它们,所有人都向托马什道贺,因为对付这个人他还是不无希望的。

两天之内他们就查清楚了,这个小老头是来做家庭法演讲的,他离婚了,过着黑白色的苦日子,不过关于她,他们什么也没查出来。没人认识她,之前也没人见过她,她显然不念书,她只属于这个法学家,从这一天起她也只和他一同出现过。

他们对他们习以为常了,不再去探听邻桌的这两位在谈什么。再说他们几乎始终一言不发,他一如既往的貌不惊人,她一如既往的完美无缺。等他们用完餐,他拿走盘子,她会再坐上片刻,以茫然的目光注视着他。稍后她跟在他身后离开,他们再次一起走上楼梯。

他们管她叫"托马什的女孩"。托马什将此看作温和的嘲弄——他们已将她判给了他,而他也将她判给了自己,然而到现在为止,他还没和她说过一句话。那个人就没离开过她,她也从未给过托马什与她攀谈的机会。其实,根本没有人期待他同她说话,他只不过想想而已,设想了片刻何时会这么做,因为在他心中,这一切容易极了。

他想象着所有余下来的时刻:他们面对面坐在布鲁塞尔的露台上——音乐,午夜时分的镶木地板,她睁大的双眸,黏黏的嘴唇,他一边跳舞一边吻着她,然后是在桥拱底下,在她住的房子的大门口,还有门里,吻她,在房子里面陌生的椅子上吻她,随后他们在陌生的沙发上做爱——漫长而疯狂的一刻。之后他们又回到了初始。

"今天下午您要做什么？既然您有这么棒的机会和极其有意思的男人一起共度……"这句话说得不太得体。她根本就没有回应他。

他凝视着笔记。罗迪吸虫属，后睾吸虫属，心形的身体，带有两只吸盘……

"您像是由海绵的泡沫织就的。您能允许我看您一会儿吗？只要一会儿。只是看看！"这她肯定不会拒绝的。只不过，这显得我完全为她神魂颠倒了。

"您的头像花蒲扇。"

"像什么？"

"花蒲扇！"

她有点尴尬地笑了。

"它是一种鸟，长着美丽的羽冠。不过什么也没法和您相比！"这句话似乎蛮讨喜的。

课程结束了，他们已不再一起吃午餐，有些日子压根就不从宿舍里出来，以面包、番茄鳕鱼、罂粟籽面包和妈妈做的腌红蘑菇为食，此间他们用四种辩证法喋喋不休地谈论着不幸的贝琳达·李①，赛玛佛②，富克斯③，当他们终于抛开了这项考验，他叫嚷着说，等到楼下的清洁工弄破了中国螃蟹华丽样本的包装袋，螃蟹和酒精会像活物一般流到地板上，祖母会被这个给吓死的。

接着离考试只剩下一天一夜了，他们渐渐焦急起来，同时振作着加快了对蠕虫的处理，他刚刚弄到了腕足类动物，一种蠢笨的海洋蠕虫，他宁愿从来就没看见过它。或许她今天恰恰会一个人来，那比起

---

① 贝琳达·李（1935—1961），英国女演员，1961年在一场车祸中丧生。
② 捷克剧院，始建于1959年。
③ 富克斯（1501—1566），德国植物学家。

这些乏味的蠕虫来该多么叫人欣喜呵！但是，现在是考试的前一天，她会来吗？

无论如何他刮了胡子，然后把鞋子擦亮，最后离去食堂只有二十分钟了，他穿上新衬衫，身着衬衫显得相当引人注目，倘若他再能借上一只银壳打火机——票子他是有的，他把全部的百元大钞藏起来，以备不时之需。

白天热得让人难以忍受，他在人挤得满满的有轨电车上汗流浃背，责备自己太傻。他下定决心，只要他在那儿撞见她，他就走过去同她讲话，哪怕和她一起坐在桌边的是系主任。

他老远就看见她了，鲜亮的绿色罩衫，银发，她坐在摇摆不稳的桌子后面，对面的椅子是空的。

他迅速取了午餐，端着盘子慢慢朝她移动过去。

她宽阔的脖颈处的银项链上挂着装饰钱币，很是精细，皮肤也极为纤细光滑。"这儿有人吗？"

她诧异地向上看去。"小心，"她说，"您的汤要溢出来了！"

他努力吃得和她一样优雅，可这给他造成了障碍，当她吃完时，他的盘子里还余下一半馒头片呢。他必须马上做点什么。"您今天一个人在这儿？"真是废话，再明白不过的废话了。"大概快考试了吧，哈？"他赶紧补上。

"不晓得！"她将盘子摞在一起，站起来。

"您等等，"他脱口而出，"您觉得下午小小地散个步怎么样？"

"什么？"

"不然您下午要做什么呢？"

"我去捉鱼！"

他轻微呼出一口气。"这根本不是什么消遣，"他无力地反驳道。

"那么您会给我什么建议呢？"

"一些您还没有经历过的事。难忘的夜晚！"

"您之前讲的是下午。"她随即一只手拿盘子，另一只手拿包，踩着办公室女孩完美的小碎步走开了。

他追在她后面——跟上楼梯,接着走到炎热的巴洛克风格的街道上,这种机会一去便不返,他奋力琢磨着什么机智的话,风趣的话,略微嘲讽的话,自信而有魅力的话——他沉默着。

十字路口亮起了红灯。"那么怎么着,"她坚定地看着灯,"我们还要一起走上很长一段路吗?"

"一直走吧,"他无望地说,"除非您想把我整个给废了!"

他们穿过路口,从布拉格火药塔驶来一辆出租车。她毅然一挥手。

出租车司机往后一探,漫不经心地打开车门。

他马上跳过去,从外面把住门。

"去哪儿啊?"方向盘后的男人问。

"去金色喷泉。"他还是在外面说道。随后他快速钻进里面,车开走了。

她矜持地看着自己的前方。微弱的暮色令他领略到一种金属的格调,他为自己的鲁莽而高兴。这肯定会奏效的。毕竟行动要比不痛不痒的闲扯要好。

小车开过桥面,转过几条狭窄的小街:"十六克朗①!"方向盘后的男人通报完,立即删去了数字。

"谢谢您与我同行,"她说,"我觉得,您的鲁莽之举真的相当与众不同!"

这让他高兴坏了,"那我们上去吧!咱们总不能就站在这儿。"

"非比寻常的下午,"她轻蔑地说,"坐在露台上,瞪着百塔之城。伴着两小杯葡萄酒,还有您!您想不出更好的事了吧?"

"我想得出来。可您不给我时间。"

"您现在就说说吧!"

---

① 捷克货币单位,1元人民币约合3捷克克朗。

"好。我在想一些百分之百具有原创精神的事。不过现在咱们要上去坐一坐！"

他们登上一百六十级台阶，他叫来侍者，极其漫不经心地点了一瓶香槟，至少我是晓得它的滋味的。

都市的确很美，几扇窗子如火焰般发出微光，小小的老式有轨电车无声地从远处的堤岸上移过，塔楼似乎正在逼近，没有历史记载的云雾和排放出来的烟气悬于百年的历史之上。

"咱们可以互相介绍一下。"他提议道。

"极其有原创精神的开始，"她说，"我的名字嘛——跟您一丁点儿关系也没有。对您的名字我也不感兴趣。"

他决计把持住不笑出来。于是他举起高脚杯，"你很特别。极其特别，而且有趣。"

她看向他身后的远处，越过低矮的栏杆，看向暗色的，被熏黑的屋顶。"现在你跟我说说，你到底想怎么样，"她对着空旷处讲道。

"你知道的，与你共度下午和夜晚！"

"这有什么意义呢？"

"我不知道……或许我们两个会很快乐的！"

"别说这种话！我已经听过人多次了。"

他缄默了。

"给我说说什么关于你的事吧？"

"不！"

"你学习吗？"

她不说话。

"你爱他？"

"别说这个！"

"可你并不快乐！"

"你和所有人都亲热地闲聊这类事情，每个人都会惊讶你是怎么猜到的，是吧？"

"可是你不快乐。我看得出来!"

"快别说这种话了。不然我就留下你自己坐在这儿。"

他付了酒钱。小费快赶上在食堂吃三顿午餐了。他只剩下四十克朗。

"现在,我希望,你会放过我。"她一面说,一面走下台阶。

然而这个问题本身就是回答。她本可以离开的,根本不必问他。这是个安插有趣话题的时机,或者是逸事。可是他到现在这么多天来都在挖虫子。

"我不放。"他不顾一切地说。去年冬天山上几乎没有积雪。哎,现在说这个有点戏剧化了,但它确实是一个经历。只是要怎么不引人注意地转到冬天上去呢?于是这时他问道:

"你常去欣赏赛玛佛①吗?"

"这可跟你没什么关系!"

"我说的是现代音乐。毕竟它给人带来好心情,尽管人们已经确定,这种情绪不久就会消失!"这时到了第一大街的路口。他偷瞧了她一眼,但没有在她脸上捕捉到一丝感兴趣的痕迹。

于是他开始谈到那场可怕的大雪,暴风雪咆哮着,冰屑割着面颊,呼出来的气在嘴边冻结。

她在他一旁漠不关心,专注在步子上,目光坚定不移地固定在前方。现在是下午四点钟,人行道很拥挤,人们成群结队,满脸是汗,在店铺前面逛荡着,他们加入人群,涌向冰激凌店前头的纵队。在这一刻,没有几件事能像暴风雪的咆哮,雪堆以及危山这般乏味了。

他好几次绝望地吞下口水,拼命想体面地从这儿走出去。他所能想到的形容全是精疲力竭的感受。

广告海报上,某个女演员对他露齿而笑。在她身后,红色小车正落入深渊。他怎么也想不到,这会是电影,但海报信誓旦旦地表明是

---

① 原词为"Semafor",除剧院外,也有信号灯的意思。

意大利喜剧，于是他说道，他听他们说它的场面很壮观。

她稍稍咧嘴笑了，他跑去买票，电影早就开场了，幸好这部作品显然就不需要看开头。他完全不必集中精神，不过他努力装出感兴趣的样子，对最蠢的俏皮话也用力狂笑，他得意洋洋地看向她，这才意识到，她没有笑，她的脸颊异常呆滞，眼睛呢，微眯着，显然什么都感受不到，她的嘴仿佛痛苦似的扭曲着。

她有点古怪呵，他自言自语。可能她遭遇过一些事。一些我想都想不到的事，或者是因为他。所以他没去吃午餐，而她全部时间都在想他。某出悲剧，他推断道，这或许会相当有意思。她这么长时间以来只想沉默，直到对我才吐露心事。你看，昨天我们还是陌生人，不过你可以信赖我的！

随后他当然想有所行动。

不过在这么个可恶的世界里，能想出什么举动来呢？

除非我去莎尔卡谷，他愤愤地想，从那儿的峭壁跳下去。以鉴爱情。或者穿着衣服冲进伏尔塔瓦河去。喏，他自忖，也许我只要一把相当普通的长椅就够了，不必去谈其他的。我第一次是如何发春梦的，我怎么看到爸爸把妈妈推折起来，还有在我两岁的时候，轰炸机攻进了布拉格。他听到旁边隔间里的声音。你明白吗？我可以不来的，我很少爽约，不过现在你旁边位子也可以是空的。

电影结束了。

"电影有点儿无聊，"他承认，"要是让你厌烦了，真对不起！"

"怎么会呢？"她很奇怪，"你的储备里肯定还有更烂的东西！"

"你指什么？"

"跳舞，"她说，"你无论如何会邀请我的。晚餐，然后是跳舞。我猜你会去'斯特赛拉克'。在'伏尔塔瓦河'你不够时髦，在'卢克索'又不能开怀畅饮。你在那儿会摆不出一点儿浪荡子的架势，而'奥迪哈奇'只有铜管乐队演奏。"

他忽然兴起某个完全自取灭亡的念头。"我正想邀你去那儿呢。"

"哈，你开始有点创意了。"她当然从未去过那里，现在成双成对的夫妻和带着孩子兴高采烈的父亲也会让她畏惧。"这一定会很难忘的，"她说，"你会给我买气球和棉花糖吗？"

"你想要的，什么都买！"他也只去过那里一次，还留有模糊的印象，成堆的人，无聊得可怕。最大的无趣是经过安排的娱乐；请保持插舞的路线！不过他或许会在那儿找到什么，某些可以以此打开局面的东西！比方说假花展览，或者是诗歌之夜。

你迷豪卢布①吗？还是摩根斯坦②？你都认识哪些蠕虫？藏在贝壳里面，生活着非常奇特的蠕虫……你知道矾沙蚕是怎么繁殖的吗？哎哟！

他们上了有轨电车，他为她买了票，他已经只剩十六克朗四十哈莱士③了。

公园的门大开着，一对雕像立在他们对面，衣服褶皱，嘴的设计十分不雅，水从雕像头部的嘴里冒出来。他们绕着上锁的体育馆向右拐去，空寂无人的售货棚前翻滚着被踩踏过的纸杯，在他们前面一处，孤零零的清洁工把这些东西堆成杂乱的一团。他们走过清洁工身边时，他抬起头，冲沿着花圃一字摆过来的空荡荡的长椅眨眨眼，说道："现在时候正好！情侣们都在家看电视哪。"

他很感激这对情侣的出现，"就像你们看到的，不是所有人都一样！"

"走吧，"她不耐烦地催促他，"反正肯定会有什么人来这儿的。"

路被雨水冲刷得很干净，窗子关得严实的阴暗建筑沉睡着；寂寥的音乐厅内空着一排排的座椅，圆形剧场和巨大的环形建筑亦是如此。超凡脱俗的建筑和闪着金属光泽的抽象派雕塑从草坪上延伸

---

① 埃米尔·豪卢布（1847—1902），捷克医生，探险家。
② 克里斯琴·摩根斯坦（1871—1914），德国诗人，记者，翻译家。
③ 捷克货币单位，100 哈莱士为 1 克朗。

开来。

他在她前面停住。

"千万别,"她马上说,"我不想谈艺术。我对米罗①和克利②不感兴趣。他们对我来说无关紧要。"

她转向他,最后一抹夕阳的余辉落在她的发丝上。这一刻,她美极了,他忘了要说什么,只想到他们或许会相爱。

"那到底什么对你是要紧的呢?"他问。

"走吧,"她说,"这儿一定会发生些什么事的。"

"说得对。这里还没发生任何事……难道有什么对你来说很重要?"

"不是你,"她斩钉截铁地说,"除非你一直要这么想。"

"你对我可是很重要的!因为我爱你。"

"别这么说!别说这种话!"

"我交过几个女朋友,有一个我真的很喜欢。"

"后来呢?"

"她离开了我……她是第一个……我以为,我再也不会这么喜欢任何人了。可是你让我更喜欢!"

管乐声,车站车厢的隆隆声和有轨电车的铃声从远处传至这里,一切又更加深了此处的寂静。他们两人在这个大得惊人的墓地中十分清静地玩着游戏。他在一张长椅边停下,"我们坐一会儿?"

她将包放在他和自己之间,努力把裙子拉过膝盖。

"我很认真地想过了。"他说。

她用手指抚过手提包的皮子,这时她碰到了他的手,或许她是故意这么做的。只要他现在一迟疑,她肯定会认为他是那种胆小鬼,他

---

① 胡安·米罗(1893—1983),西班牙画家,雕塑家,陶艺家,超现实主义的代表人物。

② 保罗·克利(1879—1940),瑞士裔德国画家。

用手掌捂住那些手指。刹那间的接触，兴奋攫住了他。既然那只手没有立刻抽走，他就把她抱住了。他不断感受到更大的兴奋，在兴奋之下，失望深深地汇聚而来：一切是这么容易，她并非多么特别，多么遥不可及，多么高贵，她可以同任何人坐在一起，她和所有人——一样。

她把手挣脱出来，将两只手掌放在膝盖上，她没有看他，火车的隆隆声还在传来。她的呼吸缓慢而平和。他瞥向她的脸庞，现在它并不呆滞，只不过满是疲惫。

"要是永远都不会发生任何事该怎么办？"她问。

"能发生什么事呢？"

"一些重大事件。某种运动。再也不会有革命了吗？"

"革命？已经发生过了！"

"我指的不是那种。"她烦躁地说。

"那么是什么样的？"

"是这种运动，"她说，"潜逃，惊叫。在巨大的舞台上演的戏剧。就这么发生在露天底下。"

"如此而已？"

"不，"她忽然依着什么天外来书说道，"你可以随心所欲。和自己玩，不玩也行。或者玩点其他的什么。沿着这些台阶走，默不作声，什么都不去听。"

他不懂她。大概她没有说清楚自己想要什么，他还必须慢慢推敲。不过她的声音里含有某种令人激动的渴望，这他可听懂了。

"我该称呼你什么呢？"

"什么？又来了……别说这个！"

"可不管怎样我得叫你呀！"

"那就想个什么名字吧！"她又变得完全高不可攀了。

他燃起一股怒气。"好吧。我已经想好了。就叫'海豆芽'① 吧。"

"什么?"

"'海豆芽'!"

"随便你吧,"她面无表情地说。

火车又自那边驶过。她在他后面张望着。亮闪闪的窗子发出光亮,他注意到了。"'海豆芽',"他说,"从这儿还有一段就到车站了。我们去坐车吧!"

"去哪儿?"

"哪儿都行……这是运动!"

她耸耸肩。

他们起身往回走。我已经只有十六克朗了,他意识到。但无论如何我们总会回去的。

车站售票处前没有一个人。他把所有的钱倒在售票窗口处。"两个人,八克朗二十哈莱士。"他说。

"什么?"

他看到一张老处女的脸,深色眼镜框后面是目瞪口呆的眼神。

"两个人,八克朗二十哈莱士。"他重复道。

"去哪儿?"

"随便,"他说,"到坐火车最近的地方。"

"你们不知道要去哪儿?"

"不知道!"

"我可没有这种票,"售票员声明。"你们可以买七克朗八十哈莱士或八克朗四十哈莱士的票。"

她递给他两张硬纸板。"你们快一点!再有四十分钟火车就开了。"她说。

---

① 一种舌形贝,俗称海豆芽,腕足类海洋生物,生活在温带和热带海域。

二

车缓缓动起来,窗外被夜色淹没。隔间里坐着四名工人,三个在玩牌,第四个坐在她对面,默默观察着她,抽着烟。

她已记不得最后一次坐火车是何时了。

去年她老是和几辆车混在一起。全都是小车子,最后一辆最让她喜欢,是双色的——红色,车顶为黑色,然而小伙子说的话都一样,他们总在星期六驾车去水坝,他离婚了,她甚至都不知道为什么要和他们一起出游。大量的谈话是关于陡峭的斜堤,在他们中间她热得透不过气来,一直到夜深,但无论如何她得熬过周日,总会有人来找她的,只要等到他们不再进行交谈,他们赤着身子睡着。他是个普通的律师,可他爱抒情诗:小姑娘,你的眼睛好似金鱼,头颅仿如圣母玛利亚,我真想将你带走,哪怕只有一英寸,把你放在桌子的玻璃底下。这些话,她在万籁俱寂的夜里还能听到,她无法入睡,她但愿能睡着,可她不行,这些话语令她窒息,她但愿已经到早上了,她期盼得如此强烈,甚至开始拼命低语起来:上帝啊,但愿已经是早上了吧!

那个和她一起坐车的学生,早已经开始讲起某个疯癫教授的轶事,她对面的工人仍在观察。她也看向他,但没有看到脸上去。他的脖颈静脉突出,如同有着迂回褶皱的山峰和凹地的古怪地域:在它们中的一处卧着——固定在细细的链子上——小小的海洋贝壳。

她忽然奇怪地想,这小伙子戴这种玩意儿。可能他待在海边,想让人们注意到这一点吧。

他看到她在观察他,微微一笑。她也微笑了。现在千万别开始讲话,她很惊慌。她不想听到任何言语。

关于自己,关于他们,或关于生活的。

火车开开停停,沿着街巷逛荡着,她不得不时不时地对这些逸闻报以微笑,她对面的工人还在一眨不眨地凝视她:他仿佛站在海岸上,纹丝不动地观察着浪涛,也许他带走这只贝壳,是因为他喜欢海,想把它记住。她在一瞬间瞥向他沉静的眼睛,意识到他其实根本视而未见,他只不过看向她,同时可能是在看着大海,自己的女儿,或某个很久以前的一天,然而这一切都是他在她的脸上看到的。

火车开始减速。工人们站起来,她对面的那一位戴上贝雷帽,然后像个熟人似的朝她一颔首,她回应道:再会了。语气如同与老友告别一般。现在车厢里只余下他们,那个坐在她对面的学生,他一副没精打采的样子。好像贝尔蒙多①。他的嘴唇也大大的,鼻子挺拔,只不过缺了一点放荡不羁。

"你根本没在听我说话,"他说,努力表现得很恼火,"你认识这个小伙子?"

"是啊。"在他眼中没有一丝平静。她感受到的是怀恋。

这让我想到了什么呢?我到底要去哪里?我甚至连我们要在哪儿睡觉都不知道。不过这终归没什么要紧的;只要那里有自来水就成。只要在此之前他不要呆头呆脑地唠叨。他看起来像只小牛犊;你为何要这么偷瞧呢?他还是个男孩子,她发觉,肯定比我要小。他只是在装腔作势。大概他还会露出马脚的,她想,他喜欢我。但是怎样可以重新开始呢?哪怕让它来得美好些。从合着的眼睑下,她瞥见黄色小灯在闪动。"来吧,"她听到他的声音,"我们已经该下车了!"

这是个小站,四盏灯,在种着天竺葵的窗子底下,是懒洋洋的调度员。

"你认识这儿吗?"

"压根不认识!"

他们跟在人群后面,于黑暗中摸索到几处亮光,其中一处属于一家小酒馆。

"你不请我吃晚饭吗?"她问。

---

① 让·保罗·贝尔蒙多(1933—),法国电影演员。

"当然。"他说。然而他站在门前，面露绝望之色。她总算想起来，在车站他就倒空了最后一枚硬币。她抓起手提袋，找到小钱包，把它递给他。

酒吧里只坐着三名护林人，带着黑色猎犬，掌柜蹲伏在他们桌边，显然在一起喝酒，现在他们一齐呆呆地看向她。"哦哟！"他们中有人声音低沉地说道。

四根短粗灌肠和面包，他们点了餐，坐到桌子后面的一角里，桌子苫着上蜡帆布，在他们头上方，十二角牡鹿在苍蓝的河岸上发情。

护林人提高了嗓门："……带着它在茂尔达那边打猎，忽然，它奔跑的速度好像慢了下来，这毛茸茸的东西，它不拉我了。"

她明白无疑，自己的确已经听过这个故事，甚至就在这个小酒馆，奇怪的是在这里一切又重来了一遍，还有这三个带着黑色猎犬的护林人。她知道，这是猎犬撞见了野猪的踪迹，她只是听说过而已，那自然是在很久以前了，是了，她想起来了，还是和父亲一起，当时一定是战争时期，抑或是战后第一年，他们走在哪条路上，她已经完全记不得了，虽然到了傍晚，他们进了这家小酒馆，紧挨着门边坐着三个带着猎犬的护林人，掰扯着喜欢长嗥的猎犬的逸闻。

真奇怪，她想，他们老坐在这儿，这个故事还没让他们厌烦，但要是我们所有人都不去听这几个总是一模一样的故事会怎么样？

掌柜在他们面前摆上盘子。

他们默默吃着，他忽然说："你遇上了什么难过的事，是吧？"

"是啊，"她说，"你！"她呵呵一笑。

"他呢？"

"谁？"

"你知道的！"

"啊……"她拖长声调。此刻她完全将他忘到脑后了。几乎一向如此，只要她一不在他身边。

"你喜欢他吗？"

她耸耸肩。

"可你一定清楚的!"

"别说这些了!至少别在吃晚饭的时候!"

一名护林人拿着三只玻璃杯靠近他们。他还很年轻,红脸庞上一双伶俐的眼睛,"咱们喝一杯吧?为这位小姐的美丽!"他对着铜币愣住了,无法从那上面抬起目光来。

那时候他也来过,她回想起来。他还逼我喝酒来着。随后所有人都笑了。大概是我露出了痛苦的表情。

当时我五岁,她意识到,那时他为什么那么做?不过现在她很清楚,她知道他为何而来。

"结账!"她悄声说。

"那就赶紧喝一点儿,"护林人动怒了,"要不然夜里我会射杀你的。还有你这个男孩儿,射穿房门。"他们那桌人一阵哄笑。

她知道,他来就是为了这一阵狂笑,也是为把她从头到脚打量个遍,以便更好地幻想所有后来的事情,他再也看不到的事情。

她拿起玻璃杯,喝干杯中酒,几乎看不到嘴唇的动作。她厌恶这最后的时刻,厌恶带金属环圈起的钥匙,厌恶转身离开时落在自己臀部上的目光。"谢谢您,"她说,朝护林人微微一笑,"有一天我会回报您的。"

然后她重又坐下来,只不过是让椅子不再嘎吱作响,掌柜的不再言语。他也不要讲什么多余的话,至少让事情得体些;他从柜台处回来,将钱包递给她。

她心不在焉地打开,翻了一小会儿零钱,忽然意识到:"不够住宿了?"声音几乎有些得意。

"我不知道……我……我没问……"接着她看到,他的脸红了。她推开椅子,立即站起来。

他们走过悠长的街道,户户都熄了灯,他们经过花园,狗在吠叫,然而这里的寂静纯粹得令人安心,上帝呵,我还没有过这种体验，如此不可思议。随后她停在园地的小路上，嗅着洋槐香，唯有月光从高处倾泻下来，独特而稀罕。

"我们去哪儿？"她问道。她注意到自己的鞋尖，努力辨认着它所造成的极大破坏。"可能哪儿也去不了，"她自问自答着，"这儿还会有什么呢？哪里都……"

他大概没有觉察到话中的奚落。"有一回，我还是孩子的时候，我从家里逃了出来，"他开始讲起来，"还是和朋友一起。我也不知道要到哪儿去。我们带了睡袋和一堆罐头……"

"是哦，"她不耐烦地打断他"你们睡在林子里，猫头鹰呜呜叫，可是你们不怕。后来他们在因德日赫－赫拉德茨的车站抓住了你们。家里人甚至都没责打你。不久你坠入了情网，那时你十三岁，是在教授的自然课上。她让你失望了，因为你在盥洗室里撞见她和已婚的体育老师在一起。于是你写下了第一首诗。上帝！你哪怕是写首曲子也好啊！"

"什么？"他没听懂。

"曲子，"她又说了一遍，"可是没有，你写的通通只有诗。"

这个"通通"大概她不该说出来，十之八九是伤着了他。此刻他沉默下来，小路愈发漫无目的，静得没有指望。

终于他的声音再次响起："你怎么总这样？你什么也不想听！"她没有回答，他又问："你到底是干什么的？"

"你别管！别再审问我了！"随后她说道："做电影的，在档案室。既然你这么想知道的话。"

"那一定很有意思。"

"有意思极了！"

起先她在会计部做事，她做梦也没有想过会做类似的事情。每天四部电影。马龙·白兰度、劳伦斯·哈维①、阿兰·德龙。这些亲吻，车站的幽会；这些个盥洗室，晚餐；这些个酒吧，乐队；这些个明星，齐布尔斯基②、玛丽莲·梦露、梅·布里特③，没完没了的脱衣舞和性暗示。战乱，这么多恐慌和幸福的相聚。持枪准备开火的侦探，持枪准备开火的罪犯。枪战。从窗口跳出来，从桥上跳下，从着火的屋子里冲出来，越过地面的裂口，沿着空荡的街道奔逃。在屋顶奔逃，在公园里追逐，在公路和黑蒙蒙的路上追逐。铁路工人，矿工和车工找寻着新的联系。暴徒。浴室内的谋杀，废弃公路上的谋杀。

大量被弃置的路，荒路上的黄昏与拂晓。公园。公园里的长椅，公园中的孩子，退休老人，还有情侣。驶过的列车，夜里公路上的光，从湿玻璃透进来的世界。孤寂之诗、沙漠之诗、大平原之诗、山峦之诗、凌乱之诗、战争残骸之诗、树枝间的太阳颂、纯洁的初吻之诗。自那之后一切方才开始。一切，她认识了一切。未说出口的句子的效力。未完成的手势，暗示的效力。从后面解开文胸，随手一扔的刺激。双腿赤裸至大腿处。光溜溜的脖颈，直至胸脯。微遮上裸体的撩人感，盖在毯子下的裸体，被黑暗遮蔽的裸体，被桌子遮挡的西班牙墙后面的裸体。包在浴巾里的。在未系紧的浴袍后面的。她全部都明白。它们恰恰泄露了她为何缺少活着的意义。它们恰恰泄露了她活下去的意义。

"我学的是环节动物，"他说，"诸如此类的无聊东西。明天我要考这门试。"

他们缓缓走上绵延的山冈，直到快到山顶才停下来，停在低矮而破旧的小教堂前，碎裂的白垩岩块颠簸着滚落到下面，落入深深的河

---

① 劳伦斯·哈维（1928—1973），立陶宛演员，因电影《金屋泪》曾获奥斯卡最佳男主角提名。
② 兹比格涅夫·齐布尔斯基（1927—1967），乌克兰演员，编剧。
③ 梅·布里特（1933—），瑞典女演员。

谷中，从而撞击出盘错的小径。视野辽远，被几个群山地带所环绕。

"你看！"他指给她看。

她很累，脚疼得要命。我应该把鞋子脱下来，她忽然想，我到底是怎么想的，穿着细高跟出门，一切怎么会这样呢；夜半时分站在陌生的峭壁上，有人给她讲这种事时，她从来都不相信。"怎么着？"她说，"我们总不能一直这么傻看吧！"

他转过身，小心地牵起她红通通的手，从小教堂里溢出温热的空气，充满早已凋谢的花的香气和蜂蜡香。圣母玛利亚死气沉沉的脸从圣坛上凝视着他们，地上铺着踩破了的小毯子。

"来这里干嘛？"

"没什么，"他说，"什么事也没有。你想不想祈祷一下？"

她疲惫地坐到毯子上，倚着低矮的台阶，圣坛便坐落于其上，她将膝盖缩到下巴底下，合上眼睛。

"这儿静得真奇怪！"

"可是让你很满足，不是吗？"

"是呵。"然而这里的寂静比外边还要沉重，这个地方有着巨大的荒凉感。

"你会祈祷吗？"她忽然想到。

"不会！"

她也不会祈祷。尚在战时，外婆教给她《主祷文》和《万福玛利亚》，她自己咕哝着学来的话，不久便开始念念有词，冒出一串串的句子来，可是她从没祈祷过。那时候她刚刚三岁，而后来就再没有谁想让她祈祷过，就连她生病的时候都没有，在家里分崩离析，父亲离开的时候也没有。她不求同情，不求援助，不求报复，也不为新的父亲祈福，她已经大了，十年了。她从未祈祷过，也不曾求告过，现在她想，这一定挺特别的，拥有什么人是件美好的事情。或许并不是为了可以向谁祷告，而是因为可以依赖他，对他托付心事。她已经太久没有一个这样的人了。

也没什么事可祈祷呀,她气恼地自言自语。失望也没有用。你信上帝吧,信小伙子或随便什么都行,反正最终你会失望的。

"说点什么吧!"她大声说,"别像个木乃伊似的干坐着!"

"我不想说!"他回嘴道。

她感到在身后,雕像苍白的脸庞和枯花的香气刺得她心里痒痒的。他站在她后面什么地方,抑或大概在她旁边,她除却光秃秃的墙和小窗子,什么都看不到,奇怪的暗光从窗子落进来。然而她听得见他的呼吸。这让她很不舒服。"你会唱歌吗?"

"会一点儿。"

"唱点什么吧!"

"这种歌我一首也不会!"

"不要紧的!"

"我可不能在这里鬼吼流行歌曲!"

"可这没什么大不了的。"

"你疯了。"他说。

"那么至少不要喘气!"

"什么?"

"走开点。要么就别喘气!"

"好吧。"

现在她当真什么都听不到了,仿佛他一下子消失不见,或是死掉了,眼下她确实是一个人在这个空寂的地方,完全孑然一身,她知道,她没有力量站起来,走进黑暗中,即使她站起来了,也会找不到路,即使她找着了路,也还是无处可去。

她感受到揪心的焦虑:回来吧,别装死了,她在心里说。不要死!别走开!别挣扎了!留在我身边!把我从这儿带走!

"你唱点什么吧。"她悄声说。

"那好吧。"

她仍旧看不见他,不过这时,她注意到附近墙上他的剪影,正微微张开嘴。

他唱得非常轻，嗓音悦耳。旋律很简单，有几分起伏，几分滑稽，她很快就不去听了，甚至都不去领会歌词，只感受到一幅幅没有任何意义的画面：披着旗帜的大象，由足球衬衫缠系在一起的湿漉漉的屋顶，成群的貂熊，手掌的热度，鼠标上的时光，温暖的颜色，犹如溶解的一团画面。她一直看着这些移近那剪影，但出乎意料地，它已不在附近的墙上，而立在高高的白色楼梯底下——是她的剪影。她大可以向它伸出手去，说道：和我一起来吧，不要走，别挣扎了，留在我身边。于是她这么说了：来吧！他们跑上巨大的楼梯，成百上千个演员挤作一团，一些人挥舞着旗子，另一些则只哀怨地作着长篇大论，但他们根本不去理会他们，一直爬向高处。

控制好自己的步子！他们在他们后面嚷嚷着。深渊会张开它的喉咙的！只要你们不要吵闹，娃娃们！

他们不去理睬他们，不去理睬任何事，她听得见他的声音。别管这些丑角，这些大叔们。别管这些夸夸其谈的人。别管这些电视里的角色，他们能够吟诵出世间的万事万物。

就让他们在这儿开演吧，她说。他们演戏的时候，这里还是相当有趣的。他们已经完全站在窄窄的混凝土条板上面，它抖得似一根线。你看什么呢？他问。

一切东西，她说，那儿是空的，可是我从中看到了我想看的一切。

他不再唱歌了，她忽然很害怕，然而此时的寂静安详而适意，眼下她还站在窄窄的混凝土条板上，所有事物伏在条板后面，她在眼前看见深色的剪影。但愿不要改变，她期许着，就让一切停下来吧，我们永远一起留在这里。但愿清晨永远别来，但愿这一刻一直延续下去。

说来荒唐，想要大笑的愚蠢念头占据了她，她抑制住呼吸，随后感觉到脸上的泪水。我很幸福，她惊讶地意识到。

这是支非常蠢的曲子,他们在宿舍用了几个晚上为她谱成的,在他们已经喝得烂醉的时候。曲子有三十小节,我最多给她唱两个,好让她看看,撇开韵脚不谈,曲子有多么强烈,然后我就吻她。然而他接着唱了下去,同时看向她的脸:一动不动的美丽的脸。她很美,他愿弯下身子去吻她,但她又太难以接近,太遥远了,于是他没有这么做。

原因在于,我对她一无所知,他想,他仍旧看着她。他习惯于锲而不舍地专心看上好几个钟头——观察甲壳虫和植物的相似之处——然而他从未在任何人类身上寻找过这种相似,这无疑是第一次打量。

他们在一起的整个时间里,他都在看她,其间他也留意到路,房屋和夜,听到狗在吠叫,火车开过,同时想着自己在做什么,接下来要做什么。可是现在,除了她和她的静止,他什么余外的都感受不到,他惊奇地看见,在这纹丝不动之下,发丝、睫毛以及脖颈的弧线在轻柔地微颤,感觉到手指和呼吸的微颤,他终于发现,她就快哭出来了。他既同情又担心,她肯定经历过一些沉重的事情,某种巨大的痛苦,但为了她能幸福,他什么都愿意去做!他触摸到她的肩膀。

"不!"她脱口而出,"别在这里!现在不要!"

"说点什么吧。给我讲讲关于你自己的什么事!"

"可以,"她静静地说,"但不是在这里。"

他向她伸出手,他们走出小教堂,在东北方,黑夜已开始消失了。

他们默默地沿着石子路蹒跚而行。他朝她转过身,等候着。她非常疲倦,头发乱蓬蓬的,眼睛下面现出暗影,再过一会儿就是早上了,他们连吻都没有接过,因为她就一直这么钝钝地不说话。为什么呢?她在等什么呢?她还对什么有所期待吗?

他转向她:"挺好的,你对我言无不尽哪!"

她听出他在闹脾气。

"我们不在这里坐一会儿吗?"

"再等等。"

她很累。就像是有人猛地将她从梦中叫醒,这个梦鲜活多彩,五味杂陈。她无法清醒过来,但她也已回不到梦中去了。

他们接近某个村落,公鸡啼叫着飞跑,路变亮了,鸡毛被露水沾湿。"怎么办?"他问。

"别着急。"然后轮到她问了:"我们怎么回家呢?"

"你必须上班吗?"

她点点头。

"长途汽车还会开过来,"他说,"它肯定会为你停下来的。"可是他们走在岔道上,他知道,长途车不走这条路,而他相当高兴,它不从这儿走。因为他们余下的时间已经太少了。

"来!我们在这里坐一下。"

她摇摇头。我究竟该对他说什么呢,她疲惫地思量着。

这时,他第一次抓起她的手……很奇特,他这个动作和昨晚所做的如出一辙。不是发生在长椅上,而是在空空的自然陈列室里。她还记得那高高的绿箱子,里面有垫子似的鸟类,蟾蜍泡在酒精里,还有狼蛛,他这么做时动作同昨天一模一样;真是奇怪,随后会发生这么多更为要紧,更加丰富的经历:约会,坐车旅行,表白,恳求,人身攻击,男人的哭泣,公园之夜,在陌生的住所过夜,失望,旅店的床铺,以及嫌隙,然而比起其他一切来,她对这一个动作看得更加清楚,她记住了这一触,他用手掌覆住她的手背,这极其温柔而唯美的老派一抚。

我真是多愁善感,她想。都是疲倦害的。

她微微合上眼睛,总算不再去想任何事了。她的全部生活沉没下去,梦的感觉再次向她返来。她看见森林黑压压的轮廓印上蔚蓝的苍穹,城市的筑墙烧焦了,她还能看到大火微弱的余烬;现在她是一列行进中的军队,再一次朝着目标接近。

你要带我去哪儿?

战士们,我要带领你们,走向未来。追寻更伟大的爱。追寻新的,更有价值的幸福!

不,她说,我已经不相信了。我知道,我已经不信了。我要留在这里。这时,他抢先说道,你会变成逃兵的。最糟糕的就是逃兵了,他们游荡在空旷的田地里,安慰自己,他们这边就要打赢什么仗了。你将忍受大雨,孤独和寂静,你会断了对我们的指挥及宝贵命令的念想,当敌人撞上你时,你只能惊恐得胡言乱语,他会对你百般折磨,之后,没人会知道是谁合上了你的眼睛。

我要和他留在这儿,她幸福地说,我喜欢他。

他忽然站住了,听了一会儿,无法掩饰他的恼火:"有什么开过来了!"

这是一辆重型"太脱拉"①,车斗被苫布蒙住。司机撑开浮肿的眼皮:"你们快活很久了吧,"他说,"我还从没遇见过这种事儿。在凌晨四点钟!"

他沉默了片刻,看向她。接着看向他,又再看向她。"你们爬上来吧,"他终于说道,"那边还有一块空地方,在桶之间。"

他跳上去,于昏暗中辨认出褐色的椭圆形大桶,散发着啤酒味儿。

她必须脱下高跟鞋,把它们递给他,然后试着将腿跨过高高的车斗,可是她的裙子太窄了。他弯下身子,抓住她的肩下往上托,一时间将她抱了个满怀,她的嘴就在咫尺之处。

又皱又湿的苫布在脸颊旁翻拂着。这也太亲密了,他们坐在苫布

---

① 捷克重型载货车品牌。

上,胳膊肘挨着胳膊肘,膝盖缩在下巴底下。

"你看,"他说,"你看哪!"

他的脸与她的离得相当近。逆着一侧的小洞透进来的光,她看得见他的每一个线条。男孩子的脸,十分光滑,洁净。他想要我对他说,我喜欢他。他想要接吻。不管怎么样我必须得给他解释清楚,我也许会喜欢他,但我不想因此而吻他。不能是现在!至少现在不行!她知道,她必须赶紧说点什么,好让他明白她的意思。只是得想好怎么说,找些平平常常的话。

那么说你是爱我的,他会说,我们可以一起到什么地方去,是吗?不行!再想想其他法子。她的全部力气都放在要说的话上,而话已向她涌来,从极远的地方渐渐移近:拂晓空荡的公路上射出两束光,宽阔的防水帆布罩,从苦布底下传出悄悄的低语:

这是难忘的一晚。就算我们再也不会一起拥有更多经历,我们认识了彼此,这就值得了。不过我们再也不会分开了!

"你对我许诺过……"他说。

"你放心好了,"她打断他。随即她恨起所有这些空谈来。

它们同她缠绕在一起,彼此归属。它们在她心里头。她满心想的只有这些。她无法去想其他的了。她唯有吻他!

"那么你爱我吧?我们现在要一起走,知道吗?"

"去哪儿?"

"要不去你那儿吧。"

她努力去遏止这部电影,然而它已经上演了。

拂晓时分的小房间,铺好的床铺。我这儿有点乱。

他的眼睛孩子气地睁大了。你这儿可真漂亮!局促不安地挪着步子。我应该先上哪儿去呢?

转过去!

慢吞吞的猫一般的姿势。手放在头上。解开铜链子。

在窗子后面，城市醒来了。清洁工人。照例是喝牛奶。椅子的细节。内衣的最后一角褪了下来。

"你看，"他的声音响起来，"我们一会儿就到布拉格了……你大概会抱着我不放吧！"

此刻他已经什么都不想听了。他只想用什么将自己的失望掩饰过去。他所失望的，是她在整个时间里对他都在逃避，她这么处心积虑地藏着她的秘密。她和他一同出行，是为填满空虚的一晚。当然他对这一点还不太确定。要是她现在向他转过身来，要是她能露出一点微笑，他兴许就会撤销全部的指控，然而她默然不语，于是他愤愤地重复着：无聊的女孩，普通又无聊的女孩……

"你就什么都不对我说吗？"他又问了一次。

她努力顽强地找寻着只言片语，然而在她的头脑中，飞旋着没有意义的零碎话茬，心爱的事物，甜腻的称谓，动物和花的名字纷至沓来，词语支离破碎——我的宝贝、我亲爱的、我的金龟子、我的小绵羊、我的小太阳、我的小公猫、我深色头发的爱人、我的大男孩、我的唯一——啤酒桶之间泛滥着悠长而疲倦的眼神，还有轻声哑哑作响的亲吻。

除此之外没有别的了。什么也没发生。她略微张开嘴，空咽了一口唾液，晃晃脑袋。

他抓得她的肩膀很疼。

"别，"她赶紧说，"求求你！"

她钝钝地摇摇头，用手掌捂住她的脸，她的眼睛忽然变得非常近，他被她的呆滞给吓愣了。"别这样，"她说得非常轻，"求求你！"

随后他们跪在又潮又皱的防水罩上，接着吻。他吻着她：我亲爱的、我的唯一、我的宝贝、我的白发乖乖、我的美人儿、小香香、我的"海豆芽"，直到汽车开始驶上城市的硬路面，她悄声说："别说这些了！别说了！"

他们再次肩并肩坐着,膝盖蜷在下巴底下,他搂着她的肩膀,啤酒散发着浓浓的酒气。

她透过防水布的小洞,看见一段段发黑的墙壁、屋顶和烟囱,她的脑中一派澄澈明净,一如以往,她玩乐之后很晚才回来的时候一样。

上帝哦,现在又要工作了,我几乎没有工夫打扮一下,我要有黑眼圈了。

货车在电力公司前面停下。他第一个跳下来,又一次将她拥进怀里。然后他们在白瓷砖的建筑前徘徊着,河上浮起金色的雾霭。

"我们走吧?"

老式有轨电车隆隆驶过桥面。"我要坐车了,"她说,"现在你或许会放我走了吧。"

他颔首:"那我们什么时候再见呢?"

"做什么呢?"

她看出了他的惊愕,心底里也浮起一丝懊悔。她早该跑过街去了。然而此刻她想至少对他说点什么。

他们面对面站着,默默无言。"'海豆芽'是什么?"她想了起来。

他终于可以报复她的所有沉默了。

"'海豆芽'?别管这个了!你的有轨电车开过来了!"

他在她身后,看着她跑过宽阔沉寂的十字路口。他不明白,这怎么可能呢,她这么轻易就离开了。没说一个字。这一切对她来说难道什么都不算吗?她怎么会对此毫无感觉,对他的感受一无所知?

他忽然觉得喉咙和嘴巴都疼得很,不得不吞咽了几次唾液,才将这疼痛感祛除。

他看见她跳上开过来的电车,这时他已经可以走了,可是他等着,她还站在台阶上,至少她还会瞧上一眼。

她站在脏兮兮的台阶上,又一次回来得这么晚,不过这没什么要紧的。毕竟这是很特别的一夜，可惜的是它没有延续下去，汽车开来了，早上到了，他和所有其他人一样……

有人在她身后喊道："怎么着，小姐，要么上来，要么下去！"

她上到最上面的台阶，有轨电车咯吱咯吱地开着，转了个弯，或许到那边还要靠站的，她想探身到外面，弄清楚它在那里还停不停。然而她已经缩回到车里，他们推搡到她身上。她看见了空座儿，这时才意识到巨大的疲倦，售票员把票撕给她，深色的有轨电车制服，她微微一笑，也许不是冲她，而只是冲着铜币——她并不适合这里，在清晨过后。

她眯起眼睛，一下子看见了那个暗色的剪影，她想，就算她完全闭上眼睛，就算她使出全部力气从它前面逃走，她仍然能看见它，它一动不动地映在夜里被月光照亮的墙上。它在她心里。它可以向她伸出手去，说：跟我来吧，不要走，不要挣扎，留在我身边，她将和它在一起，不丢开它。她接过票，也微微一笑。

巨大的街钟指着凌晨五点半，八点半他要参加考试。任谁也不会有这般绝妙的考前准备。整个下午，整个晚上，以及整个夜里，和她在一起。最后他们还接了吻。他绝不会想到，更不会相信这种事情。

"海豆芽，"他在心里对她说。"海豆芽，"他悄悄咕哝着，腕足类，外壳在壳内区域前部的自由部分开开合合，是为了腮的生长。像整个蠕虫群体一样，"海豆芽"与帚虫门也有很近的关系……

（杜常婧　译）

带　子

一

这是个怎样的清晨呢，完全没有大都会的氛围，苍穹横亘在屋脊之上，好似大海，仿佛可以行船一般，说它像田地也是说得过去的：它永远向前延续，倘若就这么一直走下去，绝不会跌落，绝不会走出去，只有一直向前。太阳会升上去，你也是，别再傻看了，上帝啊，赶紧过来坐下。有轨电车热气满溢，缓缓移动着，他的两腿一下子软了下来，他还来不及洗漱呢，这一天就摆在他眼前了——希望还是有的，可是怎样的希望呢，除非大厅倒塌，或是发生了瘟疫，因疫情关闭，这样我们和拉嘉就能恢复交情了，因疫情关闭，咳哟老天，兴许是和艾娃呢，就算她已经嫁了人，她这么做真是可惜，我们会言归于好的，因疫情而关闭，这一天还是有希望的。他向大门冲去，大老远就看见白色的布告，悬垂着字母，关闭，若是关闭的话，他们只能通知全体会议吧，他能想到的唯有这个，他啐了一口。考勤机，这个机械打卡机，对你的生活冷若冰霜的打卡机，张开嘴来吧，坏东西，六点零四分，他绕着警卫跑过去，灰白的天井里满是打旋的浮尘，他用肩膀撞进门口，第一大厅，在轰隆作响的压榨机附近，安查一如往常地切割着铁板，因为这，她的后背已经如榛子，如弓弩一般了，它们来到世上就是要被你开孔的，你不必把身子躬得这么弯，就算我是工程师，我又能照应得了谁呢？还有一扇门，接着他已经看到了里面一成不变的一排排，就像每一个月，每一个夏日，每一个忧郁多雨的日子，每一个落雪的日子，要是他过来再看上一眼，他会宁愿死过去的：打头的是秃子，末尾是艾娃——染的头发跟只鸭子似的，她嫁人了，做什么都不顶用了……拉查旁边的空位子，我该坐在那里。右手边是超大的齿轮，三个小轮子，左边两个小孔，他坐下来，放下器械，试了试，然后拿起四枚螺钉，塞到孔里，旋紧。这时，师傅突然出现在他的位子旁。他已经不再是师傅了，现在他们成了师傅，这是这个地方的宿命，每一个在这里打过钻的人，都可以成为牧师或杂技演员，头脑简单的运动员——可能他早晨还在自己妈妈的葬礼上，或是刚从女友那里过来，即使在这么一天，他的右手也必须擎着超大的齿轮和三只小轮子，伸出左手去够小孔。师傅的目光黏在表针上，就连工作时他也会这样，每个人都会如此：去看，去思量，其实还是在琢磨，同时左手的食指同拇指将小孔精确地推进外壳的孔隙中去，师傅微微张开嘴，满口灰苍苍的烤瓷牙，又要像电视里那样对谈了，他宁愿躲出去，咳哟老天，刚刚六点十分，实际上是九分，不过已经将近十分了，我凝视着他，而师傅定住了，他也有……超大的齿轮，三个小东西。这时候玛丽跳出来，她今天穿了件毛线衫。超大的齿轮，仍旧什么闲话也没有，她一进来，就既看不到我，也看不见我的灵魂了。这一天我就想待在这儿，舒舒服服地，看着它，然而我已骑上自己的坐骑，四枚螺钉，插进孔隙……总算完成了……好静，缆车无声移动着，走走停停，马林转动着螺丝刀，六点十六分，白白的墙面稀罕地泛着潮，诡谲的青色斑点。

他在白亮亮的公路上追赶它，路边种着樱桃树，湿漉漉的叶子滴着水，草地散发着蒸汽，哈罗，两个男孩子从树底下站起来，他们狂乱地挥着手。他停住了。

打扰您了，发生了什么可怕的事情。八成是死人了！

他们把他拽进田里，连同摩托车一起，轮胎黏上了红泥。他看到有个人躺在茂密的树篱后面。扯破的衬衫渗着血——胸脯上插着鱼形小刀。他朝这个人弯下身去。喏,无疑,他很肯定,伤口直入心脏。他是你们的人吗?

还有一个哪。

他翻转死者的手臂,这个人一定是刚死没多久,接着他注意到脚印,从什么地方跑过来,窄窄的女性的脚印,鞋跟踩出的脚印,他发动引擎,倏忽间仿佛还听到他能向他们发出的绝望而无助的叫喊……他已经像短毛猎犬般追踪着脚印。发动机在山冈上呻吟着,他再次全神贯注起来,而现在他必须想一想,到底要开往何处,去追寻脚印,他要面对的是什么,他深深呼吸着森林的凉意,苔藓的凉意,发霉的针叶林,黏黏的树干,灰白的蘑菇,她在他前面一截儿蹒跚而行。她仍在努力逃跑,真可怜,这么顽固的尝试,你为什么要跑呢,我或许会将你……她转过身来,脸冲着他,他看到的是惊慌失措的眼睛,狗一般的深褐色眼睛。

他是您的?

不是。

很好。我就知道嘛。

他很喜欢她,她是这么美,不可思议地美。怎么会发生这种事呢,刚好是……他小心翼翼地扶起她,她一定是倚在了他身上,她手指的触碰,快速移过他的腰部,如同温暖的雨滴,如同轻吻,他在这触碰之下颤抖着。终于,总算这样了,终于到了重要的一刻,他终于可以只管开车就好,现在他埋头开车,一直向前,夜以继日,只管向前,低矮而微颤的丛林从他的两侧擦过,半冷不热的,还留存着手指的触感和暖暖的气息。

"这真是次品,"拉嘉的声音响起来,"你看看,这已经是今天第三个了……"他把零件扔进身后的垃圾箱。

"是哦。"

"我和利巴昨天去找你来着。我们开车去了河边。"

六点三十七分，从窗口透进第一道阳光，就落在他面前的桌子上。

"又会是个大热天，"拉嘉说，"你不想来吗，至少今天来一下嘛？你可以带上你的那个布兰奇。"

"我也不晓得。"

毕竟他的帆船早就摇摆着在海湾蓄势待发，它和玛蒂阿什一起躺在港湾里，公猫在让人难以忍受的笼罩一切的太阳烈焰下昏睡，河水散发着水汽。在不远处的岸上，人们扭动着身体欢闹着，他用望远镜观察着起舞的一对对，身着白裤子的萨克斯管演奏者，水手们，女孩们穿着几近透明的服装；他们瘫软在旋律中；那一个穿着樱桃色裙子的很让他喜欢，棕色的双腿，黄色头发，她的屁股差不多都快露出来了。

您不想跳舞吗？

她耸耸肩。

她大概没明白我的意思，可这……他向她递了个眼色，她开始跟在他身后；走上石阶和木桥，穿过窄窄的地窖的小路，河岸与他的船之间分裂开来，他将玛蒂阿什赶进舱内，按下发动机按钮，朝方向舵坐下来。她就在他的一侧，两腿垂在甲板的边缘，就在碧绿的波涛、白色的泡沫之上，赤裸的棕色的双腿。

您别那样坐在那里！而她竟然纹丝未动，他固定好方向舵，光滑赤裸的棕色肩膀，他将她转向自己。她动了动嘴唇，温柔圆润的静静的语流，她大概是想知道，船驶往何处，或者，或者……反正他无法回答她，取而代之，他说道：姑娘，你是知道的，我喜欢你，你就像，就像……他朝她俯下身去，她微微张开嘴，只是略微张开，只有窄窄的一道缝，然而他看到了洁净的象牙白，他的手掌仍紧抓着她的肩膀，他感到它们忽然缩了回来，缓缓垂下去，他随它们一起下沉……

接着他倒了下去，差点叫出声来，尽管他跌得很轻，轻得不能再轻，让人头晕眼花的一跤，他的动作停在半道，左手已落在小孔上，右手却放开了小轮子，绳索停下来，差十分八点，玛丽还在拧螺钉，随后她搁下扳手，略微抻了下腰，坐到旋转箱上。"我今天真是……"她说。

他把手在裤子上抹了抹，往后退了几步，那里有他准备好的三角小圆凳，他从口袋里掏出一片面包，虽然他并不饿，可他从来都不知道在第一个中间休息时能做些什么。其他人凑到一起，闲聊起来，他向来话不多，也没法习惯自己已经不再是学徒，他和他们拥有一样的权利，其实他们也会向他转过身来，同他讲话。他坐在圆凳上，身子长长的，细细的，他看着他们，慢慢咀嚼起来。然后他站起身，他不得不绕过整个绳索，机器之间逼仄的混凝土通道，方格小窗上附着一层灰尘，不过透过它们也能看得到窄窄的天井，那里有几十辆摩托车和一棵正值花季的老栗树，天井上方，在熏黑的暗色墙面上方，黑色的屋顶上竖立着巨大的烟囱，在它之上是天空，如天井般狭窄的天空——始终还是纯净、湛蓝的。

那么一般会是个大热天吧，他还剩下两分钟；玻璃鱼缸放在这扇窗和隔壁窗之间的铁台座上，艾娃在一旁，长长的手指拿着白色的文件，黄色染发剂在太阳下像金属似的闪耀着。

"怎么样，"他向她晃过去，"你的小怪兽在干嘛？"他注意到，透明的鱼身子猛冲向水面，嘴巴吞咽着。

"你应该高兴，我们有它们在这儿。"她的嗓音跟池塘里的水一般，她在几周前刚嫁了人。既然他猛地踏入阳光里，那她肯定会用自己的嗓音或这头染过的披肩发俘获他。

他们双双沿着机器之间的混凝土通道往回走，真可惜，要是她没有嫁人的话……他站到自己的位置上，右手取过大轮子和三只小齿轮，他已将小孔安置好了。接着他插入四枚螺钉，停了一下，右手拿起一个齿轮和三只小轮子，左手抚着两个小孔；对面墙上的扬声器发出些沙沙声,接着报起通知来。

"他们什么时候能不放这种废话呢,"拉嘉说,"又播上了。"

玛丽忽然放下扳手:"反正,要是放唱片的话,我还是挺感兴趣的。"

声音终止了,他们播起波尔卡舞曲,因为他们刚好把它放在最上面。

真是十全十美,他想道,坐在那边的办公室里,放着唱片,上帝佬儿,这可真理想,反正动人的唱片是不许放的,人们接着就会开始听起来,停下手头做的事情。"这兴许会对我有帮助,"玛丽说。她禁不住又已经沉思起来,她能想的不过是她自己的事罢了,在这一点上他比她要强些,他可以在任何一刻跳上马鞍,即便是这刺耳的音乐……若是他喜欢的音乐,他会唱歌,可现在,扬声器永久地将他……他恨它,恨一切音乐。他还能做到不去听它。

坐下来吧,坐下来,熟悉的医生的嗓音冲他嚷嚷着,你在等什么,这个女人的舌头已经发僵了,除了这个,什么也帮不了她,他往他马鞍边的口袋里塞进一个小包裹。于是他跳上马鞍,沿着香蕉种植园疾驰,一路尘土飞扬,灼热的太阳死死地对着他,接着道路通向怪异的仙人掌荒野:高大的胖鼓鼓的香蕉树茎干生着肥大的叶子,投下稀罕的影子,轻盈的蜂鸟在上面振翼而飞,硕大的蝴蝶从火红的花上掠过,他很喜欢这些蝴蝶,喜欢它们摇曳的样子,它们的颜色似霓虹灯一般灿烂,因为它们,他忘了这可怕的闷热,他把头搁到马颈上,闭上眼睛,看得到的已只有起伏的彩虹色斑点,这是蜂鸟、仙人掌花和大蝴蝶的斑点,他很开心,他骑着自己的马飞驰过这片炎热的郊野,得以一睹这么多缤纷的颜色。随后他听见不远处的鼓声,他们大概在为她大念咒语,祛除所有蜇伤,既然他马鞍的口袋里带着绝无仅有的药,何不给他们留下一些呢。

在芦苇搭成的小屋内,她躺在白色席子上,她的肤色极深,她的眼睛已察觉不到任何东西。人们围在他周围，他掏出喷雾器，喷到深色手臂的刺伤处，他注意到，黏液从透明小洞里渐渐消失了。到晚上她会有所好转，他告知整个过程都站在他旁边的老翁。他们走到小屋前，这个男人问道：我该怎么酬谢您呢？

他回答他：我只不过在履行自己的职责罢了。这是真的，他什么也不想要，他非常高兴可以这么做，骑过酷热难当的荒原，帮助这个女子，说不定什么时候您会将她许给我呢，他想，不过他什么都没说，男人不明白，他为何拒绝酬劳，他不明白他是心甘情愿的，他所言确为心中所想。

"我甚至都不知道咱们要不要去。"拉嘉的声音响起来。

"怎么了？"

"真是麻烦……还有这会，"他恼怒地补了两句，"人家难道就没有别的地方想去吗？"

"我也不清楚，"他说，几乎松了口气。

"好吧！"这时他右手拿起一个大齿轮和三只小轮子，左手摸着两个孔隙，旋转两下，试了试，接着拿起四枚螺钉，把它们插进孔里去。

要不您给我只蝴蝶吧，他请求道，蓝色的蝴蝶，可是马已经太疲劳了，他们让它跑个不停——蝴蝶在空气中扑扇着，如同一片皱纸，从村子里的彩旗上撕下来的皱纸。

上帝哦，已经九点了，再过四十分钟就是大间休了，我今天要点醋渍鲱鱼卷和那个黑糊糊的破玩意儿，我们的可口可乐，他右手拿起一个大齿轮和三只小轮子，左手摸着两只小孔，然后看向自己对面的白墙，它像极了面粉袋，或许只要他呼吸得再用力些，袋子就会翻下来，用面粉蒙得他昏天暗地呢。

他微微合上眼睛，让马儿加快速度。

他从伏尔塔瓦河的峭壁边落下，布兰奇在他身后两步远，他们两个拖着包袱。当他们开始沿着峭壁上狭窄的小径往上爬时，你看，他对她说，我来帮你。而她只是回呛他：算了吧！

啫，也许这没什么大不了的，却让他心里浮起一丝懊悔。他自然很乐意同她一起出行，很乐意眼下和她攀爬在这条通往荒林的小径上，然而他心底里浮起一丝懊悔，因为他觉察到，她已经开始琢磨着如何超过他，如何关在自己的帐篷里，悄无声息，装作很迟钝，而同时会使他气得冒烟，因为他喜欢她。

他的确喜欢她，只要他愿意，他可以镇定地对她讲出来，不过这种对谈他绝不会……他让她在自己面前滑脱了，此时除了棕黑的大腿、巨大的包袱，还有其上接近白色的头发，他什么也看不到。姑娘，你得偿所愿了，他想，他伸出手去，说：你看，我来帮你吧。

这回她没说任何拒绝的话，但他已不再讲话了。他们就这样攀爬到上面，小径蜿蜒转入起伏的桦树林。

听着，她说，你为什么不做点什么……什么……她找不到合适的话，但她显然是想说：说点实在些的，缓和气氛的话吧，实打实地，说点什么……

你怎么了，他打断她，咱们骑马的时候，你看到这些汽车了吗？

看到又怎样，难不成是你干的？你……她微微一笑，你只会把几个轮子塞到齿轮箱上，你对其他的一窍不通，一无是处。

人人都一样，他愤愤地反击道。除非你那个上了漆的脑袋什么都能弄明白！

她想说点什么反驳的话，然而他朝她吼道：别扯这些没用的了。我还需要在这里啰嗦这个吗！

别这样嘛，鲍侯什，她说。

我自己的这些个齿轮箱，他冲她吼了出来。我不需要对这种事絮絮叨叨的女孩。

别这样嘛，鲍侯什，她又说了一次。

现在我没心情，他对她嚷嚷着。和你就咱们这些齿轮箱扯肠掖肚。

鲍侯什，别这样！她的嗓音变了，像鸣喇叭似的炸开来。

"暑气涨上来了。"拉嘉说，用袖子拭着额头。"人要想打起精神来，真该直接跳进水里去。"

"是呵。"

"我们还是学生的时候，"拉嘉说，"整天绑在一起。我们对一切都嗤之以鼻，从早到晚待在河边。"

"喔。"

"这就是岁月，都过去了，老兄，五年就这么过去了。"他把小箱子递给他，他苦恼地看了一眼，好像想说：起来吧，开车逃到哪个河边去。抑或：走吧，随便去什么地方，一直往前走，他忽然觉得腿上有什么奇怪的东西在动，它爬过去，已经跑掉了，有一点黏黏涩涩的，黏得厉害，他咽了一下口水，眨眨眼睛，他的眼睛疼得很，他右手拿起一个超大的齿轮和三只小轮子，左手摸着两个孔隙，安装上，试了试，然后拿起四枚螺钉，将它们推进小孔里。

马儿完全乏了，他由它倚靠在腿边。

九点三十五分，太棒了，他自个儿念叨着，快到大间休了，现在时间转瞬即逝了，我要来两杯可乐，当然是和拉嘉一起……他已经开始期待下午，他可以想做什么就做什么，只要那个会议……他右手拿起一个超大的齿轮和三只小轮子，同时看向自己对面白色的墙壁。

二

外面白亮耀眼，炽热的光，总是令他充满对于遥远边陲的想念，在工厂前面的公园里,他看见了利布舍,她还一直在等拉嘉,整整两个钟头,他们在热烈地开会,她管这叫忠诚,他才不会为任何人等待呢。他自然会被召唤到水边的,反正他不会为他们做什么……他宁愿转向另一边。

"鲍侯什……"

"我可没有汽车,"他嚷道。

"哎呀,那我就开车去您那儿呗。眼下我正等利布舍呢!"

"今天我可不干!"他拖着脚慢慢走过滚烫的街面,好像对谁都不搭理似的……在这种天气里,在这种天气里做什么不行呢,可是能做什么呢?

家里只有只公猫在睡大觉,爸妈上班去了,屋里一股子凝滞的热气,他打开窗户。"吃午饭了吗,玛蒂阿什?"

他在食品柜里找到蘸了酱汁的馒头片,一片塞进嘴巴里,一片扔给公猫,公猫连动都没动,它热坏了。天气炎热,给人一种傲慢而淡漠的虚无感——在这种天气里。他朝柜橱晃过去,从一堆杂七杂八的旧物里掏出《航海日志》。这真是多余,眼下在这么一天里,这有什么意义呢,虽然它已接近尾声,要是人没有这么彻底,这么十足地……可又怎么样呢?还不是只有她,他咽了一下口水,她才是这一天里,他的收尾,他最期待的事情,他窗户底下的电话亭完全空了。

尽管他不愿央求她,他还是想再谈点什么,不过是其他的事,若是唇焦舌燥,没有什么滋润心田,那么这一整天不就黯淡无光了么?

他一进电话亭马上汗流浃背。

"你好。"一个声音响起来。

"是我。你晚上干嘛呢?"

"你知道的,"那个声音说,"反正是一个人待着。用功呢。"

"用什么功?"

"什么都看。"

他沉默了。在电话亭里喘不过气来。他宁愿开车去河边。

"你呢?"那个声音问。

"没什么事。"

"你倒是过得挺好。"

他拭一下额头。"毕竟你不能总盯着这点事。"

"我可不晓得。"

"晚上你空得很吧,是不是?"

"我不晓得,"她又说了一遍。

"那我可就等着了。在你那边的电影院。几点?"

"我不晓得。"

"那就七点吧,"他作了决定,"你会来吗?"

"或许……"

"那么拜拜。"

"拜拜。"

他回到家,这时他抽出航海日志,写道:五月二十日:158°13′27″西经,30°5′16″南纬,海面平静,炎热无风的一天。像之前一样有些无聊。玛蒂阿什一直在睡觉。我们保持"友谊岛"的方向。左舷有四条鲨鱼。我已经开始期待晚上了。随后他想起来:饮用水只够喝上几天了,但我们没有放弃希望。

他意识到,他很渴,他又将日志整理了一下,食品柜里的啤酒简直跟咖啡似的。接着他取出七零八落的无线电收音机,长时间一动不动地瞪着那团电线,近来他对什么都意兴阑珊:读书,修修补补,就连去河边他都提不起兴致来——所有事情在他看来没什么两样,一切都结束得太快,他没有什么可以值得特别期待的。只有对于她有一丝期待,他喜欢她,尽管他其实并不知道,他喜欢她的什么——也许正因他不知道,才会如此。

他放下收音机,时间尚且充足,然而就在他拖拖拉拉的时候,他解释不清,为何在最近一段时间里这么怏怏不乐,事实上他对此根本没有多想,只是感觉到了——那股倦怠:在腿上,脑袋里,胳膊上,还有眼前。

有些人对所有事都懂得取舍：洛托数卡牌戏适合他们，抑或不适合，他们上个星期天喝调酒来着……早上迟到个几分钟，和技工拌拌嘴，就算他们的状况没这么糟糕，他也无法理解他们。他在街上闲逛：默默返家的一家人，从窗子里冒出晚饭的味道。他尽力去揣测布兰奇的心意，他对她讲点什么好呢，然而他想不出任何话题来，什么可说的都没有，今日无事发生，昨天也是，此外，他晚了四分钟出发，不过这还不至于让她……

他提前五分钟到了那儿。他走过去站在角落里，倚在红红黄黄的柱子上，此处的两栋房屋破坏了剧院周围低矮的景致；红色霓虹灯在落日下黯然失色，没有人进进出出，此时既非电影的开场，也非结束。对面窗户里，有个穿着衫裤的女人，不过她已不怎么年轻了，正走来走去，盯着角落里巨大的绿色大钟——不知是谁拿石子砸破了它的玻璃，弄坏了时针，分针指在十一点和十二点之间；他来了兴致，要去砸那个分针，他环顾四周，可是在哪儿也看不到用得上的石块，他搜寻着……反正已经七点了，若是她又不来了，就随她去吧，然而七点刚过一分钟，眼下他对她愈发想念得紧，要是他们从一开始就立刻走在一起，他们所有人就能一起过夏季了。拉嘉、利布舍，还有他们两个，待在什么地方的帐篷里，或许能度过绝妙的半个月。七点十分，等待折磨着他，等她来了，如果她会来的话，他就给她讲点什么。不过然后呢？他是不想进电影院的。假如她不是这么固执的话，很容易就能将城市抛在身后，只消走过几个街口，便已展开灌木丛的国度，那里潜伏着一切可能，这他是晓得的。在他还只有八岁的时候，他们成群结队地打亮手电筒，男孩们闹腾起来——后来有一个还打落了他的牙，七点十五分，他啐了口唾沫，绕过被打破的大钟，在住户杂乱不堪的小巷子里晃悠着。

在脏兮兮的面板上，他按下门铃按钮。

"你好,"生了锈的麦克风里有人应道。

"是我。你好吗?"

"是你吗,鲍侯什?"

"是我啊!"他说,"你答应过我……"

"或许吧,"面板纠正了他,"我说的可是我不确定。"

"那好吧。"

"我跟你说过的,我累得要死。你不知道自己过的是怎样一种生活。"

"是么,"他说,"哦。"

"你可以上来坐一会儿,"面板说道,"不过我不知道我们能做点什么。"

"那么拜拜吧,我不会再等了。"

"拜拜。"

"明天也不会,"他加了一句。

"拜拜。"

"永远都不等了。"他补上。然而红色的板子已经寂然无声了。

到晚上还有些时间,不过他不想回去躺着,他也不愿为她待在那里,至少今天不愿,有时候他会为她磨蹭一下,但是今天没有,他一整天都没想过她,其实是他不愿意去想,为什么要在这会儿,在这个晚上呢?

我应该开车来,和拉嘉一起去河边,他溜达着走向有轨电车,河边总有一些女孩子和恶作剧,最坏也不过无所事事。太阳和沙滩,吉他,彩色泳衣,他在脑子里分门别类,蜡像从展柜里露出微笑,他凝视了它们一会儿,那又如何呢。他坐上有轨电车,上帝啊,可是……车子空荡荡的,只有个牵着狗的老婆婆,都这么晚了,还带着狗,这老婆婆,要是她愿意的话,要是她愿意的话,也没什么不好呀,可如果我向她……我应该下车的。电车轨道铿锵作响,他落在深色的袋子上,他宁愿和拉嘉去河边,拉嘉真是……一肚子鬼点子,就好比昨天，他还对技工说，他怎么对技工说的来着……他默默露出微笑，夏天我们可以把杂七杂八的家什一捆，一起开路到什么地方去，只不过如果他不想和利布舍同行，那我就必须得……

三

他从电车上下来，在街上扫了一眼脏乱的快餐店——"晨星"，这一家，他想，肯定完全不怎么样，"晨星"，他走进里面，三个小伙子在那儿喝啤酒，吧台后面一个人也没有，他倚在桌面上，等着。

她总算出来了。裹在极其油腻的罩袍里，又瘦又小，脸色一整日都灰苍苍的，血色几乎从她唇上褪去了，她看到他，疲惫地一笑，嘴里闪着两颗金牙："是你啊，鲍侯什？"

"嗯，是我。"

"你来找我吗？"

他靠着吧台，目光一眨不眨地黏在她脸上，不过他什么都没说，她从他身上看不出所以然来。"我今天累得要死。"她说。

"是啊，已经是晚上了。"

她看了一眼表。"还有二十分钟，然后我就关店。"

"我等你！"

"我不知道……我实在……你能来真是太好了，可是我今天忙得不行。"

"到外面走走吧。"

"还是算了，今天不了。你来点什么吗？"

"和平时一样！"

她灌上啤酒，他看向她脏污的白色罩袍下的胸部；她比他年纪要大些，并没有大很多，可能只有五岁，他从没问过她，可能她还要小一点呢，做这行的女孩子很快就走下坡路了。她也并不怎么难看呢，除了那几颗金牙还有鼻子，只是他没有怎么幻想过她，他从未这么幻想过她。

"你不想来点吃的吗?反正我也已经没什么可吃的了。"玻璃板底下只剩最后几只干巴巴的小面包。她给他往盘子里放了两个。

"这能补充点热量,"她说。她略微捋了捋头发,看向他。

他端起啤酒杯和面包,走向小桌子那边。那三个人中间的最后一个也吃完了东西,他们站起身来;这会儿这里只余下他们两个了。

"鲍侯什,"她向他走过去,"你真的不用在这儿等。你人真好,可是我今天累坏了。"

"没关系,我等着。"

"你想怎么……把杯子递给我好吗?"

他起身,收起三只玻璃杯,把它们拿给她。她用水流冲洗它们,然后将它们摆到格架上。"大概再不会有人来了,"她说,"不值当的。"她灌上啤酒,朝他走过来,坐下,"怎么样,你今天过得如何?"

"别提了,"他嘟哝着,"我本来要去游泳的,但是没去成。"

"又有人偷我的东西了,"她慢吞吞地说,"我都不知道是怎么发生的。"

她静静地看着他,目光极其倦怠,她的手也懒懒地搁在桌面上:小小的手掌,显露出粗糙皮肤上的细纹;一天下来指甲油都脱落了。他用自己的手掌覆上她的,她连动也没动,蓝眼睛始终停在他的脸庞或他身后的什么东西上。落在他身后的什么地方。少顷,她拿起玻璃杯,喝光自己的啤酒。"我都不知道这是怎么发生的,"她又说了一遍,"也许是我给那个有轨电车司机找钱的时候算多了。"

"什么样的人?"他问,从钱包里掏出二十克朗。

"不用了,"她说,"不用了!"

她任由钞票躺在桌面上。"今天这儿有一个人,"她打开了话匣子,"走路一瘸一拐的,我偶尔在这里看见他,他醉醺醺的,总在呜噜着什么,相当不着调。听人说,"她不紧不慢地讲着,"他去年回来过,在圣诞节前。可他为什么总惦着这件事呢,总想着这种事有什么用呢。"她取过自己和他的杯子,把它们立在吧台上,然后走去门边,拉下格栅。

她把他从后面的入口放了出来。

"怎么了?"他问。

"没什么。"

她的房子坐落于昏暗小巷的尽头,假如她不是这么疲倦,哪怕再进一步也好,至少可以跳跳舞呢,假如她没有这么疲倦的话。"你闻没闻到?"他说。这儿有股什么气味,但他分辨不出是什么来。她打开门,"你明天也得早点儿……"

"我知道。"

他跟着她走过一长串房门,她住在单独的一栋,前厅静静地滴着水。"我一定要给你修一修,"他说。

"你早就许诺过了……就在你第一次来的时候……"

她铺好沙发。这里什么都没有,只有柜子、桌椅和这张沙发。还有墙上的两幅画:河面上方的某个峭壁以及桦树林。他坐下来,等着。

"你不想先冲个澡吗?"她问。

"好吧。"他走到前厅,盥洗池旁边的架子上摆着发夹,装着鸡蛋洗发水的瓶子,口红,几只挤到一半的小管子。他拧开水龙头,方才脱下衬衫。

"我以前认识过这么一个人,"她的声音响了起来,"你不介意我唠叨这些事吧?"

"不介意!"他透过水声说。

"其实也没什么意思。"他听到她拍打羽绒被的声音。

"我今天真是忙得要命。我是不是应该煮点咖啡?"

稍后他微微打开门,看见她手捧着水壶。

"你在那儿放水洗呀!"

他早就洗完了,不过他还在那里等着,拨弄着冷水。

"他咖啡喝得很凶,"她讲起来,"这个人,他一晚上喝了四杯。

挺大的杯子,而且我必须往每杯里放上三匙咖啡。他总是随身带着的。他是医生,他们把他派到一个小镇上,那边就他一个人,他连夜里也得过去。这还是从前的事了——他说,那时就这么习惯了。他睡不着觉。"她说,"有时候他一整晚都没法入睡。"

他用香香软软的毛巾擦拭着,"你已经跟我讲过了!"

"这个人的事?"

"你说过他如何开车去看那个亡故的女人。"

"你看,"她说,"我完全给忘了。"

"他现在怎么样?"

"他?我不清楚。他已经很久没露面了。有些人会一下子消失不见。连个招呼也不打……好像我们以前就……你不会这样的,是吧?"

"你知道的。"他哼了一句。

"可能是,他被咖啡给撂倒了,那个咖啡,"她旋即说,"所以他才没什么动静。"

他们面对面坐着,他已经只着短裤了,饮着咖啡。"睡觉吧,"他说,"既然你这么累了!"

"是呵。"

他知道,现在她要洗上很长时间,他恨这种等待,在她洗漱的同时,这段时间,他不得不自个儿待在房间里。房间不赖,只不过既空荡又陌生,在这儿找不到任何寻常之物和有趣的东西,墙上连一块印子也没有,那个养着一条蓝色小鱼的鱼缸亦是如此。

"你怎么不出声了?"她喊道。

"我不想说话!"眼下,就连他也感受到难以负荷的疲倦,总不过在这一刹那,当他躺在陌生的羽绒被里,当他清楚自己应该说点什么的时候:他有多爱她,他为什么要来,诸如此类的话;到底是怎么个情形,还会怎么样,或至少说说他想念她,盼着见她。这种疲惫感制服了他,他不得不合上眼睛,这时他开始落入深色的袋子中,粗糙的内面,如织物一般,包围他,裹住他,一丝光线都射不进来,更别说一个念头,一个想法了,他呆若木鸡地躺着,咬紧嘴唇,直至忽然注意到,这粗糙织就的内面,这密不透气的深色布料在移动,慢慢地——一秒又一秒——它几乎在不可察觉地移动,像一条无休无止的灰色带子。

几个静悄悄的脚步声,开关啪的一声关上了,他感觉到她的身体在自己身旁:"小伙子,"她说,"我亲爱的。你已经睡着了吗?"

他睁开眼睛,天花板上映着两道亮亮的晚霞,随后被她的脸挡住了:两片又大又亮的红光……

"现在我真高兴你在这儿,"她小声说,"我总是很开心你和我在一起的。"

她等待着,他会不会也说点什么,不过她知道,他顶多就是一声不吭,因为他从来都没说过什么,有时候这真让她觉得遗憾。"我的小甲虫,"她低语着,"你这个丑丑的小甲虫。"接着嘴唇碰到了他的下颌,碰到他的喉咙,她已经不说话了,只是快速地大声喘息着,碰到他的脸庞,她将自己的嘴唇一直移到他的唇上,她用双臂环住他。为了这一刻,为了这一刻我无论如何会再来一次的,他清楚,她也清楚,她温软的身体在挤压。他感觉坠落了下去,缓缓盘旋,轻飘飘而眩晕的坠落,现在他大概是真的……此乃至幸至福的时刻,因为再无其他能超越这一刻,由此再没有什么能诱惑他了,一切都汇集于此,汇集到这无与伦比的一刻,尽管它如此短暂,随之而来的又只有平淡的夜了。

"我的小伙子。"之后她耳语道。她期待着,而他只是疲倦地喘着气,她问他:"你喜欢和我在一起吗?"

"嗯……"他低声说。他还在努力抓住这一刻,可他不知该怎么做,而他意识到,现在,就是现在,它开始逐渐消逝,他开始跌进黑夜里。他身畔的女人动了一下,低声说了些什么,然后起来了,她啪嗒啪嗒地走到前厅,盥洗池里的水哗哗响着,她端着灰白的脸盆回来了,毛巾搭在赤裸的肩膀上。她把脸盆放到椅子上面,"你不想洗把脸吗?"

于是乎他必须起来洗把脸,而她躺在他身后。

"现在我已经不清楚自己想不想睡觉了,"她轻声说,"我是不是该打开收音机呢?"

随后他俩肩并肩躺下来,收音机发出的白色菱形光柱落到墙面上。

"你不饿吗?"她问。

"不饿!"

"要照平时……"她犹豫着。"我亲爱的小伙子,"她轻声说,"你多少是爱我的吧?"

他沉默着,从收音机里涌出甜得发腻的低俗音乐,她还是没法专心去听,白色的菱形光柱动也不动,这个房间充满冷冷的陌生感,这些夜晚,音乐和话语,这些情事。他眯上眼睛,努力去召唤自己的马儿,轻声地咂咂呼唤它,然而他没听到任何回应,它在某处睡着了——他的马儿,经过漫长一日的奔波,可能它倦怠地凝视着繁星密布的夜色,一边鼻孔喷着热气在发抖吧。世界陷进了深色的袋子里,光秃秃的墙壁,织物一般的质料,他咬紧嘴唇一动不动地躺着:是什么呢,什么会来呢,街角的白马,"晨星",什么……

"鲍侯什,"她摇着他,"鲍侯什,你必须得走了!"

他跳起来,灰色脸盆还放在床边,冷冷的太阳低低地照在窗户上……

"柜子里有面包……还有那么几块,"她说,睡意很浓,"杏仁面包。"

"我已经没时间了。"他急躁地说。但他还是打开柜子,迅速切着面包。

"你晚上还来吗?"她问,这时他已经穿戴好了。

"我不晓得……也许我们会和拉嘉一起来。"

"来吧,"她说,"我就知道,反正你会来的!"

有轨电车上挤得透不过气来,他的腿软绵绵的,乏力得很,他连洗漱都没来得及……

值班人,没有笑容地监督着你的工作日,六点十分,又要训话了,他绕着警卫和浮尘打着旋的天井跑过,绕过第一大厅,轰隆作响的压榨机,安查一如往常地切割着铁板。还有一道门,然后他就已在那个终年一成不变的队列里看见了他们,就像每个月的每一天一样,就像每一个夏天,雨天,每一个忧郁的日子,每一个飘雪的日子,他恨不得死过去算了,但只要他过来再看一眼,他总会看见他们。空地的前头,鸭子似的黄色溢流道的末端,拉嘉的空位子旁边,那是他的地方:右手边是大齿轮和三个小轮子,左边两个凹孔,他坐定,试了两下,然后拿起四枚螺钉,插到孔里,固定住。

师傅的目光盯在钟上,六点十五分,咳哟老天,刚刚六点十五分嘛。他抓住右手边的大齿轮和三个小轮子,左手边的两个凹孔,坐正,随后拿起四枚螺钉,把它们插进孔里,他将第一只箱子交给玛利亚,她转向他,微微一笑,她对师傅早就没兴趣了,嗒,总算又静了下来,缆绳悄无声息地推进,松弛,固定,玛利亚旋转着螺丝起子,他听见马蹄的咔哒声,他在一片白亮亮的公路上追赶着它,樱桃树的叶子湿漉漉的,草地散发着雾气。

(杜常婧 译)

马的处决

一

华丽的紫色闪电,她因这光亮微微睁开眼睛,是暴风雨,她意识到,暴风雨来了,窗子无力地颤动着,她的心底浮起了揪心的担忧,她真想跑去躲进妈妈怀里,她突然想起来,她已经不能够了,早就不可以了!她紧紧闭上眼睛,说来奇怪,她在受保护的时候还很抵触的安逸感忽然折返心中:一种舒缓的感觉,或许是由暴风雨唤起的,或者是她逗留在似梦似真的氛围里,又或者,她仍然逃避的那段时期,其实并不怎么遥远。这种感觉主宰了她,她竟将手伸到自己身旁的空处,她感受着自己手掌的触摸,听着平静的呼吸。以暴风雨开始的一天,将会如何呢?

等她再次醒过来时,很可能是大清早了,她感觉眼皮暖暖的,墙后面发出争吵声,每天都少不了的争吵。

她光着脚走过镶木地板,手中有一天的闲暇,一天那么长呵——我今天休息——随即那种撕扯的感觉又来了:现在她已经不知道是什么令她这样子,她能逃避到哪儿去了,可是我为什么要逃开呢,我不会去想他,毕竟是我自己想要这样的,反正我们彼此不适合——就算适合,他也不会有什么动作的。

饶是如此,遗憾是无法消释的:他怎么能这么做呢——在她爱着他的时候,在他对她表白他有多爱她的当下,欺骗了她。我永远也没法子证明这一点。

爱情，她沉思着，真正的爱情是不会分离的，它完满且长久，不过我可能一辈子也不会遇上它，毕竟并非每个人都注定能够体味真正的爱情，外面窗前的枯枝上，有个像是猫头鹰的东西，身上的露珠闪闪发亮。你是不是在想，不，我不要体味，今天可不能发生任何这样的事，不过我还是会经历的，但不是在这样的清晨——它降临到我身上，我美好的一日，它向我伸出手来，一直递到眼前，它的热度包围住我全身。

她感到愁闷，她什么都不必去想，已是愁绪满怀。穿好衣服后，她悄无声息地走上旋转楼梯，楼梯一直通向抬梁式屋顶的矮门前。此处是房间，她可以躲到这里来，它其实算不上是房间，只不过从前是个阁楼，屋顶是倾斜的，小窗子位于高处：屋顶始于脖子的高矮处，实际上就停在额头的高度。这儿全是童年时代的小玩意儿：可以从走廊上接水进来的铁脸盆，一只柜子，套子烧坏了的小熨烫板，摇椅和缠着蓝色线绳的大只轮轴，但上面既不是麻绳，也不是纸绳，而是人造材料制成的绳子。线绳很适合捆绑包裹和散乱的手提箱，也适合于悬晾床单，或给灰心绝望的人一用。这时她一屁股坐到椅斗里，它自由的另一端立刻显眼地摇晃起来：在这门窗紧闭的空间内，稍显得有些诡异。不过，坐在摇椅中令她平静下来，她观察着墙上高处，摇荡在高低之间，描绘在明信片上的世界。

方才大清早，太阳照进眼睛里去，其上的苍穹挂着两道带子，它们缓慢而久久地浮动着，小船陷没在望不到岸的湖水中，蓝色的沙漠上一队白象鱼贯而过；我走啊走，游啊游。在一片静寂中，她听见沙砾无声地劳作，堆溢成淡蓝色的沙丘，渐渐地，如同海市蜃楼一般，第一座塔楼，向上挺立的小烟囱，巨型雕像巨大台座的轮廓浮现出来——这美丽的景观若是没有雕像，那哪儿成呢？再往低处，往低处，直到屋顶上——这是我的都城——直至河边，还有河岸上贴着玻璃纸的彩色棱柱，有轨电车——碎掉的暖水瓶——汽车，模糊的点细微的流动——这就是众生，要是我下去的话，我会和他们一样。有人会很高兴的,他会说:你就待在这儿吧,别回去了,可是不,我在这儿挺好的,即使在你们中间也不错,这儿对我来说更好,若是我愿意,我可以在这里无牵无挂,若是我不愿意,我就不会独自一个人。直到如此接近天空,在貌似停着猫头鹰的树梢,再往上,再往上,直到最后一座塔楼和刺向天穹的小烟囱的最后一道剪影,清晨刚刚降临,太阳冉冉升起,一日的开始曾是那般了无生气,而此刻——仿如从湿泥中钻出的树木,仿如田地,仿如从城市内部向外翻转的屋顶。这让她想动手做些什么,在这样一天里我必须得做点什么。我要穿上这条白色的百褶裙,我可以去游游泳,多半是同玛格丽特一起,不然咧?我最后就得杵在这儿,形单影只——我为什么不一个人出去呢?肯定有人会为我停下来,载我去什么地方,或许他很年轻,随后他说道:其实我哪儿都不去,只是因为今天早上的预感。而我回答:不只是您的,也是我的预感。不过情形可能相反:他是位阴沉至极,结了婚的先生。不过这没什么要紧,我会在某个地方下车的,那里会有岩石,我向上攀爬,然后到了那里的山顶,就好像我们过去在一起的时候那样,只不过现在是我一个人躺着,离所有通向那片凉爽的三叶草草地的小路都远得很,我将等待。

随即她悄悄带上身后这个房间的门,或者说阁楼的门更恰切些,里面唯有线绳的末端在紧闭的窗户,紧闭的房门后面无声摆动着。

二

在去乘有轨电车的路上,身着百褶裙和绿色罩衫,她不得不绕过写着"小心"字牌的旧旧的狗屋。入口上方,两只小天使脏兮兮的,灰泥剥落下来,她犹豫了片刻,然后从独臂看门人的身畔走过,其实我不该这样的,我还会碰上她那一个孩子,我不该见到他的,就连他可怜的妈妈都不大敢惹他,探着光秃秃的胖脑袋躲躲闪闪。她敲了敲门,随后门打开了,从里面涌出打字机乱糟糟的噼啪声,还有淡蓝色的亮光和混杂着劣质咖啡气味的烟草味,不过她没有进去。

"有事吗,凯瑟琳?"

"没什么,我只是来看看。"

在浮肿的黄恹恹的脸上,嘴形被精细地描画出来,她整个人是如此讲究,头发最近染成了黑色,她还想讨人喜欢呢。

"我要开车出去,妈妈!"

"和谁?"

"我自己,妈妈!"

"别撒谎!"

"就是一个人嘛,你别担心!"

她瞥了一眼,稍微从门边退开:"你又说谎了,为什么连你也对我说谎?"

"我没说谎,我们分手了。"

"那你自己小心点!"

"你为什么不相信我呢?"

"你可别让我操心,凯特①。"

房门开了,巫婆端着咖啡壶,使些许淡蓝色的光和打字机的噼啪声流溢出来:是你啊凯瑟琳你好吗谢谢很好这很适合你嘛完全是个淑女了你在哪儿买的这条裙子你比妈妈还要高大呢让我看看嗳真的呀我做了头发他们用的是倒梳法。

"你不带点什么吗,凯特?"

"不用,什么都不带,妈妈。"

她眼睛周围布满扑了粉的细纹,因而她避过不看,可既然爸爸往生了,她能怎么办呢?"真的什么都不用,妈妈。那里挺好的。"

"你这是怎么了,凯特,怎么这么生分。要准时回来啊。"

"嗯!"

她和独臂人打个招呼,外面很晃眼——清闲得离奇,匆匆忙忙的

---

① 凯瑟琳的昵称。

时光已经过去了。他大概刚起来，在宿舍常常是晚起的，要是我也有机会学习的话，我倒是蛮有兴趣的，我最喜欢生物或是文学，可他们就得把两个人供上四年，他们哪里应付得来呢——可怜的小抄写员们。他一定是给自己的婆姨留了些东西，她也对此避而不谈，要是她还有什么想法的话，倒不如自行了断算了。远处也不见有电瓶车开过，至少我先打个电话吧。

电话亭是空的，她在里面很自在，手肘支在搁板上，腿顶住壁挂，我的腿相当好看呢，这我是知道的，我一脱下衣服，女孩子都嫉妒我的腿。只有一枚二十五哈莱士的硬币，我可以打个电话，不过打给谁呢——只要我这么拨弄两下，你就会来到电话边，叫嚷起来：是谁在说话，凯特，是你啊——要不就是你，利布舍？你会怎么办呢，至少你和我说话了，不过这一样没有改变任何事情，假如我打给玛格丽特呢？你知道发生了什么新鲜事吗，我和奥达分手了，想想看吧，他已经和他们那个女体育老师劈腿了两年，我却一无所知。放假的时候，他对我说，他要去坐皮艇，原来是和她在一起。我径自跟他说：这有什么意思呢，我再也受不了这样子——反正我们是没法互相理解了。你可能会奇怪，我怎么会和他在一起，我在他旁边就像隐形了似的。现在我才发觉，你得相信，现在我感觉好极了，虽然之前……

有位先生敲了敲电话亭，完全是那种会打孩子的先生，等一下，我给你二十五哈莱士，我已经不需要它了，你可别生气。

电瓶车半空着开过，停在站台处，空气开始热起来。她站到司机旁边，多多少少思考着一些生活问题。最糟糕的并非活着而没有爱，最糟糕的是活在爱情里，活在支离破碎，仅余负担的爱情里。她很得意，她从爱情中挣脱了出来，这爱铁定要在负担下变质的。

她提前一站下了车，走过奇丑无比的宿舍楼——窗户紧闭，下半扇糊着纸，然而她片刻也不曾停步，她感觉很释放，很自由：一整天在她面前铺开，一辈子在她面前展开，不可思议的日子，或许还会层出不穷，可眼下她压根没有去想这些，她想的只有今天。

很快便有车为她停下来，竟然是辆私家车，身穿麂皮夹克的司机打开车门，迅速打量了她一眼。显然他很满意，因为他问道："您要去哪儿？"

"无所谓。"

"无所谓就无所谓。"

他车开得飞快，一刻不停地讲着话，他显然很了解毛皮，他在世界各个地区大量买进卖出；就她的品味而言有几分枯燥啰嗦，可能也有点老派，尽管他还不到四十岁，他讲话非常慢，非常慎重，这让她很喜欢，这副神态，她设想着，在人们看到什么，也许是有所表达的时候就是这么讲话的。真荒谬，最近她的全部时间都只是和奥达一起度过，好像世界上就不再有任何其他人。爱情自然会奉上最大的幸福，然而人又往往作茧自缚，当他感到活得最圆满的一刻，实际已经不在这世上了。不计其数的可能性，比他生前更大的机会，更完满的时机在他身边缓缓流逝，而他却触碰不到了。

谷子还没有成熟，男人此时沉默下来，车道上方是不知名的村庄和微颤的空气，狭窄的河谷，山脊之上的森林，要是我可以一直这么走下去就好了：跑上一整天，早上又接着开始，永远继续下去，再也不回头，不回任何地方去。

男人问道："您还真是无所谓，您要到哪儿去呢？"

"走吧！"她一挥手。

"我给您看点东西。"

随后，虽然他确实应该等等她的回答，但他猛地从主路上调转车头，驶进一团圆锥形，几乎是白茫茫的尘土中去。她不晓得他要带她到什么地方去，这多少有点刺激。不知道开去哪里，也不知道会发生什么；汽车又转了一个弯，这时沿着杂草丛生的田间小路驶向三栋孤零零的建筑。男人下了车，拉开车门，纯属多余地朝她伸过手来，同时轻轻握住她的手掌。这一刻似乎异常漫长，他单刀直入地说："您肯定还没见过这个。"

他们走进院落，既荒凉又空旷的院子，这片空间一览无余，除了几只生锈的轮胎，角落里还有几块铁丝网。这种荒芜令她稍许有些压迫感，这是农场，在里面是可以屠宰牲畜的，男人在她前面，拖着长长的，长得有点可笑，略显权威姿态的步子。他们穿过低矮的院门，忽然发现在这个奇怪得让人难以置信的小村子里有上千个木头笼子。

"您在这里等一会儿！"空气中存留着动物粪便的气味，还有些她分辨不出来的什么味道。房屋像极了车库，入口高得不能再高，也更像是一架被人遗忘的飞机的机棚，在房前，立着一匹灰色马，拴在木桩上，还没被剥皮。她从未见过类似的颜色——就好比黑色的黏土覆上了霜层。她想朝这个美丽的小动物走过去，然而她的男伴已经回来了，还是拖着那种既滑稽又郑重其事的长长的步子，实际上她很高兴他回来了，因为这个地方卧伏着奇特的难以言说的衰败感，一个光头胖子疾步跟在他身后，拎着一串钥匙。

"这么漂亮的客人……"胖子说道，"我们对女士可是好奇得很哪。"他们从笼子之间的铁门进去，这些笼子耸立在高高的十字脚架上，里面是单独禁闭的褐色动物，混乱而晕头转向地喧闹着。

她的男伴无疑对这出表演很得意，他滔滔不绝地炫耀着这些食肉动物——也许是因为她，也许是他想在另一个男人面前有所表现，他们就这么在单只牢笼的迷宫里踱着步，里面的那些动物却是无处可逃。听说仔细算来，它们被容许有九个月的命可活，因为在这个年纪，它们的毛皮是最好的。她感到心里泛起一股怜惜，就像平时看到关在笼中的动物时一样。随后他们走到一列列笼子间，每只笼子里都有两个动物在吵闹。我们把病号关在这儿，她的男伴说，它们在群体里比在隔绝的状态中要康复得快，这两位继续绕着圈子，或许把她都给忘了，于是她留在这一双双动物旁边，它们只是由于处在全然的孤寂中才生的病。唯有孤独才会常常使人趋向爱情，人其实是挣扎在自由与孤独之间的——只不过屡屡失去自由，又逃不过寂寞，我大概是在哪里读到过这句话，而现在我懂了，现在我感受到了。

两个男人已经消失在迷宫里,她从满是动物气味的小路往回走,直到再一次发现他们进来时的地方,她看见那匹灰色马儿高贵身形的地方。它垂着头站在那儿。她径直走到它跟前,她从来不怕大型动物,她只怕蜘蛛、毛虫和青蛙,她注意到,它的一只眼睛蒙着层不透明的膜,她想,它大概是匹老马——而它毛皮上的白霜其实只是老迈的标记。它被拴在非常短的绳子上,其实绳子很长,可大部分绳子都被缠绕在木桩上,它的前腿也被粗大的绳索给捆住了。虽然它被缚住了,比起笼中那些毫不起眼的动物,她还是觉得同它更加亲近。马儿仅余的一只眼睛里有些什么让人联想到人的东西:那肯定不是智慧,或许是忧伤或者苦恼——或许只有痛苦抑或疲惫,十之八九是疲惫。

她从包里翻出麦芽糖,马儿灰白的嘴唇以疲乏的动作从她手掌内舔食着,它用自己唯一的一只眼睛定定地看着她,她将手放到它的颈背上,现在她可是触摸到大型动物了。她听得到它的鼻息,它的气味包围住她——她忽然感觉到某种类似柔情甚或爱的东西,至少也是使人安心的暖暖的友谊。"我的小马儿,"她低声说着,"我的小兄弟,你这只小笨马。"马儿似乎放慢了呼吸,它庞大的身躯颤抖着。

随后,在古怪的库棚内,大门在她面前打开,两个穿着蓝白条外套的男人退了出来。"咱们交个朋友吧,小坏蛋。"他们中的一个说道。

她不得不退后几步,看着男人们解开拴着还未剥皮的马儿系在桩子上的绳子,把马朝着打开的大门方向拖曳。

她想在他们后面喊两句,可是马儿在这一刻停住了,抗拒起来,发出悲鸣。

"哎呀,小坏蛋,你这头不听使唤的猪猡。"他们呼喝着,马儿像是钉在了地上,一动不动地站着,它晃着自己疲惫的苍白头颅,连连嘶鸣。一个小伙子朝她转过身来,友善地说:"它觉察到血气了,这个小东西,它可不想变成这样!"

她一下子弄明白这两个是什么人,她应该做点什么,来保护马儿，尽管她知道自己什么也做不了。她可以一走了之，她本该离开的，至少不用去看接下来将会发生的事情，但她无法从拴着未剥皮的马儿的木桩旁移开，她注视着男人们从仓库顶板上驱动滑轮，滑车带在她周围晃荡着，绳带的另一端以环形缚住马的后颈。她一动不动地看着，男人们开始拉起来，她看到他们使尽全力，马儿也铆上了全部的力气，她看见它青筋暴露，然后，缓缓地，马儿——显得苍白，流露出人的神色——可怕的绳索使它的后腿抬了起来，就好似它的蹄子在惊慌中猛踢地面，随即便甩向别处，她听见这只兽的啼叫，绝望的马啸，痛苦的呻吟，徒劳的哀求，然而这啼叫虽然没有先兆，却十分坚决。这时，她看到马儿用奇怪的、不自然的步子挨近大门口。你们行行好吧！哎唷，上帝，他们要是晚点再关那扇门就好了，而在这个当口，大门确确实实在两个男人和囚徒后面关闭着。她等待着，尽管并不知在等什么，接着事情突然爆发了：没有任何尖叫，任何啼鸣，而是轰然一声，沉重的身躯落到石头地上，响亮又莫名的一跌，于是这便是结局了。她忽然感觉不到自己的身体。它保持着姿势，直到落在柔软的沙地上，但两只松垂的前蹄还将木桩抵在头顶，它把嘴唇贴向它粗糙坚硬的外皮，然后用牙齿咬碎它，一直咬进苦涩的木头里。

响声隆隆不绝，在她心内飘摇回荡，乃至淹没过一切曾有过的声音，以及一切将会有的声音。她清楚，它再也不会停下来，因为那并非物体发出的声响，而只是来自虚掩着的门的空隙。这是黑暗的声浪，里头掺杂着无能为力。

接着她又一次听到大门咯吱作响的动静，她抱着某种无谓的冷却的希望一瞥，然而除了两个穿蓝白条外衣的男人，她什么也没看到，他们拖着小小的草架，每个草架里都摆着金属盆，蒙着血迹斑斑的苦布。

她随即站起来，尽管自己的身体始终还没有知觉，她用不自然的古怪步子跑起来，跑向自己面前的空地。

三

　　天色向晚，乌云密布，太阳躲到烟气缭绕的帘幕后面，紧邻城郊的士兵们给她放行，还在她后面喊着什么。早上她并没想到会回来得这么早，光线这么充足，心情又是这个样子——我要去哪儿呢？我一定得去找个人。我想去电影院，可一个人到电影院干嘛呢？我也得吃点东西，垫一垫，然后我给玛格丽特打电话，但是我们谈点什么呢？斜街里，脏兮兮的汤匙孤零零地摆在桌子上，不过话说回来，我才不回家去瞅着那两位呢。她坐在没有拼起来的桌子后面，脏兮兮的侍者端来啤酒，她面前放着牛肚汤。她的手指有点颤抖：我太饿了，我还要吃，我还能吃，尽管这肉难吃得要命。她想思考一些事情，哪怕是某本书或是某部电影，她想起那个穿麂皮马甲的男人，在布满小木笼子的小城里，那种气味……而它已然立在她身前，灰白的兽皮，长长的鬃毛，眼下并没有被拴住，可以自由自在地吃草，上下晃动着自己一只眼睛的脑袋，视线所及之处，满眼都是青草，在夜色之下，地平线模糊得犹如一条线。邻桌一个面色枯槁的农夫盯牢她看。

　　"你是学生吗？"

　　"不是。"

　　"那就坐过来吧！"

　　"我的盘子在这儿。"她一点儿也不想坐到这个人旁边，虽然这终究没什么大不了的，他有几分像妈妈的食客，他们大概就这样坐在那里吧，可怜的妈妈，然后他们就会用黄色的爪子去碰她。

　　"我很怕你只是个学生。"他用尖细的，几乎像是女人的声音说道："你都不愿和别人坐在一块儿。"可妈妈或许很难过，她是被遗弃的，我可不能变成她那样，她错过了爱情，而这里就有爱，神圣的爱，她拿起盘子，坐到这个小伙子桌边。

　　"你嫁人了吗？"

　　"没有！"

"我还以为你是个学生。"

"这与您有什么关系?"她脱口而出。就算她是个学生,又有什么要紧的呢,我是什么人有什么关系,我们现在是什么人有什么关系呢——她听到一声巨响,他表现得显然什么都没听到——假如我们知道,我们有朝一日会成为什么人的话。

"我本来也可以读书的,只是他们不准我读,我不得不做了车夫。我不喜欢他们,"他打了个呼哨,"这些自以为是的人。他们逢人满口大话。可要是没有我们,他们怎么办?你是秘书吧,嗯?"

"我什么都不是。"她说,这倒是真的。她一口牛肚汤也没碰。可我该怎么办呢?到这个节骨眼上我没法待下去了吧,不,别去想这件事。

"不过去年在贝特欣,我们和他们聊过天,我们拿烟花晃他们,把他们从灌木丛旁边给吸引了过来。"

"他们在干嘛?"她问。

"他们在干嘛,他们在干嘛……"她忽然想起小房间里那几乎接近摇椅和窗户的上方,始于脖颈止于额头的高度,那只蓝色绳索的巨大卷轴,它松动的一端总在晃荡,她努力去回想最后一次到过上边是什么时候,她感到难以置信,那看似久远的时间是在今天早上。

"他们已经有政府的民选主席了,"男人的声音响起来,"这一定是他们编出来的,一整套政府和中央委员会的幌子。"

"你们把他们给打了?"

"小心点,小心,"他冲她发起脾气来,"在这里发问的可是我。"然后他说:"要是我儿子肯学习的话,他就不会像他们那么胡闹了,如果你看到他们在自己的宿舍里都在干些什么,把那种荡妇带回来……"

她总算喝完了汤,我必须走了,她起身离开,但是去哪儿呢?我回家吧……要不就坐车去他那儿。他对我有一点点,至少有那么一点喜欢。只是我们分手了,我不可以去找他了……

"你是理发师,你看吧!要是你想多赚点的话。"农夫忽然用自己尖细的女人嗓音说道,眼睛略微抬高了几分,"我就住在这儿没多远,你什么都不用做,"他说得很快,"什么都不用做——只需把小裙子脱下来……小心点,"他突然喊道,"小心点,小姐!"她朝有豁口的吧台走去,在那边华夫片和巧克力饼干上方的玻璃陈列柜上,她搁下五克朗。

"您别拿他当回事儿,"酒吧招待说,"他这个人,您知道,有点儿混蛋。他坏透了,那边那一位,不是吗。"她用快速的小碎步从桌子间跑走。

待她稍后爬上宿舍楼梯的时候,在磨得发旧的拐角和油漆糟糕的栏杆附近,频频涌起的希望感觉越来越接近。他可能一直还很喜欢她,虽然实际上此刻她并不清楚这意味着什么。他一直都喜欢我,但也许他是在等我,直到我来了,他会说:这一整个星期你都做什么啦,我真高兴你来这儿了。

我都不知道自己为什么在这里,怎么会在这里,只记得我的头忽然就枕在沙堆上,我想,虽然你背叛了我,你对我也会有哪怕片刻的温存吧?虽然我将一言不发,你还是会倾听我的吧?走廊上烧着两个炉子,一个黑人穿着帆布鞋和紫红色短裤,半掩的门后面,爵士小号震天响着。

"你就这么来了?你可算长点心了!"穿着运动装,肩膀有些低垂,自命不凡的双杠冠军说:绷着个脸真是无聊,你是知道今天的呀。你没必要这么端着……

照片封住了窗户的下半截,小本子和手迹乱糟糟的,墙上是运动能手们的照片和牛角雕塑,玻璃盒架上绘有花朵和小鸟,里面落满香烟的烟灰。

"你完全和小时候一模一样,凯特,你总想着你没有的东西,就算它跟你没什么关系。"

"但是你有其他女人,这跟我可有关系。"

"你真傻,重要的是我们之间是什么关系。只有这才要紧。"

一片寂静,从走廊传来爵士小号声,门后的黑人吹奏着单调的旋律,在窗子后面。傍晚,他们在贝特欣追赶他们,但我不是学生,我不会造桥,我既没有王室名号也没有家族的名号可报,无所谓,无所谓,我的王国是红红白白的卡片,在淡蓝色光线的大厅内,日复一日,四点半掸一掸裙子,明天我会掸裙子,我会期待那让人爱慕的一瞬间的魅力,若是有谁露了面,我就在大门前等着,四下环顾,一等再等,我焦急地等着,偶尔流露出小小的压抑的不耐烦以及明显的掩饰,和你的那种表情一样,我等啊等啊等啊,直到有一天来了两个人,两个穿着蓝白条衣服的男人,他们抛出绳子,开始牵拉起来,不,我不愿去想,去想会发生什么,去想什么事情必然会降临,我不愿去想这个。

"我已经第三天一个人在这儿了,"他说,"咱们因为这事拖了那么久,可你还是不肯让步。想吃点什么吗?"

小柜子里有葡萄酒——当然是最廉价的那种,昨天在竞赛上他得了第二名。

"我又来了。"

而他坐在凌乱的床铺上,另一张床收拾好了,好似一口棺材,我要坐到上面,就只看着你。我并不想待在这儿,可是我该去哪儿呢?他就那么喝着葡萄酒,刺鼻的劣质酒,她一点儿胃口也没有,和他在一起也没有带来多少宽慰,只有些许松弛,还有一天天慢慢模糊的日子。这时你已经可以说话了,想说什么都行,你可以触摸我,甚至吻我。

"你为什么这么做?你为什么要逃?"

"这你是知道的。"

"你和小时候一样,凯特。你到底想干什么?"

他走过来,熄了灯。咱们就像两只被黑暗捉住的水貂一样,窗户后面的窗子亮着,我已经知道他们为什么要把下半边玻璃贴上了,爵士小号就在那后边。

"我打开收音机吧,免得听见……"

"有什么是不该听的吗?"

"你真傻,凯瑟琳,要么你只是装作……"他十分轻巧地抱起她,于是现在他们肩并肩躺着,收音机播着,有什么人在走廊里踱来踱去,一定是穿着紫红色短裤的黑人,爵士小号不响了,一旦静下来,我听得见你的呼吸,上帝呵,我在这儿,就在你身边,我怎么会选了这儿呢?可我必须到什么地方去,我不想一个人待着,所以我到了这里,哪怕只有一夜,就算是我选择了这一夜,你在这一晚将对我有片刻的柔情,咱们再做一夜情人。至少和我说点什么吧,别不吭声,在陌生的音乐下,躺在陌生的床上,让我不安。他躺在这儿,在她身边,吻着她:你真好看小姑娘过来离我近些我想看看你的脸再靠近我一些嗯你说吧你喜欢我吗你这么问可真傻我傻是因为我来了吗不是你问的话傻。

可也许我就是喜欢你,我想要告诉你,要是你能对我这么说该有多好,可你一声不响的,你只是把手在我身上游移,什么都不说,什么都不说,短裙快被你拽下去了,不过我很高兴,你把我从这一天里拖了出来,把我拖向自己,这样子吻我——这就是我想要的,这正是我想要的,我亲爱的。

此时他们已经半裸地并排躺着,房间低矮,封住的窗子同样让人透不过气来,愉快的感受在她周身荡漾,来了,音乐消逝了,昏昏沉沉的声音念诵着:*……我们在天上的父!愿你名被尊为圣*①……她闭着眼睛,期待着这一刻,他离她愈来愈近,她内心的眼睛目不转睛地察看着心脏和脉搏的每一下跳动。这时,突然自深夜爆发出响亮的一声,轰隆的翻落声传至门口,两根绳带早已等在那里:它们笑眯眯地叉着腿站定。绳索升上去,索套摆动着,柔和地摆动着:你可真漂亮

---

① 原文为拉丁文。

你的身体好像丝绸什么丝绸什么丝绸性感呗,两个人在绳索上晃荡着,把你的小脑瓜露出来,你的脖子真白,即使在这种昏暗中还是很性感,寂静,牧师已经在祷告了——寂静,还有风琴声。

"你哭了,凯特,怎么了?"

那些没了,窗户后面亮灯的窗子,你躺在我身边,像所有情人们那般柔情蜜意地躺着,就是这样子,向来如此,虽然我从没见过,我是知道的,向来如此,他们走了,消失了,又会再回来。那两条带子,翘首以盼,直到有一天也缠到我身上。这根绳子套住我的脖颈,转眼就升了上去,永久而绝情地升上去,可你并未拦住我,没有谁拦住我,任谁都无动于衷,此时大门长久地紧闭着,我已经知道了,我已经懂了,我已经明白了一切。

"你真傻,凯瑟琳,下次你就会喜欢它的。"

四

漆黑一片,寂静无声,两个人在家里睡觉——妈妈,要是她来叫门的话,我们说不定会哭出来的,何出此言呢——她总是会刚好回来,多少回这样的返家呀。所以既不要开门,也别走上狭窄的旋转楼梯,屋顶是倾斜的,窗子又小又高,这儿全是童年时代的小玩意儿,可以从走廊上接水进来的铁脸盆,一只柜子,套子烧坏了的小熨烫板,但上面既不是麻绳,也不是纸绳,而是比最结实的天然材料还结实许多倍的人造物质,线绳很适合捆绑麻布包裹和散乱的手提箱,也适合于悬晾床单,或给灰心绝望的人一用。

她很累,如此古怪,不可救药的疲倦,却丝毫也不渴睡。天亮了,她很奇怪,上一个她待在这个房间里的早上,似乎发生在先前很遥远的时间里,在它终止的末端,抑或说它已经是在另一个完全不同的时间起点,她慢慢穿好衣服,虽然还没铺床,裙子上现出一大块暗红色,几近黑色的印渍,这么漂亮的裙子,她真想为这条白色的百褶裙,为浑身的疲倦,也为自己哭上一场,她走去走廊,接上满满一盆水,然后取过那只缠着蓝绳的大卷轴,然而它立刻回缠了几公尺,一种反感攫住了她,绳子又在回缠,洗去污渍之后,她把裙子扔到熨衣板上。现在我该做什么呢?

她熄了灯,坐到摇椅里,这会儿她忽然想到,爱情其实跟生活一样,人人都知道迟早会死,人生苦短,无望延续,可毕竟是在过活。而人们相爱——同生活一样——渴望它的持续,对它的持续不抱奢望,盲目而烦恼地爱着,其中也掺杂着快乐,人们既不曾料到,也不愿去回想的快乐。

闭着眼睛,夜晚的空气潜行而入,距离天空是如此之近,然而繁星暗淡,极远处,转瞬即逝的闪电煞白地一闪,又暗了下来,黑暗静静漫溢,慢得如同海市蜃楼第一座塔的轮廓缓缓浮现,小烟囱和没有雕像的底座向上挺立,再往下再往下,窗户模模糊糊,他们所有人都在后面探头探脑:怎么建起了墓碑?他们推倒了什么?那些开了灯的人,那些熄了灯的人,那些学习的人,那些痛恨所有学习者的人,那些坠入情网的人,那些不知情为何物的人,那些说谎的人,那些为了至少能够有份参与,在谎言面前装作懵然不知的人,那些穿着条纹衣服的人,还有那些注视着他们的人,那些在苦痛的焦虑中等着他们出现的人,那些被自己的爱情折磨得焦虑不已的人。

接着我登场了,像他们一样在微亮的灯饰下,若是有人看见了我,就会说:你是我们的姐妹,你在那边多孤单哪,过来吧,无论是哪里我都会去的,我要去的——我将悬空,落下去,只要……越来越高,一直到最后一座塔和向上挺立的小烟囱的最后一个轮廓,还有繁星,微弱而遥不可及的繁星,一定是在他们面前合上了眼睛,繁星渐渐隐去,此外,眼下立在她面前的,是灰色的毛皮和长长的灰白鬃毛,地面覆上了霜,触目所及,皆是草地延伸开去,草地上移动的清一色全是优雅的动物庞大的群落,她躺在这片草地中央,张望着,她不明白,什么人会把这么美丽的生物给毁成笼子里纤弱丑陋的动物,她打量着马儿得意地甩着自己的头颅,看着庞大的队伍接近自己,又再走远，有几只彼此抵着头，她看着它们交合——马儿们——在草地中央，在自己独一无二的一天，自己独一无二的夜晚，丝绸般的颈背，这些自由自在的马儿，无休无止的寂静长夜当中的露水情人，她看到细腿的马驹，挤在马群中间。我的兄弟们哪。她低语着，不再感到烦恼，她的疲惫被草地里的草梗吸走了，她是这么轻，既可以落下去，又能够浮起来，她便这样衣衫半褪地在摇椅里睡着了，同时，在屋顶的缝隙后面，天色破晓，些许潮湿而清新的都市清晨倾泻进房间内，蓝色绳索松动的一端在不易觉察的气流中，无声摆动。

(杜常婧 译)

爱　情

空了一半的有轨电车格格轧过印瓦里诺夫娜。拖车忽左忽右地摇来晃去，窗子发出叮叮当当的响声。

他感觉有轨电车比平时开得还要慢，他不耐烦地在车厢里走来走去。这自然没什么用处，他不知该怎么办，才能让时间快点过去。那么他至少可以打量一下左边广阔的区域，琢磨着这里可以建上多少幢房子。可千万别造什么宫殿，只消普通的公寓楼就好了，可以在窗户底下，大而宽敞的窗户底下用餐。

当然，他更喜欢建成柯布西耶①或尼迈耶②的风格，既然在巴西行得通，为什么在我们这儿就不行呢？不过他清楚，这大概是不成的，他们会说，这样不够经济，不合传统，不符合我们优良的古老传统，倒莫不如建个一般寻常的公寓楼呢，宽敞的窗户，彩色阳台，两根细长的柱子撑起回廊，下头是店铺。这要比爷爷辈们盖的好多了。

他还得等待，因为离学业结束还有两年，而且在那之后他还要等上一阵子，这段时间他不得不跟安查没完没了地在狭窄的巷子里闲逛，轧过马路和长椅，只要他们还想单独在一起多待一会儿的话。

说实话，往后也是如此，因为他们建的这些房子，反正是不会归他们的。安查想当然地以为，至少会剩下唯一一个房间是留给他们

---

① 勒·柯布西耶（1887—1965），法国建筑师，作家，画家，现代建筑运动的激进分子和主将，被称为"现代建筑的旗手"。
② 奥斯卡·尼迈耶（1907—2012），巴西建筑师，现代建筑的核心人物之一。

的，她太信赖他了，但这件事情也许并非是理所当然的。她真可爱，他想。

她比他要小，刚进入第二学年，不过她学的是同一个专业，因而他可以为她解释一切事情，她需要了解的事情，但大多时候他不对她解释任何事，他们一块儿谈论最微不足道的琐事，或者谈论爱情，谈论他们被命名的名字，他们游览过的国家，抑或只是一言不发，在大街上闲逛。眼下他们极其盼望能一起待在什么没有其他人看得到的地方。有时他们会有点儿气恼地分手，可第二天一早，他们就等不及要跟对方和好，因为这毕竟怪不得他们俩中的任何一个：他们头顶上只有一个共同的屋顶，那就是星空。

昨天她在系里给他留了张字条，说父母坐四点钟的火车走，这个时间底下画了两道线，而现在已经差一刻五点了，有轨电车还在拖拖拉拉。

后来他总算看见了熟悉的车站，车还在运行中他就跳了下去，跟跄了几步，然后开始跑起来。这儿的房屋完全是摇摇欲坠的危楼，总是让他有些紧张。此刻他根本没有去注意它们。

她给他开了门。她小小一个，比他矮一个头，圆圆的脸盘，嘴唇上挂着淡淡的微笑。他想吻她一下，可她急急地把他从门边推开。这时候里面的声音朝他压了过来。

"我哥哥和他妻子来了。"她解释说。

他埋怨地看了她一眼，无法将失望塞回身体里去。

"不许你生气。"她说。她拿起旧款的阿尔斯特宽大衣，随后他们一起走进板楼林立、让人战战兢兢的小巷，这些居民楼老旧得风化成飞灰已经不远了。

落着蒙蒙细雨，空气里弥漫着十一月的雾霭，根本哪儿也去不了，他们脚下的石板路又冷又滑。

她不住轻声细语着，努力去聊一些遥不可及、无关痛痒的话。她差不多尽了最大的努力，而他还是不去理睬她。他们走到了车站，有轨电车从远处叮叮当当地驶过来。

"那我下次再来吧。"他说。

他语气中的不快令他自己也难以置信。

"咱们去个地方吧。"她轻声建议。

"去哪儿?"

"外边什么地方。"她垂下眼睛,看向一边。

他想顶几句回去,说他可以索性回家,而她也可以索性回家去找她自己的哥哥,可是车长已经在等他们了。于是他们一道坐上有轨电车,沉默着。

之后他们在车站下车,她一个人去买票。火车在十分钟后发车。

她想,她所做的事情让他已再也不重视她了,他也不再喜欢她了。她不敢去看他,于是她看向过道里黑乎乎的地板,看向车厢一侧被踩瘪的啤酒罐,一小块黄色的橘子皮。

"我熟悉那里,"她对着那块橘子皮说道,"林荫路从车站延伸出来,接着肯定会经过铁桥。"

火车猝然一动,在他们下面开始溢出光来,大量的光,车顶上方,远处旋转着霓虹灯,红色的球体一闪一闪,街灯织成一串圣诞项链。

他瞥见近处窗户里的人们,他们心满意足地坐在自己的桌子后面,他恍然大悟,人们并不只是坐在这些附近的窗户里,而是在每一盏微不足道的小灯下举办婚宴。奇怪的是他并不觉得嫉妒,只是因它的规模和数量感到头晕目眩。他想,其实他们这些人完全自顾自地坐在如此多的灯光中央,他想对她说:我们在一起,真好。又或者:要是我现在不得不一个人走在我们的街上,我会难过死的。但是他仅仅握住她的手,没有说话。

窗户后边擦过几个亮点,火车快速驶入黑色的区域,停靠下来,又再开走,人们在他们周围来来去去,他觉得,他哪儿也不会去,他将永远站在这个黑乎乎的过道里,牵着她的手。

后来火车在他们的车站停下，他们沿着古老的林荫路前行，接着穿过铁桥。道路散发着湿气和腐烂叶子的气味，然而他很少去注意她。稍后他才再次意识到，他们是在一起的，他把她搂向自己，说道："我爱你！"

她在黑暗里微微一笑，他们接着走，在树木之间有一点眩晕，直至远处开始闪现凄凉的灯光，他们走得飞快，有点害怕即将到来的那一刻。

旅店入口处的乌鸦掉了漆，他们迟疑地看了它一眼，然后走了进去。门房坐在自己的隔间里，正在睡觉，脑袋搁在台面上，他身畔突立着十五颗空空如也的 U 形钉。他们看向与楼梯融为一体的狭长地毯，心想，头顶上有片屋檐，靠近彼此，手掌，嘴唇和身体碰触着，毕竟还是舒适些。

"我们再到对面试试吧。"她说。

随后他们又沿着铁桥和古老的林荫路折转回去。雾霭使人透不过气来。他们停在高高的栗树下。这会儿相当黑了。她盼望他能够亲吻她。她的嘴唇很热，她因饥肠辘辘而发着抖。在车站，在候车室里，一个吉卜赛女人响亮地打着呼噜。但是外边的月台上，乏人问津的深色长凳湿漉漉的，他们坐在上面。

从后面的轨道上，货车车厢缓缓移近。机车拉响汽笛，车轮声响彻铁轨。红色灯光在大雾中闪耀。

"你爱我吗？"她轻声问。

"爱。"他说。

"咱俩在一起的时候，你幸福吗？"

身着蓝色衣服的铁路工人拎着号志灯，从小屋里摇摇晃晃地走出来。他把灯照向他们。"你们在等去比尔森的车吧，"他猜测着说道，"那趟车一个钟头前就已经开走了。"

他俩不情愿地转着眼珠儿。

"不是，"他回答说，"我们只是没有地方睡觉。"刹那间，两个人心里都浮起了荒唐的希望。

"哦,"蓝衣男人嘟哝着,"住宿问题很麻烦哪。"他从口袋里掏出银怀表。"下回你们坐四点一刻的车来。"他拖着脚走去储藏室。他想起曾几何时,自己也这么在长凳上凑合过。

"你说啊,你至少感到一点点幸福吧?"她问。

他们就这样孤零零地待在空荡荡的车站里。他们还从未如此渴望过彼此。

他想要对她说,他爱她,今夜我们在哪儿度过根本无所谓,他想要对她说,他们可以一起待在这么多形形色色的人中间,待在光怪陆离的世界中央,真是奇怪。

他们互相依偎着。

"我非常幸福。"

"我也是。"她说。

铁路工人蹑手蹑脚地从储藏室出来。不过他们没有看见他。他小心翼翼地熄了号志灯,悄悄绕过他们,摇摇晃晃地回到自己的小屋里。

(杜常婧　译)

爱之空间*

他个头矮小,胖墩墩的,肤色黝黑,鼻子底下蓄着跟近来统领全局的领袖一样的小胡子,而且他是个有点名气的家伙。他接手我们这个差生激增的放牛班,有些差生(比如我)没有受过任何教育,其他人接受的则是保护国①教育,他告诫我们,拉丁语是高贵文雅,优美动听,非同小可的语言。富有天资的诗人们,弗吉尔②,奥维德又或贺拉斯;历史学的奠基者,如李维③和塔西佗④;法学的奠基者,如西塞罗⑤,都用它来交谈、写作。我们伟大的大师扬·胡斯也用拉丁语书写了自己的几部作品。或许有谁至少知道书名吧?我们全都一无所知。

"所以说,女士们先生们,"他一本正经地讲道,发音很短促,"没有拉丁文就不会有真正的学识。谁不懂拉丁文,在这所学校里就没有立足之地。许多不拿我的劝告当回事的人都已经后悔莫及。不过,有句话说得好:*个人造业个人担*⑥,或许有谁知道这是谁说的吗?当然了,没有人知道,这个人就是萨卢斯提乌斯⑦,我们是跟随

---

* 原文为拉丁文。
① 指捷克和摩拉维亚保护国,1939—1945年处于纳粹德国统治之下。
② 弗吉尔(公元前70年—公元前19年),奥古斯都时代古罗马诗人。
③ 李维(公元前59年—公元17年),古罗马历史学家。
④ 塔西佗(公元55年—公元117年),古罗马历史学家,文体家。
⑤ 西塞罗(公元前106年—公元43年),古罗马政治家,雄辩家。
⑥ 原文为拉丁文。
⑦ 萨卢斯提乌斯(公元前86年—公元前34年),古罗马著名历史学家。

他反复诵念的：个人造业个人担！"他拿起粉笔，开始用书法体在黑板上写下例句。从下星期起，折磨开始了。优等生们，清闲的懒汉，马屁精，就连犬儒学派的代表也站到了黑板前面。在那儿，一些人一声不吭，另一些人则迟疑不决地哼唧两声，无数牺牲品溃不成军。白卫军上校的儿子尼基塔·伊凡诺夫，在初中三年级已经神气地留起稀疏时髦的小胡子。有一次，他在学校旁边的公园里掏出一把真正的军用手枪来，当着我们的面给它装满子弹，顶住自己的太阳穴，向被吓坏了的芭芙拉·沃孔诺娃索要一个吻，作为不当场开枪的代价。现在他面色惨白地站着，在黑板边上打着哆嗦，嘟囔着：*奴隶大声讲着俏皮话*①……扣动扳机有多么容易呢，从秀丽的芭芙拉那儿得到一个吻有多么容易呢。"奴隶大声讲着俏皮话②……"

"伊凡诺夫……！"

"奴隶讲③……？"

"您请坐吧，伊凡诺夫。我不会教您了。每个人都是自己命运的主宰者④！"

班里最大的混混利鲍尔·格里纳立刻被揪到了讲台上。

"格里纳，您读一下第五个句子！"

我们在前排眼看着这个可怜虫用脚往上掂着书，可是他看不见。他的眼睛不再去试探了。他好似受惊的鱼一般，半张着嘴转向教室里的我们，等待援手。但我们中有谁会给他提示呢？

"您不会读吗，格里纳？"

"请原谅……"

"原谅您什么？"

---

① 原文为拉丁文。
② 同上。
③ 同上。
④ 同上。

"昨天……"他的声音很气馁,连他也败下阵来。我们不再相信我们中有谁能够制服这种强权的不公行为了,我们可能是被自己强大的敌手给迷惑了,像所有绝望的人一样,像所有被判有罪的人一样,唯有托赖星象,或是等待救世主的降临。他将径直站到我们的暴君跟前,如俄狄浦斯对应斯芬克斯一般,答出他无人能解的问题,于是他没有被抛下山崖,怪兽离开了。这样便会为悲惨的我们争取更多时间:*祸兮福所倚,福兮祸所伏*①。

事情竟然成真了。假如救世主可以是一位小姐的话。情形比这还要糟糕。

她是在四年级早春时节的某一天出现的。她从乌赫日涅夫远道而来,在当年那里还是穷乡僻壤——坐火车将近半个钟头的路程。她一瘸一拐地走到被分配到的地方。她刚好坐在我的邻桌。一个钟头之前,她在恐惧中掏出拉丁文练习本,不过她并不是用规定的蓝纸给它包的皮,而是某种小花布。

虐人狂走了进来,我们起立,肃静,气氛沉重得是这般密不透风,就连绝望的人静悄悄的呻吟也被闷息了,他要来一支钢笔。他目光冷淡,并非由于老迈,扫过教室。我们清楚,他是在挑选牺牲品。随后他瞥见了她。"您是新来的?"

她站起来,说道,她名叫艾娃·索波特高娃。

"或许您不用准备上一个小时吧,"他温柔地对她说。"一般情况下,我们总在一开始就把话讲明。"他从讲台上下来,拿起小花布练习本,翻看了一会儿。

"您是从哪儿弄到这种料子的?"他提了一个狡猾的问题。

她回答说:"是发的。"

他背着手,一直走到最后一排。"您怎么会有我们这儿的邮票呢?"他从后面对她展开攻击。

---

① 原文为拉丁文。

她说,她得了优秀。

我听见他在心里讪笑了片刻。1分①,当然了,我们班上谁都没得过。优秀,他让我们听好了,他一辈子只往证书上写过三回优秀。这些优秀生里有两个人直到今天还在写作。第三位很遗憾往生了。在他的墓碑上肯定用这种乖戾的语言刻着碑文:*世人皆有始与终*②。抑或:*人人皆有一死,万物难得久长*③。

"您敢试试翻译几句吗?"

她回答说,她觉得他们每节课都翻译没什么不好的。

他向上看去,越过天花板,越过我们老式建筑的屋顶之上看不见的自由的天空,似乎发现了写在那个高度的什么东西,他冒出这么一句:"门房一打开门,他们就走了进来,好像是准备把人都吵醒似的。"

哦,真可怕!寂静膨胀得使五十多人惊恐的呼吸细不可闻。就算我们心中还存着敌意,也在这种淫威之下消散了。接着我们听见她不慌不忙地开了口,我第一个意识到这是她悦耳的嗓音:"*当门房打开门的时候,他们走了进来,好像是准备把人都吵醒似的。*"④

安静。我们谁都猜不着,他是否刚好听见了,回答是否和提问的句子准确无误。不过我可是从我们虐人狂的脸上察觉到了独特的松懈。连他的声音竟然都变了,听起来像是带着愉快甚或友善。"当敌人逼近时,士兵们就加固营地。"貌似测试时间在拖延,她随即天真无邪地向上看了一眼我们的施虐者。"我应该用夺格来译,还是用方位格呢?"

"那么您更喜欢哪一种呢?"

---

① 捷克的5分制,1分为最优,5分为最低。
② 原文为拉丁文,引用维吉尔《埃涅伊德》中的诗句。
③ 原文为拉丁文。
④ 同上。

她又停顿了片刻:"当敌人逼近时,士兵们就加固营地。"①

喔,真叫人再三喝彩②!还有谁能达到这种水准呢?喔,世上的变数何其之多③!

暴君脸上的微笑凝固了。他走近她的椅子,将她的练习本放回去。"我们是用蓝色的纸给书本包皮的,"他说明道,"不过您的情况我们可以算作例外。您可以坐下了!"

下面的一个钟头,我已经不知道我们在进行什么主题了,我密切注意着隔壁,观察着我坐在女生那排的芳邻。她的脑袋很一般,至少就大小而言(屠格涅夫,前不久我们的捷文老师透露给我们,他的脑子无敌大,就像人类起源时期的那样,那么他一定也有个足够大的脑壳啰。这个大脑袋的屠格涅夫大概在学业上是很受益的吧,是否能不假思索地一口气说出"当敌人逼近时"④ 呢)。深色头发,灰蓝色眼睛,朱红色的脸颊。脖子稍嫌短些,底下装饰着带花边的衣领,下面是蓝色衣裳,衣裳下面是女孩子的身体,只不过我完全不敢想得太远或太深。

课间休息时,我在走廊里咬着我的面包片,在她身后几步慢吞吞地走着。有一瞬她一瞥,目光停在我身上。我的脸涨红了,拼命塞着面包。她的视线随即移到一边,微微一笑。八年级生,出名的纨绔子弟维克托立即走到她身边,这个面颊干巴巴,鼻头通红的丑八怪正在对她说些什么。

当我到家时,意识到自己的鲁莽,我很是懊恼。我能用什么来吸引此人的注意呢?她的才智如此明显地使自己周围的人相形见绌。到目前为止,我还没有做成任何了不起的事情,作为学生来说,我更是

---

① 原文为拉丁文。
② 同上。
③ 同上。
④ 同上。

资质平平。唯一就是我的文笔也许得到过一定的承认。而我们温和的捷文老师不会猜到，在黑色的八开本子里藏着我更加值得注意的文学成果。它令希望在我心中生根发芽，我抽出这个本子，浏览了一会儿里面的东西：

> 蚊子落在你的鼻子上，你怎会有感觉呢，它在饮你的血，
> 羚羊跟大象说短长，趁着还没被狮子吞下肚。

我对自己作诗的才华并不怎么肯定，然而无疑我感受到了诗人身份的诱惑。

我想起维克托这家伙和他不怕羞的精神，他凭借这种精神试图赢得她的注意，这天下午我还写了首诗：

> 可怜的小姑娘哟，
> 今天我一眼看见你
> 通宵达旦
> 醉意酩酊的年轻人
> 每一秒钟
> 都忘不了你亮闪闪的眼睛。
> 上帝哦，我是如此忠心耿耿的爱慕者。

我被自己的诗句打动了。我写下落款：佚名！在下面我添上：出自《忧郁集》。还有自己名字的首字母。接着我将洁白纸页上的笔迹全部重新过了一遍，把它放进数学题集里。

第二天的几何课上，我放手让自己的创作传阅开去。我尽量表现得不那么引人注目，同时紧紧盯住自己爱的密件朝她的方向移动。她当真收到了它，细读起来。假如说她的脸上显露出了什么的话，那绝对是惊奇。她合上纸页，把它继续传下去。大约过了半个钟头，我的

产物回来了。有人在纸上编出了（还用我的首字母签了名）另一首诗：

> 我的署名人！
> 噢玛利亚
> 小家伙跳呀跳
> 在带杠条的
> 桌子底下
> 在椅子的扶手下面
> 在拳窝窝里

出自《快乐集》

我清楚，自己是再也没有勇气派发诗歌了。但是当晚上我在家里吭哧吭哧地做拉丁文翻译的时候，突然一个绝妙的点子使我激动不已。我把让人生厌的翻译推到一边，拉开抽屉，从里面掏出簇新的带衬里的本子，当务之急是写上自己的名字。我在底下添上标题：**伟大的心灵**。长篇小说。接着我又在下一页写道：第一卷。我犹豫了片刻，然而魔鬼刚好闯进我心里来，催促我继续下去。我翻过一页，写道：**第一部分**

我预感到，我在写一本大部头的作品。我对写长篇小说需要多大的工作量没有概念，它将由许多卷构成，还有为数更多的部分，但是我觉得，我办得到。我又翻过一页，写道：第一章。"一"的魔力令我陶陶然。我又补充了个阿拉伯数字"1"，在它底下赶紧开始了第一个句子：

这是个大太阳的热天，光线穿过古松的枝丫和针叶，在高速路炽热的尘土之上描绘出怪趣的图样——庄重静谧统领了这座自然的圣殿。

啊！

第一个句子使我陶醉了。我感受到树林里闷热的气息，太阳炙烤着我的后背。这样子多么适意呵。无需任何韵脚，也不必去算计音节和语调，以造出抑扬格或是扬抑抑格。我继续写下去，一晚上的工夫写出了十二页。她名叫兰卡。她是个学生，去看望自己生病的外婆。（开头多少让人想起《小红帽》的故事，但是我决定不去计较这一点）。夏日的热气褪去，她招手叫了辆车，载着她穿过林子。她一坐进里面，就闻出酒精的秽臭气味，她战战兢兢地意识到，司机喝醉了。噢，兰卡，要是你能预感到你的手在林间小路上一招是多么致命该有多好！随之而来的会是地狱之旅吧，兰卡徒劳地请求这醉汉让她下车，接着血的颜色一下子喷溅上来。醉醺醺的怪物一命呜呼了。兰卡，现在已经珍贵而难得地幸存下来，虽然我保全了她的性命，但我绝不是力争挽救她生命的无私医生，我不能阻止这件事情发生，她一辈子都会是跛子了。

第二天在学校，我好不容易才能集中注意力听课。我不时将视线投向她的方向。若是她能觉察到该有多好！

下午，我草草解决完午饭，就扑向自己的笔记本。我在第一页停留了少顷，然后把标题的全部字母都圈起来。我的心里又再涌起希望。我从头至尾读过昨天的这十二页，竟至对句子的数量感到不可置信，这么多复杂的复合句，不仅并不缺乏意义，还构成了逼真的事件，是我把它们写出来的呀。如果今天我再写上十二页，八天以后我就有一百二十页了。明天是星期六，我可不能忘记买新本子。

啊！兰卡，天可怜见！这么年轻，这么无辜，交通意外却已为你安排了残酷的命运。不过不要绝望，说不定希望的太阳还会将你照亮。毕竟人性本善，或许她会遇到一颗纯粹的心，只为她而跳动。伟大的心灵，充满爱意。

这颗心属于学生伊瑞。他对兰卡一见倾心。我预感到，他们的爱情是相互的，愈来愈浓的，会有幸福的结局，然而也会有磕磕绊绊，要与命运作艰难的抗争才能换取。

于是我续写道：日复一日，夜复一夜。他因没有必要的误会和分离而受着绝望的折磨，对世间的阴谋与邪恶愤愤不平，对不幸的遭遇长吁短叹，所有这些中最让我忘乎所以的，是每一回相聚的狂喜。这时节窗外春色泛滥，情侣们在城市的显眼处肆无忌惮地表演着搂搂抱抱，而我也在上一堂捷文课（刚好我们的女教授给我们这一季布置的家庭作业：我喜欢的书符合其中一个主题），当我以特有的耐力找寻自己的爱情时，我等到了回应。她转过头来，向我微笑。这道目光使我的心咚咚跳起来，我朝着石灰墙面垂下眼睛。

课间休息的时候，她从我身后跑过来（噢我最最亲爱的，我思慕的人！），诉苦说，这种文体绝对非她能力所及。她想，也许她可以请我帮帮忙，但是现在她不太敢说出口。

*啊，诸神苍生之王，你骇人的手在陆地汪洋之上散播雷电，以权威的命令掌管一切*①！我得到的是何等褒奖，何等信赖。也许她猜到了些什么，我是如何度过自己全部的空闲时间的？她对我的感情有所觉察？抑或她选中我，只是因为我享有文体训练飞速写手的名声？不过随便她是出于什么动机吧，我都不会不答应的。就算要我为她牺牲一整夜又有何难！*爱无险阻*②！

我于是询问道，她究竟喜欢什么样的书呢，然而她让我可以完全随意写。还不止呢，在我尚未来得及弄明白，这恰恰是在商量第一次幽会，我们就说好了，明天星期天，她会在乌赫什涅夫斯基的小桥旁等我。

我一到家，就开始翻找自己一点也不丰富的读物，以便从里面选出一个作品，能够恰如其分地成为替我传情达意的信使。我迅速圈定

---

① 原文为拉丁文，出自维吉尔的《埃涅阿斯纪》。
② 原文为拉丁文。

了作者——他们之中的这个倒霉蛋儿长着硕大无朋的脑袋,伊凡·谢尔盖耶维奇。首先我尊敬他,其次我读过他的几本书,最后也是最主要的,他写过许多不幸的爱情。假如我的作业不必非得冒出外国名字,我会选一个对此而言已经极具传达力的题目,短篇小说《初恋》。(我会漂亮地摘引道:"啊,微妙的感情,甜美的声音,动人心灵的良善与止息,因初尝爱情的快乐而喜不自胜——您在哪里,您在哪里?")尽管它描绘了少年人全情投入的感受,我并不喜欢它,认为它不合时宜。最终我定下了《阿思娅》。这个姑娘也有缺陷,然而不是身体上的不足,而是出身。她温柔、美丽、多情、娴静,同时又燃烧着对故事的叙述者痛彻心扉的爱。最让我喜欢的,乃是激情驱使她如此,她自己对他进行了忏悔。这个短篇小说还处处充满精妙的评语以及警句:倘若我们是两只鸟儿,我们会冉冉上升,飞了起来……那么我们便可以忘却这种忧伤……但我们不是鸟儿……唉,看看这沦陷情网的女人,是谁在为你书写衷肠?

我一直写到将近午夜。"昨天我在您面前哭了,只要您对我说一个字,只要一个字,我就会留下来。您没有说。那么似乎最好还是……永别了!"

这便是优柔寡断的悲剧,两颗彼此渴望的心无法相互理解。担心拒绝的骄傲崩塌了。本该是爱情敞开炙热心怀的所在,却由寂寞冷冷地封锁包围。漂亮!我超越了我自己。我的心上人一定能懂!

第二天下午,我仔细抄写好作文,装进信封,屠格涅夫和不幸的爱情定会在里头额手相庆吧,我把它放进衬衫下面赤裸的胸膛处,箭一般蹬着单车朝乌赫什涅夫斯基的方向而去。

她在讲好的地点等着,大老远就向我招手。我的心猛烈地撞击着,尽管路完全是平的。我有可能下一秒钟就站到她身畔吗?那么我要跟她说什么呢,我要如何与她攀谈呢?

我已经从单车上跳了下来。"我带来了这个!"我可怜巴巴地凝视着她,同时从衬衫底下掏出信封。她说道,我真是太好了,好得不能再好了，这肯定写得棒极了（虽然我因焦躁而发着抖，她连信封都没有打开），而眼下我铁定需要休息一会儿了。我一边推着单车，一边由她领着沿小路绕过公园。接着我们走过铁轨那段有几分昏暗狭窄的小隧道。她离我实在太近了，我都能感觉到她一侧身躯的触碰，我忽然想到，现在我可以撒开自行车，然后……*我浑身紧绷，寒毛直立，声音在喉咙里卡住了*①。我还没回过神来，她就打开了门，我无声地跟随她来到散发着苹果、大蒜、肥皂和猫咪气味的家里。

这是怎样一位面色红润的乡下夫人哟——一定是她母亲——她请我坐在桌子后面，桌面倒是抹得干干净净。几只猫咪跑过来，在我的腿上磨蹭，随即我的面前立刻出现了一杯牛奶和一碟盛得满满的煎鸡蛋。

接下来我们单独在一起了。火车从窗户后面隆隆开过，然后静了下来。我努力大声咀嚼着。我近来就已多次描写过这样的场面。伊瑞好不容易才和兰卡单独在一起，他马上才气爆发，讲起有趣的故事，他用自己对美洲印第安人生活的历史知识，以及对拉丁语经典著作的援引，把这位羞怯、可人的倾听者给镇住了。以前他为她演奏过钢琴，又或与她谈论工作、美、忠贞、哲学、真理、上帝，或者爱情，她动情地听着他的话语，酬以温柔的目光。是的，而且我的故事已经发展到相当成熟的地步了，她会打断他片刻，将自己的嘴唇和他的交叠在一起。

不过此刻我该聊点什么呢？我不该无缘无故地聊起古迦太基战争吧？哪怕我能想起哪部有意思的电影也好啊。自从我开始创作自己的作品，我就一次也没有进过电影院。为什么我没事先想到这一点呢？这会让我迫不及待地把自己扔进电影院里去吧。"你们有几只这样的猫咪呢？"我冲口而出。

她回答说，有六只，他们不愿意溺死小猫。接着她讲起了猫咪，

---

① 原文为拉丁文。

从猫转到了狗,从狗转到了鹦鹉,我总算是从这些掰扯到印第安人身上了。啊,微妙的感情,啊,甜美的声音,道不尽的呢喃细语!我忽然想到,到目前为止,我落到纸上的交谈,有些不够自然,浮夸得让人不舒服,等我回到家,一定得改一改。

　　当我们走回高速路的时候,天已向晚。她伴着我。要是我利用昏暗,对她说出我爱她会怎么样?还是把我的想法像我已经写过的那样说出来?我压根不抱任何希望,如果她不了解我的实力;如果她不晓得在我的桌子里摆着我几乎就要完稿的作品,五本厚厚的写得满满的笔记本,三百二十页我的自白,关于我的爱情和渴望的证词;如果她预感不到有朝一日我将成为赫赫有名,受人景仰的作家,她怎么会应允我呢?

　　这时候我们在公路边分手,她逐渐模糊的眼睛像是带着期待似的望着我。终有一天它们会看到,我不会令它们失望的,这双珍贵的眸子。我轻盈地跳上我的自行车,很快朝着布拉格的方向远去。转弯时我还回头张望,然而我的心上人已经不站在那里了。但我耳边还一直回响着她纯真悦耳的声音,仿佛拥抱着我,陪伴着我。啊,微妙的感情,因初尝爱情的快乐而喜不自胜。我像个疯子似的蹬着车子。*哈,我是多么激情澎湃*①!

　　一到家我就赶紧修补起自己的作品来。我已经不晓得我写过什么了,然而唯一受到赞许的工作,便是关于屠格涅夫的随笔。泛泛之作,我们的捷文老师遗憾地告知我们,即是说是失败的作品。

　　学年很快就结束了,我们到维索琴纳的小村子度假。我在阁楼上得到个可供起居的小房间,没有窗户,只有天窗。屋子里没有电,这已是第四个早上阳光从天窗里挤进来了。所以我都是天一破晓就起来。父母和弟弟还在安睡,而我继续我的创作。我把伊瑞发配去了美国。并不是因为在那儿他可以掩藏对兰卡的爱,这份爱快使这个可怜

---

① 原文为拉丁文。

的人溺毙了，而是他要在那边为他们共同的人生之旅积攒一些钱。然而在美国等待他的可是侨民的骷髅地。他能写信给兰卡，说他只是纽约医院的清洁工吗？不过或许他也为这些不幸的人感到痛心呢。就在伊瑞照顾一个夜里在空无一人的林荫路上刚好倒在他面前的百万富翁的时候，他的处境转变了。被抢救过来的人回报了他在知名私家医院外科医生的职位。下个星期，含情脉脉的兰卡就会收到十二页的长信，在信中她将读到，没有她伊瑞再也活不下去了，他准备好了，只要她首肯这件事，等他一回来，就带她走上圣坛。啊，喜不自胜的心，随爱而跳动。终于在一起了。永永远远在一起。你轻声说出的话语：我爱你，而这些话有了回应！

我写了整整五百四十九页。在最后一个句子底下，我用大写印刷体字母写道：终。*我立了一座纪念碑，它比青铜更加坚牢*①。这时所有快乐的时刻都被抛在脑后，人性的苦痛使我情绪低落。于是我意识到，我所做的一切努力都为了唯一一个现在几乎忘掉了的目标。我所珍爱的人，我的爱情忽然拨云见日，我放任自己陷入多情的想象之中。我看见了她，被自己的猫咪围绕着，坐在整洁的桌子后面，阅读我的作品。是晚上了，凉气从外面涌进房间里来，但她并未察觉到。她正读到吸引人的地方，伊瑞第一次送兰卡回家。她读到了这句话：听见你的声音有多美妙啊，兰卡！我真想一直听下去，永远，永远！这会儿她打了个冷颤，拿起笔记本，把它们搁到床上，她走去浴室，脱下衣服，之后，她已经躺在雪白的，沉甸甸的乡下鸭绒被下面，在自己旁边摸索着，摸到了笔记本，她打开它，继续读下去。她的心里泛起了柔情，这情绪愈来愈浓，将会为爱情氤氲渗透，当然也会有这么一刻，她被钦佩之情所征服。到这时，自有那么一刹那，她会从正读着的故事里抬起头，心中惊讶地发出疑问：根本不可能啊，这些是他写的？而她的嘴巴在黑暗里轻轻念叨着我的名字。

---

① 原文为拉丁文，出自贺拉斯。

八月，自始至终，贯穿整个美丽、炎热、多情似火的八月，我将自己的作品读了一遍又一遍。我改动句子，对页面作了增删，重写了整个第五号笔记本以及第七号笔记本的一半。开学的前一天，犹豫许久之后，我迈出了即使不是决定性的，也是至关重要的一步。我在首页大大地添上：**献给你**，在括号里我补充道：亲爱的 E. S.①作者。随后，我把所有本子打理成一只整洁的小包裹，用绳子捆好，放到书包里。

　　第二天早上，虽然不足三分钟我就该上课了，都已经七点半了，我还和呆呆的一年级生一起在学校前面拖延时间。焦虑这时才落到我心上。要是她没来怎么办呢？若是她像出现时那般突然离开我们学校怎么办？要是她生病了呢？假如她虽然来了，但是拒绝接受我的礼物怎么办？要么就是最糟糕的可能：她来了，接受了我的礼物，然而她读到的东西，不仅没令她开心，没使她沉醉，反而让她烦恼，甚或受了伤害，这可怎么办？假如我一无所获，反倒失去了所有，又该当如何？*假使我可以保持缄默，我便是哲人了*②。唉，赶不走的焦虑，创作人永远战栗不已的无把握状态！

　　她已经来了，离小公园越来越近，我从远处认出了她，只不过在她一侧，*看来可怕，说来更可怕*③，走着个瘦长难看的年轻人，从他身上，根据球根状的鼻子，我认出了从前的八年级生维克托。当他们一直走到小公园终止，我们学院的花园开始的地方。*啊，人的虚幻的希望！思之犹栗*④，这个无赖朝她俯下身去，迅速地吻了她一下。而她，我最最珍贵的，我的爱，我曾经的爱，不仅没有反抗，还为他转过身去，我显然是被这自己亲眼所见，令人厌恶的无耻一幕惊呆了。

---

① 此为女主角艾娃·索波特高娃姓名的首字母缩写。
② 原文为拉丁文，此句为拉丁箴言。
③ 原文为拉丁文。
④ 同上。

这时候他又沿着小公园走远了,而她对他挥着手。

我对这件事情思索了片刻,她,不忠的荡妇,我要把她拽去河边,当着她的面,把我的作品一本一本投到水里去。然而要是她不知道我毁掉的是什么,不知道她对某人的轻视是如此厚颜无耻,如此暴殄天物,这样做就没有意义了。

第一堂拉丁文课,我们的施虐狂一走进教室,便得意地宣布道,前面等待我们的是振奋人心的一刻,装满最吸引人的珍宝的宝藏将在我们面前打开。现在,只要我们掌握了语法的斯库拉①和卡律布迪斯②,我们就只管放手翻译经典著作好了。

接着他叫她起来,往她手掌中塞进一本书页卷翘的小册子,让她朗读。她站起身来,用自己圆润婉转的嗓音吟诵道:*高卢全境分为三部分,其中一部分住着比尔及人,另一部分住着阿奎丹尼人,而那些用他们自己的话来说叫克勒特人,我们称之为高卢人的,住在第三部分*③。

就在这时,我方从不久之前还很欣赏的她的声音中听出了些什么,或许是我太过单纯才会一度如此爱慕吧,那里面有些令人不快的虚伪的痕迹。我想好了,关于这一切,关于一颗女人背叛的心所能做出的事情,总有一天我会写下来,可能就在不远的将来,成就一本新的、伟大的小说。

(杜常婧 译)

---

① 希腊神话中变成海怪的海仙女,住在海峡一边。
② 希腊神话中的海怪,能够制造吸船漩涡,卧在海峡另一边。
③ 原文为拉丁语,出自凯撒大帝的《高卢战记》第1卷。

"蓝色东欧"译丛（部分书目）

第 一 辑

- 《石头城纪事》（小说）
  【阿尔巴尼亚】伊斯梅尔·卡达莱 著

- 《错宴》（小说）
  【阿尔巴尼亚】伊斯梅尔·卡达莱 著

- 《谁带回了杜伦迪娜》（小说）
  【阿尔巴尼亚】伊斯梅尔·卡达莱 著

- 《石头世界》（小说）
  【波兰】塔杜施·博罗夫斯基 著

- 《权力之图的绘制者》（小说）
  【罗马尼亚】加布里埃尔·基富 著

- 《罗马尼亚当代抒情诗选》（诗歌）
  【罗马尼亚】卢齐安·布拉加等 著

第 二 辑

- 《我的疯狂世纪》（传记）
  【捷克】伊凡·克里玛 著

- 《我的金饭碗》（小说）
  【捷克】伊凡·克里玛 著

- 《一日情人》（小说）
  【捷克】伊凡·克里玛 著

- 《终极亲密》（小说）
  【捷克】伊凡·克里玛 著

- 《等待黑暗，等待光明》（小说）
  【捷克】伊凡·克里玛 著

- 《没有圣人，没有天使》（小说）
  【捷克】伊凡·克里玛 著

- 《花园里的野蛮人》（散文）
  【波兰】兹比格涅夫·赫贝特 著

- 《带马嚼子的静物画》（散文）
  【波兰】兹比格涅夫·赫贝特 著

- 《海上迷宫》（散文）
  【波兰】兹比格涅夫·赫贝特 著

- 《父辈书》（小说）
  【匈牙利】瓦莫什·米克罗什 著

第 三 辑

- **《乌尔罗地》**（散文）
  【波兰】切斯瓦夫·米沃什 著

- **《路边狗》**（散文）
  【波兰】切斯瓦夫·米沃什 著

- **《第二空间——米沃什诗选》**（诗歌）
  【波兰】切斯瓦夫·米沃什 著

- **《无止境——扎加耶夫斯基诗选》**（诗歌）
  【波兰】亚当·扎加耶夫斯基 著

- **《捍卫热情》**（散文）
  【波兰】亚当·扎加耶夫斯基 著

- **《索拉里斯星》**（小说）
  【波兰】斯塔尼斯瓦夫·莱姆 著

- **《遗忘的梦境——查特·盖佐短篇小说精选》**（小说）
  【匈牙利】查特·盖佐 著

- **《流星——卡雷尔·恰佩克哲学小说三部曲》**（小说）
  【捷克】卡雷尔·恰佩克 著

- **《神殿的基石——布拉加箴言录》**（箴言）
  【罗马尼亚】卢齐安·布拉加 著

- **《十亿个流浪汉，或者虚无——托马斯·萨拉蒙诗选》**（诗歌）
  【斯洛文尼亚】托马斯·萨拉蒙 著

·部分书名为暂定，以出版时为准·